AGATHA CHRISTIE'S Hercule Poirot

Sein Leben und seine Abenteuer

Nach Originaldokumenten
verfaßt von Anne Hart

Scherz
Bern München Wien

Für Susan, Peter und Stephen

Die Erstausgabe dieses Werkes erschien
1991 als HC-Ausgabe unter dem gleichen Titel.

Einzig berechtigte Übertragung aus dem Englischen
von Mechtild Sandberg
Titel des Originals: »The Life and Times of Hercule Poirot«
Schutzumschlag von Heinz Looser
Foto: Thomas Cugini

1. Auflage 1994, ISBN 3-502-51472-0

Gesamtherstellung: Ebner Ulm

Hbg 1986

Heidi Strauß

Scherz Krimi

Spannung mit Niveau

Von Agatha Christie sind erschienen:

Das Agatha Christie Lesebuch
Agatha Christie's Miss Marple
Ihr Leben und ihre Abenteuer
Agatha Christie's Hercule Poirot
Sein Leben und seine Abenteuer
Alibi
Alter schützt vor Scharfsinn nicht
Auch Pünktlichkeit kann töten
Auf doppelter Spur
Der ballspielende Hund
Bertrams Hotel
Die besten Crime-Stories
Der blaue Expreß
Blausäure
Das Böse unter der Sonne
oder Rätsel um Arlena
Die Büchse der Pandora
Der Dienstagabend-Club
Ein diplomatischer Zwischenfall
Dreizehn bei Tisch
Elefanten vergessen nicht
Die ersten Arbeiten des Herkules
Das Eulenhaus
Das fahle Pferd
Fata Morgana
Das fehlende Glied in der Kette
Ein gefährlicher Gegner
Das Geheimnis der Goldmine
Das Geheimnis der Schnallenschuhe
Das Geheimnis von Sittaford
Die großen Vier
Das Haus an der Düne
Hercule Poirots größte Trümpfe
Hercule Poirot schläft nie
Hercule Poirots Weihnachten
Karibische Affaire
Die Katze im Taubenschlag
Die Kleptomanin
Das krumme Haus
Kurz vor Mitternacht
Lauter reizende alte Damen
Der letzte Joker
Die letzten Arbeiten des Herkules
Der Mann im braunen Anzug
Die Mausefalle und andere Fallen
Die Memoiren des Grafen
Mit offenen Karten
Mörderblumen
Mördergarn
Die Mörder-Maschen
Mord auf dem Golfplatz
Mord im Orientexpreß
Mord im Pfarrhaus
Mord im Spiegel
oder Dummheit ist gefährlich
Mord in Mesopotamien
Mord nach Maß
Ein Mord wird angekündigt
Die Morde des Herrn ABC
Morphium
Nikotin
Poirot rechnet ab
Rächende Geister
Rotkäppchen und der böse Wolf
Ruhe unsanft
Die Schattenhand
Das Schicksal in Person
Schneewittchen-Party
Ein Schritt ins Leere
16 Uhr 50 ab Paddington
Der seltsame Mr. Quin
Sie kamen nach Bagdad
Das Sterben in Wychwood
Der Tod auf dem Nil
Tod in den Wolken
Der Tod wartet
Der Todeswirbel
Tödlicher Irrtum
oder Feuerprobe der Unschuld
Die Tote in der Bibliothek
Der Unfall und andere Fälle
Der unheimliche Weg
Das unvollendete Bildnis
Die vergeßliche Mörderin
Vier Frauen und ein Mord
Vorhang
Der Wachsblumenstrauß
Wiedersehen mit Mrs. Oliver
Zehn kleine Negerlein
Zeugin der Anklage

1

Der Vorhang geht auf

«Mein Name», sagte Poirot und schaffte es wie immer, der simplen Feststellung eine Dramatik zu verleihen, als gehe gleich der Vorhang zum ersten Akt eines Theaterstücks auf, «mein Name ist Hercule Poirot.»

Die ersten Arbeiten des Herkules

Hercule Poirot, dieser wohlwollende Despot, der bis heute die Herzen zahlloser Untertanen fest im Griff hat, gab sein Debut als ausländischer Exzentriker par excellence im ersten Buch seiner Schöpferin, *Das fehlende Glied in der Kette.* Cynthia Murdoch, Mitbewohnerin von Styles Court, unternahm einen ersten Versuch, ihn aus englischer Sicht zu beschreiben: «Er ist ein reizender kleiner Mann.»

Ihre Feststellung hat der Probe der Zeit bewundernswert standgehalten, wenn auch nicht jeder, der Poirot in den folgenden sechs Jahrzehnten begegnete – insbesondere nicht jene, die ein Verbrechen zu verbergen hatten –, mit ihr einer Meinung war. «Sie unerträglicher kleiner Lackaffe von einem Ausländer!» rief da manch einer in höchster Wut. Poirot selbst wäre wenig erfreut gewesen, hätte er Cynthias Bemerkung gehört. «Mein Name ist Hercule Poirot», sagte er gern zu denen, die nicht angemessen beeindruckt waren. «Ich bin wahrscheinlich der größte Detektiv der Welt.»

Eine Reihe Christie-Forscher hat sich über seine Ursprünge Gedanken gemacht. Die wichtigsten Hinweise darauf lieferte natürlich Agatha Christie selbst. 1916, sechsundzwanzig Jahre alt, stellte sie sich die Aufgabe, einen Detektivroman zu schreiben:

«Wen konnte ich als Detektiv nehmen? Ich ließ alle Detektive, die ich in Büchern kennengelernt und bewundert hatte, Revue passieren. Da war Sherlock Holmes, der Einzigartige – niemals würde ich es mit ihm aufnehmen können. Arsène Lupin – war der nun Verbrecher oder Detektiv? Egal, jedenfalls nicht mein Fall. Da war weiter der junge Journalist Rouletabille aus *The Mystery of the Yellow Room* – das war so eine Figur, wie ich sie gern erfunden hätte ... Dann fielen mir unsere belgischen Flüchtlinge ein. Bei uns in der Gemeinde Tor lebte eine ganze Kolonie von Flüchtlingen ... Warum lasse ich meinen Detektiv nicht Belgier sein? dachte ich mir. Es gab ja alle Arten von Flüchtlingen. Wie wäre es also mit einem Flüchtling, der Polizeibeamter war? Polizeibeamter im Ruhestand. Nicht zu jung ...

Kurz und gut, ich entschied mich für einen belgischen Detektiv. Ich ließ ihn langsam in seine Rolle hineinwachsen. Er sollte Inspektor gewesen sein, so daß er auch über eine gewisse einschlägige Erfahrung verfügte. Er sollte pedantisch sein, sehr ordentlich – jemand, der ständig die Dinge zurechtrückt, der am liebsten alles immer paarweise hat, die Dinge lieber eckig mag als rund. Und er sollte sehr scharfsinnig sein – kleine graue Gehirnzellen sollte er haben – das war ein guter Ausdruck; den wollte ich mir merken – ja, er würde kleine graue Zellen haben.»

Es sind noch andere Vorgänger und Zeitgenossen als mögliche Vorbilder genannt worden: G. K. Chestertons Hercule Flambeau, Robert Barrs Eugène Valmont, A. E. W. Masons Inspektor Hanaud, Marie Belloc Lowdes Hercules Popeau und natürlich – trotz Agatha Christies Dementi – Sherlock Holmes.

Poirot war, wie Holmes, eitel, genial und unverheiratet; wie Holmes hatte er in Arthur Hastings einen treuen Watson zur Seite; und es tauchen, wie der Leser entdecken wird, in den Poirot-Büchern immer wieder Situationen und Geisteshaltungen entschieden holmesschen Musters auf. «Nun, ja», wie Poirot in *Mit offenen Karten* selbstzufrieden sagte, «ich bin mir durchaus nicht zu fein, anderer Leute Tricks zu stehlen.» *Er* wußte, wer er war. Er war der unübertroffene, einzigartige Hercule Poirot. Hätte man *ihn* nach seinen Ursprüngen gefragt, so hätte er sich, stelle ich mir vor, seinen Schnurrbart gestrichen und einen mit katzengrünen Augen angesehen. «Vor langer, langer Zeit», hätte er vielleicht mit majestätischer Geste gesagt, «wurde im Königreich Belgien ein kleiner Knabe mit eiförmigem Kopf geboren ...»

Das Königreich Belgien war – und ist noch heute – ein adrettes, vorsichtiges katholisches Land, wo man weiß, worauf es ankommt. Familienunternehmen gedeihen. Die Bildung und die Künste werden ernst genommen, genau wie das Essen. Seine Re-

staurants sind unter Feinschmeckern wohlbekannt, und seine Konditoren sind berühmt.
Seine Hauptstadt, Brüssel – die Stadt, in der Poirot vermutlich zur Welt kam und zweifellos viele Jahre lang lebte –, ist mit dem wahrscheinlich schönsten und menschenfreundlichsten Platz in ganz Europa gesegnet, der Grand' Place. Hoch oben auf dem prächtigen Hôtel de Ville wacht hier die vergoldete Figur des heiligen Michael über die Stadt. Es kann gut sein, daß der heilige Michael einst auf eine Prozession von Poirots hinuntersah, die ein neugeborenes Kind zur Kirche trugen, um es taufen zu lassen.
Wann ist Hercule Poirot eigentlich geboren? Zahlreiche ernsthafte Versuche, «geistige Klimmzüge», wie er selbst sie genannt hätte, wurden unternommen, um dies oder jenes unwahrscheinliche Jahr zu fixieren. Im allgemeinen stützen sich diese Berechnungen auf eine Bemerkung Poirots in *Nikotin*, derzufolge er zur Zeit des Ausbruchs des Ersten Weltkriegs kurz vor der Pensionierung stand. Eine durch nichts belegte Schätzung des Rentenalters auf sechzig bis fünfundsechzig Jahre würde dann zu dem Ergebnis führen, daß er zwischen 1849 und 1854 geboren sein muß.
So verlockend es sein mag, in dieser Altersfrage eine Chronologie zu rekonstruieren – zumal Poirot ja Anfang der siebziger Jahre immer noch quicklebendig war –, vermute ich doch, daß Agatha Christie und Poirot selbst sich über all diese mathematischen Übungen amüsiert hätten. Im jeweiligen Kontext betrachtet, scheint Poirot bei seinem Eintreffen in England Ende Fünfzig oder Anfang Sechzig zu sein, und in *Vorhang*, das seinen letzten Fall beschreibt, ein Mann von Mitte Achtzig. Daß dazwischen fast sechzig Jahre anmutigen Alterns liegen, ohne daß die kleinen grauen Zellen auch nur das geringste an Denkkraft eingebüßt hätten, war eine *tour de force* seiner geschickten Schöpferin und macht einen Teil von Poirots großem Zauber aus. «Die Menschen sind so alt, wie sie sich fühlen», sagt ein italienisches Sprichwort. Bezüglich dieser Frage nach den Jahren und nach seinem Alter zu einer bestimmten Zeit zeigte Poirot stets – und klugerweise – äußerste Zurückhaltung.
In *Die ersten Arbeiten des Herkules* stellte Dr. Burton, ein Dozent am All Souls College, Überlegungen zu Hercule Poirots Vornamen an. «Doch wohl kaum ein christlicher Name», bemerkte er. «Eindeutig heidnisch. Aber wieso? Das würde ich gern wissen. Vaters Laune? Mutters Grille?» Ob Laune oder Grille, die Poirots zeigten keine Scheu. In einem Augenblick der Inspiration tauchten sie in

die griechische Mythologie ein und nannten ihren Sohn nach Herkules dem Starken, dem mächtigsten der antiken Helden. Poirot selbst liebte seinen Namen; er war ihm wunderbare Kompensation für seinen äußerst zierlichen Wuchs. «Es ist der Name eines der Großen dieser Welt», prahlte er in *Der blaue Expreß*.

Poirot zog es sein Leben lang vor, Persönliches für sich zu behalten, und hinsichtlich seines früheren (und langen) Lebens in Belgien zeigte er sich besonders zugeknöpft. Anspielungen auf seine Vergangenheit kommen selten vor, in *Nikotin* jedoch wird uns ein Blick auf seine Kindheit gestattet: «Sehen Sie, als Junge war ich arm. Wir waren viele Kinder. Wir mußten es im Leben zu etwas bringen.» In seiner lebenslangen Wertschätzung der Familie zeigt sich noch einmal ein Schimmer der fleißigen und festgefügten Familie Poirot. «Ich halte sehr viel vom Familienleben, wie Sie wissen», erklärte er einmal Hastings gegenüber, und «Die Stärke der Familie ist etwas Wunderbares», äußerte er bei einer anderen Gelegenheit.

Papa Poirot wird kaum erwähnt. Alles deutet darauf hin, daß die Mutter die Starke in der Familie war. «Madame, in unserem Land bringen wir der Mutter große Zärtlichkeit und große Achtung entgegen. Die *mère de famille* ist alles!» So stellte er sich in *Das Abenteuer des Kreuzkönigs* einer älteren Dame vor; und: «Ich verstehe das Mutterherz. Keiner versteht es besser als ich, Hercule Poirot», erklärte er der Herzoginwitwe von Merton in *Dreizehn bei Tisch*. Sein Leben lang hatte er vor Müttern gewaltigen Respekt. «Mütter, Madame, sind besonders grausam, wenn ihre Kinder sich in Gefahr befinden», sagte er zu einer einigermaßen rätselhaften Mutter in *Der Tod auf dem Nil*. Vielleicht hatte Madame Poirot Grund zu furchteinflößender Resolutheit? Man stellt sie sich als eine ordentliche und energische Frau vor, die den Kindern streng auf die Finger sieht, die Hausaufgaben überwacht, sich allen Widrigkeiten zum Trotz bemüht, ihre Kinder zu anständigen kleinen Bürgern zu erziehen, und bei aller Bedrängtheit der Verhältnisse auf gute Manieren und Sauberkeit achtet. Wird uns vielleicht Madame Poirot gezeigt – mit ihrer großen Kinderschar auf dem Weg zur Kirche –, wenn Poirot sich erinnert, wie die Frauen in seiner Jugend ausgesehen haben? «. . . die Frisur ein hoher, steifer Aufbau – so – und darauf der Hut, mit vielen Nadeln festgesteckt – *là – là – là et là*.»

Aber das Leben bestand nicht nur aus Gehorsam und harter Arbeit. Madame Poirots Kinder kannten auch vergnügte Stunden.

«*Les feux d'artifice,* die Festlichkeiten, die Ballspiele», erinnerte sich Poirot in *Das Haus an der Düne.* Der kleine Hercule muß besonders hingerissen gewesen sein von dem «Zauberkünstler, der Mann, der das Auge täuscht, so aufmerksam es auch hinsieht». Und für alle muß das «Ommegang», das große Volksfest, das im Juli auf der Grand' Place stattzufinden pflegte, ein herrliches Vergnügen gewesen sein. Wie die meisten Europäer betrachtete Poirot die Kindheit jedoch nicht als einen sonderlich wünschenswerten Zustand, sondern als etwas, das man am besten so schnell wie möglich hinter sich bringt. In *Vier Frauen und ein Mord* hört er Superintendent Spence zu, der in nostalgischen Details von den Freuden der Kindheit schwärmt:

«Poirot wartete höflich. Dies war einer der Augenblicke, da er, selbst nach einem halben Leben in diesem Land, die Engländer unbegreiflich fand. Er hatte als Kind selbst *cache cache* gespielt, aber er verspürte kein Verlangen, davon zu erzählen oder auch nur daran zu denken.»

Wie steht es mit seinen Geschwistern? «Wir waren viele Kinder», erzählte er Mr. Satterthwaite, aber nur eine Schwester wird in der gesamten Poirot-Literatur erwähnt, und auch diese Erwähnung wird schnell wieder gestrichen. In der ursprünglichen Version der Kurzgeschichte *Die Pralinenschachtel* erzählt Poirot, sich an Belgien erinnernd: «Man teilte mir mit, eine junge Dame verlange nach mir. Da ich glaubte, es sei vielleicht meine kleine Schwester Yvonne, bat ich meine Wirtin, sie heraufzuschicken.»

In späteren Versionen der Geschichte fehlt diese Bezugnahme auf Yvonne, immerhin gewährt sie uns einen flüchtigen Blick auf Poirot, den liebevollen älteren Bruder. Ähnlich fällt, eine Generation später, in *Mit offenen Karten,* ein Schlaglicht auf Poirot, den Onkel, wenn er zu einer jungen Frau sagt: «Sie wissen ja, Weihnachten steht vor der Tür. Ich muß für viele Nichten und Großnichten Geschenke besorgen.»

Diese Erwähnung von Nichten und Großnichten ist allerdings mit einer gewissen Vorsicht zu genießen; Poirot, der praktisch nie von seiner Familie sprach, erfand gern Verwandte, wenn es seinen Zwecken dienlich war. Das drastischste Beispiel dafür finden wir in *Die großen Vier,* wo unversehens ein Zwillingsbruder namens Achille auftaucht. Als Hastings von diesem Zwillingsbruder erfuhr, von dessen Existenz er bisher keine Ahnung gehabt hatte, war er verständlicherweise überrascht: «Was tut er?» fragte er, worauf Poirot ohne mit der Wimper zu zucken antwortete: «Er tut nichts. Er ist, glauben Sie mir, von einer unglaublichen Trägheit. Seine Fähigkeiten jedoch stehen den meinen kaum nach – und das will viel heißen.»

«Sieht er Ihnen ähnlich?»

«Er ist mir nicht unähnlich. Aber bei weitem nicht so gutaussehend. Und er trägt keinen Schnurrbart.»

In *Alibi* erfand Poirot einen Neffen, um der Klatschbase des Dorfes, Miss Caroline Sheppard, Informationen aus der Nase zu ziehen. «Ich wußte gar nicht, daß Poirot einen schwachsinnigen Neffen hat», sagte ihr Bruder, Dr. Sheppard.

«Nein? Oh, er hat mir alles über ihn erzählt. Der arme Junge. Es ist für die ganze Familie ein großer Kummer. Bis jetzt haben sie ihn bei sich zu Hause behalten, aber es wird allmählich so schlimm, daß sie fürchten, ihn in ein Heim geben zu müssen.»

«Du weißt wohl mittlerweile so ziemlich alles über Poirots Familie, was wissenswert ist», sagte ich gereizt.

«So ziemlich, ja», antwortete Caroline selbstzufrieden. «Es ist den Menschen immer eine große Erleichterung, wenn sie jemandem ihr Herz ausschütten können.»

In *Der ballspielende Hund* zog Poirot zu Hastings' Erheiterung drei weitere unglückselige Verwandte aus dem Ärmel – einen invaliden Onkel, einen Cousin mit Gelbsucht und eine leidende, aber aggressive Mutter:

«Diesmal hatte er eine alte Mutter, für die er unbedingt eine verständnisvolle Pflegerin finden wollte.

‹Sie verstehen – ich will ganz offen zu Ihnen sein. Meine Mutter, sie ist schwierig. Wir hatten einige ausgezeichnete Pflegerinnen, junge Frauen, sehr tüchtig, aber sie waren eben jung. Meine Mutter mag junge Frauen nicht, sie beleidigt sie, sie ist ungezogen und zänkisch, sie wehrt sich gegen offene Fenster und moderne Hygiene. Es ist sehr schwierig.›»

Natürlich kann in einigen dieser vertraulichen Mitteilungen ein Körnchen Wahrheit enthalten gewesen sein, eines jedenfalls wissen wir mit Sicherheit, daß Poirots Großvater eine «dicke Zwiebel von einer Uhr» besaß und daß Poirot sie erbte. «Nehmen Sie meine Uhr in die Hand – aber vorsichtig», mahnte er einmal. «Sie ist ein Familienerbstück.»

Als kleiner Junge wurde Poirot, guter kleiner Katholik, der er war, «von den Nonnen erzogen». In *Die Äpfel der Hesperiden* gibt es da eine Szene der Erinnerung. Bei einem Aufenthalt in Irland, wo er einen Fall bearbeitete, hörte er das Läuten einer Klosterglocke.

Sogleich fühlte er sich in frühere Zeiten zurückversetzt: «Dieses Läuten war ihm vertraut. Es war ein Geräusch, das er seit seiner frühesten Jugend kannte.» Er mag es mit gemischten Gefühlen vernommen haben. In *Das unvollendete Bildnis* wird angedeutet, daß es an seiner Klosterschule auch ein gerüttelt Maß an Drachen gab. Unter dem «scharfen, durchdringenden Blick» einer ehemaligen Gouvernante «fielen die Jahre von ihm ab, und er fühlte sich wieder als unterwürfiger und furchtsamer kleiner Junge».
Auch wenn Dr. Burton den Verdacht hegt, daß Poirot niemals eine richtige humanistische Ausbildung genossen hat, scheint er doch eine gründliche Schulbildung konventionellen Musters mitbekommen zu haben, die das Studium der englischen, deutschen und italienischen Sprache sowie der beiden Landessprachen Belgiens, Französisch und Flämisch, einschloß. «Ach, heutzutage gibt es keine richtige Schulbildung mehr», klagt er in *Der Wachsblumenstrauß*. «Man lernt offenbar nichts als Wirtschaftslehre – und wie man Intelligenztests veranstaltet.»
Es ist nicht leicht, sich Poirot als jungen Mann mit kaum sprießendem Schnurrbart vorzustellen, aber das gütige Verständnis, das er später unbesonnenen und unbeholfenen jungen Männern entgegenbrachte, verrät einiges. «Ich kann meine Schüchternheit nicht überwinden. Immer sage ich das Falsche. Immer trete ich ins Fettnäpfchen», gestand einer von ihnen in *Mord in Mesopotamien*. «So geht es uns in der Jugend allen», erwiderte Poirot daraufhin lächelnd. «Die Gelassenheit, das *savoir faire*, das kommt erst später.» Und «Wenn man jung ist, darf man sich Torheiten erlauben», sagte er aufmunternd zu einem anderen in *Ein diplomatischer Zwischenfall*.
Ein Blick auf den jungen Poirot selbst wird uns in *Rätsel um Arlena* (auch *Das Böse unter der Sonne*) gestattet:
«Als ich jung war (und das, Mademoiselle, ist wahrhaftig lange her), gab es ein Spiel, das hieß, ‹Wärst du nicht du selbst, wer möchtest du sein?› Man schrieb die Antwort jungen Damen in ihre Alben, die meist in blaues Leder gebunden waren und Seiten mit Goldrand hatten.»
Poirot wußte schon sehr früh sehr genau, wer er sein wollte:
«Die meisten von uns werden früh im Leben auf die Probe gestellt. Sehr bald schon sieht sich ein Mann der Notwendigkeit gegenüber, auf eigenen Füßen zu stehen, Gefahren und Schwierigkeiten ins Auge zu sehen und sich für seinen eigenen Weg zu entscheiden, mit ihnen fertig zu werden.»

Ein Leben voller Gefahren und Schwierigkeiten, das war es, was diesen schmächtigen und pedantischen jungen Mann überraschenderweise lockte. «Ich ging zur Polizei», erzählte er Mr. Satterthwaite.

In Polizeikreisen galt Belgien zu Poirots Zeiten als eines der Länder in Europa, wo die Polizei am wenigsten zu tun hatte, so friedlich waren seine Bürger. Dennoch erlebte Poirot – der bald der Kriminalpolizei zugeteilt wurde – wenigstens einen Moment, wo kämpferischer Einsatz verlangt war. Eine Reminiszenz in *Vorhang* zeigt ihn uns in einer verblüffenden Rolle: Poirot als Scharfschütze.

«Als junger Beamter bei der belgischen Polizei erschoß ich einen Desperado, der von einem Dach aus auf die Leute unten auf der Straße feuerte.»

Viele Jahre später faßte Poirot die vierzig bis fünfundvierzig Jahre bei der belgischen Polizei in einigen wenigen lakonischen Sätzen zusammen:

«Ich arbeitete hart. Arbeitete mich langsam empor. Ich begann, mir einen Namen zu machen. Ich machte mir einen Namen. Ich errang allmählich einen internationalen Ruf.»

Poirot machte eine glänzende Karriere und stieg in eine leitende Position bei der Polizei auf. Erinnern wir uns, wie Hastings ihn in *Das fehlende Glied in der Kette* beschrieb:

«. . . dieser drollige, stutzerhafte kleine Mann . . . war seinerzeit einer der berühmt-berüchtigtsten Beamten der belgischen Polizei gewesen. Er besaß ein außergewöhnliches kriminalistisches Gespür und feierte Triumphe, indem er einige der verwirrendsten Fälle jener Zeit aufdeckte.»

Im Laufe seines englischen Lebens sprach Poirot gelegentlich von diesen belgischen Zeiten, dann aber fast immer von dem einen Fall, bei dem er völlig auf den Holzweg geraten war.

Von diesem schrecklichen Erlebnis erzählte er eines stürmischen Abends, als er mit Hastings in vertraulichem Gespräch am Kamin saß. «Sie möchten wissen, ob ich je so richtig zum Narren gehalten wurde?» fragte Poirot, und dann folgte die Geschichte *Die Pralinenschachtel*, bei der es um einen politischen Mord in Brüssel geht. Von einem höchst seltsamen Killer an der Nase herumgeführt, hatte Poirot die Indizien völlig falsch gedeutet und hätte beinahe den Falschen verhaftet. «Sapristi! Ich darf gar nicht daran denken!» rief er. (Aber welch ein Trost für Hastings, sagt man sich unwillkürlich.)

Ein anderer Fall, an den Poirot sich von Zeit zu Zeit erinnerte – «einer meiner frühen Erfolge» –, war die Geschichte mit dem Seifenfabrikanten aus Lüttich, einem Mann mit Schweinsgesicht, der überführt worden war, seine Frau vergiftet zu haben, um seine Sekretärin heiraten zu können. Bei der Betrachtung «der feisten Backen, der kleinen Schweinsäuglein, der knolligen Nase und des schmallippigen Mundes» seines Auftraggebers Sir Joseph Hoggin in *Der Nemeische Löwe* «regte sich dunkel eine Erinnerung» bei Poirot. «Vor langer Zeit . . . in Belgien . . . eine Sache, die mit Seife zu tun hatte . . .» Aus dem Gefühl heraus, daß sein Klient Übles im Schilde führe, erzählte Poirot unverzüglich die Geschichte von dem Seifenfabrikanten aus Lüttich, woraufhin Sir Joseph leichenblaß wurde. Und bald darauf sagte Lady Hoggin zu ihrem Mann: «Merkwürdig, dieses Tonicwasser schmeckt ganz anders. Es hat nicht mehr diesen bitteren Geschmack. Woher das wohl kommt?» Poirot war auf diesen Fall besonders stolz. «Vorbeugen ist immer besser als heilen», sagte er in *Die Kleptomanin* dazu.

Die zweimalige Zusammenarbeit mit der britischen Polizei in diesen früheren Tagen (Poirot sprach ein brauchbares, wenn auch gestelztes Englisch) sollte bedeutsame Folgen haben. Durch sie nämlich machte er die Bekanntschaft des überschwenglichen Inspektor Jimmy Japp von Scotland Yard. Im Jahr 1916, in *Das fehlende Glied in der Kette* – Poirots erstem Fall, den er als Privatdetektiv in England bearbeitete –, begegnete er Japp wieder.

«Sie werden sich wahrscheinlich nicht mehr an mich erinnern, Inspektor Japp.»

«Aber – das ist doch Mr. Poirot!» rief der Inspektor und wandte sich dem anderen zu. «Sie haben mich von Mr. Poirot erzählen hören? Er und ich haben 1904 zusammengearbeitet – in der Fälschersache Abercrombie –, Sie erinnern sich, er wurde in Brüssel gefaßt. Tja, das waren Zeiten, M'sieu. Ach, wissen Sie noch, der ‹Baron› Altara? Ein feiner Schlawiner, das! Er ist praktisch der gesamten europäischen Polizei durch die Finger geschlüpft. Aber wir haben ihn in Antwerpen geschnappt – dank Mr. Poirot.»

Danach nahm Japp ihn unter seine Fittiche – oder war es umgekehrt? Ganz gleich, in England sollte ihre von vorsichtiger Zurückhaltung bestimmte Freundschaft viele Jahre lang bestehen.

Die auf lange Sicht wichtigste Verbindung, die Poirot während seiner belgischen Zeit zu England knüpfte, war die zu Arthur Hastings, einem jungen Angestellten von Lloyd's, dem er seine Unterstützung gewährte. Welcher Art die Geschäfte waren, die Hastings von London nach Brüssel führten, ist nicht belegt, doch auf dieser Reise lernte er Poirot kennen und geriet rettungslos in seinen Bann. Hastings war aber auch reif dafür. «Ich hatte immer den geheimen Wunsch, Detektiv zu werden», gestand er in *Das fehlende Glied in der Kette* einem neuen Freund.

Begeistert kehrte Hastings aus Belgien zurück und erzählte bei jeder Gelegenheit von den «Heldentaten und Triumphen Hercule Poirots». In seinen kühnsten Träumen hätte er sich damals nicht einfallen lassen, daß es ihm in wenigen Jahren schon vergönnt sein würde, mit diesem großen Mann zusammenzuarbeiten.

Wie wir wissen, stand Poirot im Jahr 1914 kurz vor seiner Pensionierung. Vielleicht hatte er schon begonnen, ein neues, geruhsames Dasein inmitten der *«dunes impeccables»* bei Knokke zu planen. Doch im August 1914 kam es mit dem Einmarsch der Deutschen ins neutrale Belgien zur Katastrophe. Der Erste Weltkrieg hatte begonnen.

Die Belgier litten schwer unter der deutschen Besatzung. Unter einem deutschen Gouverneur wurden viele Belgier, die die Kollaboration verweigerten, hingerichtet oder deportiert. Aus Protest verweigerten Arbeiter ihren Dienst, Universitäten schlossen ihre Tore und Zeitungen stellten ihre Veröffentlichung ein. Eine britische Heldin, Edith Cavell, Leiterin der Schwesternschule, wurde erschossen, weil sie Soldaten der Alliierten Fluchthilfe geleistet hatte. Zahllose Patrioten gingen in den Untergrund.

Irgendwo in dieser Widerstandsbewegung war zweifellos auch Poirot zu finden. Als Leiter einer Polizei, die die Zusammenarbeit ablehnte, hätte ihm wahrscheinlich Gefängnis oder Schlimmeres gedroht. Fast zwei Jahre lang blieb er verschwunden. Welche wichtige Rolle er im Widerstand spielte, zeigte sich gegen Ende des Krieges, als ihm von höchster Stelle der britischen Regierung der Fall des «entführten Premierministers» übertragen wurde (*Der entführte Premierminister*). «Wie kamen Sie gerade auf mich?» fragte er eine Delegation des Kriegskabinetts. «Ich bin ein völlig Unbekannter in Ihrem großen London.» Aus der Antwort geht klar hervor, daß König Albert persönlich, der belgische Monarch im Exil, seinen kleinen Landsmann vorgeschlagen hatte. Er hielt ihn als einzigen in ganz England für fähig, den verschwundenen Premierminister den Klauen des Feindes zu entreißen.

Im Frühjahr 1916 müssen die Deutschen Poirot bedrohlich nahe gekommen sein. Schwer verwundet, wurde er von Belgien nach Frankreich geschmuggelt. Jahre später, in *Mord im Orientexpreß*, er-

innerte er einen französischen General an das, was er ihm verdankte:
«‹Aber ja, natürlich, erinnere ich mich recht, daß Sie mir einmal das Leben gerettet haben?› Darauf hatte der General wiederum eine angemessene Antwort gegeben und jeden Verdienst an dieser einstigen Hilfeleistung geleugnet. Und im weiteren Gespräch über Frankreich und Belgien, über Ruhm und Ehre und ähnliche Dinge, hatten sie einander herzlich umarmt.»
Aus Frankreich gelangte Poirot als «trauriger und müder Flüchtling nach England».
Von Kriegsbeginn an hatten die Engländer den belgischen Flüchtlingen ihre Herzen und Häuser geöffnet. «Denk an Belgien», mahnten Freiwilligenaufrufe, und *«Vivent les braves Belges!»* lautete noch an die sieben Jahre später der Schlachtruf der jungen Leute in *Ein diplomatischer Zwischenfall.* Eifrige Beamte mühten sich nach Kräften, diese Exilanten, die sich im fremden Land völlig verloren fühlten, bei den passenden Wohltätern unterzubringen. Zu wem, werden sie sich gefragt haben, sollten sie diesen ulkigen kleinen Polizeibeamten schicken? Zu Mrs. Inglethorp vielleicht?
Emily Inglethorp, autokratische Herrin von Styles Court in dem hübschen Dorf Styles St. Mary in Essex, hatte in einem Häuschen namens Leastways, das nicht weit vom Parktor entfernt stand, bereits sechs Belgiern Unterkunft gewährt. Im Frühsommer des Jahres 1916 stieg auf dem Dorfbahnhof hinkend ihr siebter Flüchtling aus dem Zug.
«Eine hochherzige Frau nahm mich gastfreundlich auf», berichtete Poirot über Mrs. Inglethorp. «Wir Belgier werden uns ihrer immer mit Dankbarkeit erinnern.» In Leastways erhielt er ein Zimmer im oberen Stockwerk, und dort scheint er die meisten seiner Tage zugebracht zu haben, am Fenster sitzend, aus dem man zur Dorfstraße hinuntersah, hin und wieder eine russische Zigarette rauchend und über sein Schicksal nachdenkend. «Sprechen Sie nur für sich selbst, Hastings», sagte Poirot in *Vorhang.* «Für mich war die Ankunft in Styles St. Mary traurig und schmerzlich. Ich war ein Flüchtling, verwundet, von Haus und Hof vertrieben, gezwungen, in einem fremden Land von der Wohltätigkeit anderer zu leben.»
Was sollte er nun anfangen, der berühmte Hercule Poirot, unversehens ohne Ziel und längst nicht mehr jung? Die Zeit muß ihm sehr langsam vergangen sein in dieser stillen Zuflucht «inmitten grüner Felder und kleiner ländlicher Straßen».

Ich bin sicher, daß Poirot und seine Landsleute zur Abwechslung gelegentlich nach Styles Court – Styles, wie die Familie es nannte – zum Tee mit Mrs. Inglethorp und ihrer *ménage* eingeladen wurden. An Mrs. Inglethorps Seite wird dann ihr neuer Ehemann gesessen haben, der schwarzbärtige Alfred Inglethorp, der zwanzig Jahre jünger war als sie (und von der erbitterten Familie nur der «Mitgiftjäger» genannt wurde). Die Flüchtlinge werden mit Mrs. Inglethorps beiden Stiefsöhnen aus einer früheren Ehe bekannt gemacht worden sein, John Cavendish, der den Landjunker spielte, und Lawrence, der «armselige Gedichte zwischen verschwenderischen Buchdeckeln» veröffentlichte, und sie werden Mary, John Cavendishs Frau, und die beherzte Cynthia Murdoch kennengelernt haben, auch sie ein Schützling Mrs. Inglethorps.
«Sie hatten, ohne es zu wissen, einen berühmten Gast in Ihrem Haus», sagte Hastings später zu ihnen, und es ist interessant, sich vorzustellen, wie Poirot diese vielversprechende Gruppe beobachtete, während er höflich eine Tasse des verabscheuten englischen Tees trank. Wäre es möglich, daß zum erstenmal seit seiner Ankunft in England ein Schimmer professionellen Interesses in diesen forschenden grünen Augen aufblitzte?

2

Das englische Debüt

Strahlend trat er vor.

Mord auf dem Siegesball

Gegen fünf Uhr nachmittags am 17. Juli 1917 näherte sich dem Dorfpostamt von Styles St. Mary eine wunderliche Gestalt:
«... ein höchst ungewöhnlich aussehender kleiner Mann. Er war kaum mehr als einen Meter sechzig groß, trug sich jedoch mit großer Würde. Sein Kopf war genau wie ein Ei geformt ... Sein Schnurrbart war militärisch steif. Die Adrettheit seines Anzugs war fast unglaublich.»
Es war Poirot, der tapfer fürbaß hinkte und zweifellos fast umkam vor Langerweile. Dieser schicksalhafte Nachmittag jedoch bescherte ihm die Erlösung von aller Trübsal. Aus dem Postamt nämlich und direkt in Poirots Weg stürmte ein großer, jungenhafter Mann. Wie Hastings später schrieb:
«Ich wich aus und entschuldigte mich, als er mich plötzlich mit lautem Ausruf in die Arme nahm und herzlich küßte. ‹*Mon ami* Hastings!› rief er. ‹Es ist in der Tat *mon ami* Hastings!›»
Captain Arthur Hastings' Überraschung und Freude über dieses zufällige Wiedersehen waren so groß wie die Poirots. Hatte er nicht erst wenige Tage zuvor Mary Cavendish von ebendiesem Zwerg erzählt?
«In Belgien lernte ich einmal einen Mann kennen, einen sehr berühmten Detektiv, und war ganz begeistert von ihm. Er war ein fabelhafter kleiner Bursche. Er sagte immer, alle gute Detektivarbeit sei lediglich eine Sache der Methode ... Er war ein komischer kleiner Mann, ein Dandy wie er im Buch steht, aber ungemein klug.»

Nach weiteren Überraschungsbekundungen und Erklärungen, und nachdem er Poirot versprochen hatte, ihn im Haus der Flüchtlinge zu besuchen, kehrte Hastings nach Styles zurück, wo er vor kurzem angekommen war, um sich als Gast der Cavendishs von den Nachwirkungen einer Kriegsverletzung zu erholen. Doch welch eine folgenschwere Begegnung war das an diesem warmen, verschlafenen Tag! Ohne Zweifel ziert das Postamt von Styles St. Mary noch heute eine Plakette zur Erinnerung an den Beginn von Poirots englischer Karriere. Am folgenden Morgen nämlich, in aller Früh, weckten Schmerzenslaute, die aus Mrs. Inglethorps Schlafzimmer zu vernehmen waren, die Bewohner von Styles. Jemand hatte die Herrin von Styles mit Strychnin vergiftet.

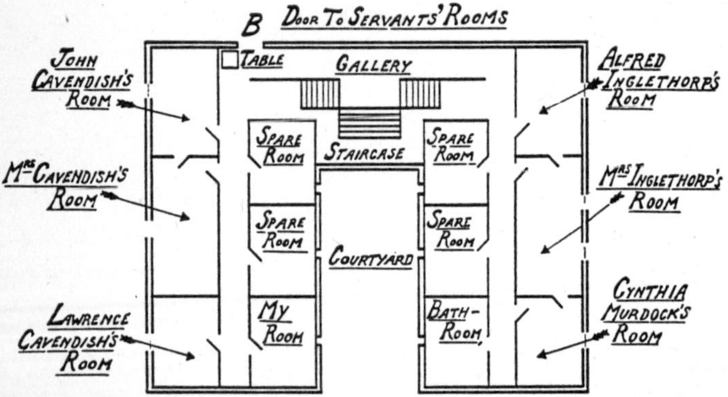

«Ich möchte dich um etwas bitten», sagte Hastings keine Stunde nach Mrs. Inglethorps Ableben zu seinem alten Freund, John Cavendish. «Du erinnerst dich, daß ich dir von meinem Freund Poirot erzählt habe? Dem Belgier, der hier wohnt. Er war früher ein sehr berühmter Detektiv . . . Erlaube mir, ihn hinzuzuziehen – um dieser Sache auf den Grund zu gehen.» Das war der Auftakt zu einer freundschaftlichen Verbindung, die weltberühmt wurde und beinahe sechzig Jahre dauern sollte, und es war der Auftakt zu einem Werk, das in der Geschichte des Kriminalromans einen Meilenstein darstellt, zu *Das fehlende Glied in der Kette.*

«Wir gehen ins Schloß», sagte Poirot, als er gerufen wurde, «und sehen uns alles an Ort und Stelle an.» Wie viele Millionen Leser haben wohl seitdem den historischen Grundriß von Styles Court vor Augen gehabt, den Arthur Hastings 1916 anfertigte? (Und obwohl Hastings sich Hals über Kopf in Cynthia Murdoch verliebte, schrieb er ihren Namen auf dem Plan falsch.)

Es war ein Kriegshaushalt. Das Petroleum war rationiert. Das Abendessen fand um halb acht statt. («Die späten Diners haben wir schon lange aufgegeben.») Jeder Fetzen Papier wanderte in einen Sammelsack, und wenn der Sack voll war, wurde er weitergeschickt. Nur drei Gärtner waren noch übrig. John Cavendish half auf den Höfen und exerzierte mit den Freiwilligen. Mary Cavendish war jeden Morgen um fünf Uhr auf den Beinen. Cynthia Murdoch arbeitete in der Apotheke des nahe gelegenen Rot-Kreuz-Krankenhauses. Die ehrfurchtgebietende Mrs. Inglethorp leitete ständig irgendwelche patriotischen Veranstaltungen. Ein deutscher Spion (der bald entlarvt werden sollte) schaute ab und zu herein. Und in dem Häuschen Leastways hausten sieben Flüchtlinge, «die Belgier».

«Reiche Gutsbesitzerin vergiftet» schmetterten die Zeitungen, und Styles befand sich prompt im Belagerungszustand. Bei der gerichtlichen Untersuchung, die einige Tage später im Stylites Arms abgehalten wurde, erkannte Poirot einen alten Kollegen wieder und gab Hastings einen Puff. «Wissen Sie, wer der Mann da ist?» Er wies auf einen Mann mit einem «scharfen, dunklen Frettchengesicht» in der Nähe der Tür. Hastings schüttelte den Kopf. «Das ist Inspektor Japp von Scotland Yard», klärte Poirot ihn auf. «Jimmy Japp.»

In *Das fehlende Glied in der Kette*, 1920 veröffentlicht, finden sich die Grundingredienzen manch zukünftigen Abenteuers – ein vorsätzlicher Mord in einem idyllischen Ambiente, der schließlich von einem exzentrischen kleinen Ausländer mit Eierkopf aufgeklärt wird. Hilfe und Hindernis bei der Arbeit ist der energische Inspektor James Japp von Scotland Yard, und als Chronist, der alles getreulich für die Nachwelt festhält, fungiert der brave Arthur Hastings, stets verwirrt und sprachlos vor Bewunderung. Es wurde ein Volltreffer. «Ach», schrieb Hastings viele, viele Jahre später, «hätte dies doch der Tag im Jahr 1916 sein können, als ich nach Styles reiste . . .»

Das Geheimnis von Styles und der nachfolgende Mordprozeß im Old Bailey nahmen alle Betroffenen mehrere Monate lang in Anspruch.

«Im September waren wir alle in London», schrieb Hastings.

«Mary nahm ein Haus in Kensington, in dem auch Poirot Unterkunft fand. Ich selbst hatte eine Anstellung beim Kriegsministerium gefunden und konnte sie so immer sehen.»
Während dieses Aufenthalts bei den Cavendishs begann Poirot, der mittlerweile nicht mehr hinkte, sich vermutlich nach einer dauerhafteren Unterkunft umzusehen. Aus einer späteren Geschichte, *Das Erbe der Familie Lemesurier*, geht hervor, daß Poirot etwa um diese Zeit einen kleineren Auftrag vom Kriegsministerium erhielt. Vielleicht nahm er das als Zeichen? Warum in die ländliche Vergessenheit von Styles St. Mary zurückkehren? Wie er später Mr. Satterthwaite erzählte, hatte ihm der Fall Styles neues Selbstvertrauen gegeben.
«Ich stellte fest, daß ich noch nicht am Ende war. Nein, im Gegenteil, meine Fähigkeiten waren stärker denn je. Damals begann meine zweite Karriere – die eines Privatdetektivs in England.»
Poirot startete in dieses Unternehmen sicherlich mit der Bestellung angemessener Visitenkarten und der Suche nach einer passenden Wohnung. Und wer konnte ihm im Dickicht englischer Sitten und Gebräuche besser als Führer dienen denn Arthur Hastings, der inzwischen wegen Invalidität aus der Armee entlassen war und eine Stellung in London angetreten hatte? Poirot durch den Fall Styles innig verbunden und noch immer von der Hoffnung beseelt, selbst Detektiv zu werden, klebte Hastings wie eine Klette an Poirot.
Im Laufe der Zeit sollte Poirot zum meistgesuchten Detektiv Londons werden, was ihm ein Leben auf recht großem Fuß erlauben würde, doch zu Beginn seiner neuen Karriere begnügte er sich mit einer bescheidenen Unterkunft, die oft von Hastings geteilt wurde, und nahm gewisse Entbehrungen auf sich:
«Poirot hatte eben sorgfältig Tassen und Untertassen zurechtgerückt, die unsere Wirtin mehr hinzuwerfen als hinzustellen pflegte. Er hatte die Teekanne aus Blech kräftig angehaucht und mit einem seidenen Taschentuch poliert.»
In dieser Umgebung also nahm Poirot seine Arbeit als Privatdetektiv auf, und Hastings freute sich von nun an auf die allabendlichen Berichte über die laufenden Fälle. Nach mehreren recht einträglichen Jahren, die durchaus angenehm verliefen, erhielt Poirot endlich einen bedeutenden Auftrag. Hastings hatte sich, wie er es schilderte, eines Abends gerade niedergesetzt, um sich über die neuesten Entwicklungen in einem Fall unterrichten zu lassen, bei dem es um den verschwundenen Ehemann einer Putz-

frau ging («Eine diffizile Angelegenheit, die Taktgefühl verlangt»), als:
«... die Wirtin zur Tür hereinsah und ihm mitteilte, unten seien zwei Herren, die ihn zu sprechen wünschten.
‹Sie wollen ihre Namen nicht nennen, Sir, aber sie haben gesagt, es wäre sehr wichtig.›
‹Schicken Sie sie herauf›, sagte Poirot...
Wenige Minuten später wurden die beiden Besucher hereingeführt, und mir stockte der Atem, als ich sie sah. Der erste war kein geringerer als Lord Estair, Führer des Unterhauses, und sein Begleiter, Mr. Bernard Dodge, war ein Mitglied des Kriegskabinetts und, wie ich wußte, ein enger Freund des Premierministers.»
Endlich Klienten, die Poirots würdig waren! Und was für einen Fall brachten sie ihm mit – das Verschwinden des Premierministers am Vorabend der bevorstehenden Konferenz der Alliierten in Versailles! Äußerst ernst sagte Lord Estair:
«‹Wir sind auf die ausdrückliche Empfehlung und den erklärten Wunsch eines bedeutenden Mannes Ihres Heimatlands zu Ihnen gekommen.›
‹*Comment?* Hat mein alter Freund, der *Préfet*–›
Lord Estair schüttelte den Kopf. ‹Er steht weit über dem Präfekten. Sein Wort war einst Gesetz in Belgien – und wird es wieder sein. Das hat England geschworen.›»
Poirot hob rasch die Hand zu ehrerbietigem Gruß. «Amen!»
Bei der Lektüre der sich daraus ergebenden melodramatischen Episode, *Der entführte Premierminister,* fragt man sich, was Poirot mehr genoß – die Pläne einer Gruppe deutscher Agenten zu durchkreuzen, die vor nichts zurückschreckten, oder zu reüssieren, wo die französische Polizei und Inspektor Japp versagt hatten. Den Blick schon auf die Nachwelt gerichtet, schrieb Hastings über diesen Fall:
«Ich finde es nur gerecht, daß England erfährt, was es meinem kleinen Freund zu verdanken hat, der durch seine außerordentliche Klugheit eine große Katastrophe abwendete.»
Ob der Ehemann der Putzfrau je gefunden wurde, wird nicht mitgeteilt.

Bald nach diesem *coup* gab es einen neuen Fall, von dem Hastings großartig und übereilt erklärte, es handle sich um «das schwierigste Rätsel, das Poirot je zu lösen hatte». Die Anfänge reichten in das Jahr 1916 zurück, als Hastings seine Bekanntschaft mit Cap-

tain Vincent Lemesurier erneuerte, einem Offizier aus einer alten Familie Northumberlands. Mrs. Lemesurier, eine tief besorgte und resolute Mutter, die sich eines Berichts ihres Mannes über seine Begegnung mit Poirot zwei Jahre zuvor erinnerte, bat Poirot nun um Hilfe. Es galt, die Familie von dem mittelalterlichen Fluch zu erlösen, der auf ihr lastete. Waren alle erstgeborenen Söhne der Familie Lemesurier dazu verurteilt zu sterben, ehe sie das Familienerbe antreten konnten? In der Kurzgeschichte *Das Erbe der Familie Lemesurier* bewies Poirot, der wie ein «gescheiter kleiner Terrier» an die Arbeit ging, daß dem nicht so war.
Im Frühjahr 1919, als ganz England das Ende des Weltkriegs feierte, wurde auf einem großen Siegesball der junge Viscount Cronshaw erstochen. «Jede läppische Hopserei nennt sich heute so, aber das hier war echte Klasse, fand in der Colossus Hall statt und ganz London war da», berichtete Japp, der bei Poirot aufkreuzte, um ihn zu bitten, ihm bei der Suche nach dem Mörder des jungen Adligen zu helfen. Poirot «hielt viel von Japps Fähigkeiten, wenn er auch seinen Mangel an Methode beklagte», und da ihm wahrscheinlich klar war, wie schmerzlich für Japp die Schlappe gewesen war, die er im Fall des entführten Premierministers erlitten hatte, erklärte er sich bereit, ihm zu helfen. In *Mord auf dem Siegesball* knackte er einen sensationellen Kokain-Fall, in den so prominente Mitglieder der Jeunesse dorée wie Miss Coco Courtenay und der ehrenwerte Eustace Beltane verwickelt waren. «*Une belle affaire*», nannte Poirot die Sache später, als er seinen Erfolg bei einem «*recherché* kleinen Souper» feierte.
Nach Abschluß dieser vier Fälle – die Entlarvung eines Giftmörders, die Rettung eines Premierministers, die Bannung eines Familiengespensts und die Aufklärung eines Rauschgiftfalls im vornehmen Mayfair – war Poirots Ruf als brillanter und diskreter Privatdetektiv etabliert. Er hatte ferner ein neues Heim und ein neues Lebensziel gefunden. In den folgenden fünfzig Jahren konzentrierte er seine Energien beinahe ausschließlich auf die bemerkenswerten Verbrechen der blutrünstigen Engländer.

3

Die zwanziger Jahre

«Diese Straße ist nicht aristokratisch, *mon ami*! Es gibt hier keinen Modearzt, keinen Modezahnarzt – noch weniger gibt es hier ein Moderestaurant. Aber es gibt einen Modedetektiv! *Oui*, mein Freund, es ist wahr – ich bin in Mode, ich bin der letzte Schrei.»

Hercule Poirot in *Die Augen der Gottheit*

Die zwanziger Jahre nach Ende des Weltkriegs waren eine Zeit wirtschaftlicher und sozialer Umwälzungen, eine unsichere, aber gedeihliche Zeit für die Mittel- und Oberklasse Englands. Poirot, der sich ihren kostspieligen und interessanten Verbrechen widmete, gedieh mit ihnen. Sein Schnurrbart zeigte es. Wurde er in den früheren Jahren als «militärisch steif» beschrieben, so wucherte er im Laufe des Jahrzehnts immer üppiger.

Irgendwann in den frühen zwanziger Jahren zogen Poirot und Hastings – der sich eine Stellung als «eine Art Privatsekretär ... bei einem Parlamentsmitglied» gesichert hatte – zu einer angenehmeren Wirtin, einer Mrs. Pearson in der Farraway Street 14, und in deren Salon wälzte sich nun ein offenbar nie versiegender Strom hilfesuchender Klienten. Es kamen zum Beispiel Hausfrauen («Privat – genau das suche ich. Ich will kein Gerede und Getue, oder was in der Zeitung»). Es kam der Adel («Er war ein seltsam aussehender junger Mann, groß, ungeduldig, mit einem schwach ausgebildeten Kinn, dem berühmten Mund der Mauranbergs und den feurig dunklen Augen des Fanatikers»). Es kamen Filmstars («Lord Cronshaw erzählte mir gestern abend, wie großartig Sie das Geheimnis um den Tod seines Neffen aufgeklärt haben»). Es kamen Damen, die in Not geraten waren («Aus der teuren Schlichtheit ihrer Kleidung schloß ich, daß sie früher einmal zur oberen Gesellschaftsschicht gehört hatte»). Und es kamen Männer auf der Flucht («Poirot eilte zu ihm ... ‹Brandy, schnell!»). Es gab zu Hastings' Freude nie einen Moment der Langeweile.

Und wenn Auftraggeber nicht kommen konnten oder wollten, begab Poirot sich zu ihnen, im allgemeinen in Begleitung von Hastings, dem durch seine Anstellung offenbar keinerlei zeitliche Einschränkungen auferlegt waren. Sie besuchten das prächtige Haus eines amerikanischen Industriekapitäns in der Park Lane («Poirot hob eine Nadel vom Teppich auf und betrachtete sie mit streng gerunzelter Stirn»); ein Landhaus genau zum Zeitpunkt eines mitternächtlichen Raubüberfalls («Die Damen trugen reizvolle Negligés»); einen altmodischen Garten, wo «der süße Duft von Levkojen und Reseden die Abendluft durchzog»; eine Opiumhöhle in Limehouse («Dann trat der Eigentümer zu uns, ein Chinese mit hinterhältig lächelndem Gesicht»); ein geheimes Labor («Ich glaube, es ist ihr bis zu einem gewissen Grad gelungen, die Atomenergie freizusetzen und für ihre Zwecke zu nutzen»); Villen in den Vororten («Das Zimmer war mit Nippes überladen, und zahlreiche Familienporträts von unübertrefflicher Häßlichkeit schmückten die Wände»).

Berichte über die meisten von Poirots Abenteuern Anfang der zwanziger Jahre haben wir Arthur Hastings zu verdanken, der für seine Aufzeichnungen im allgemeinen die Form der Kurzgeschichte wählte. Insgesamt bieten sie einen Rückblick auf aufregende Zeiten.

Die Geschichte über *Das Verschwinden Mr. Davenheims* beginnt mit einem Besuch Inspektor Japps, der mittlerweile so etwas wie eine Konstante in Poirots Leben geworden ist. Poirot und Hastings lebten damals noch im Haus der schlampigen Wirtin mit der Blechteekanne, doch diese Unbilden waren über Japps Nachricht vom Verschwinden eines berühmten Finanziers schnell vergessen. Nach lebhafter Diskussion gegensätzlicher Methoden wettete Poirot um fünf Pfund mit Japp, daß er, mit den gleichen Informationen versehen wie Scotland Yard, Mr. Davenheim innerhalb einer Woche wieder zum Vorschein bringen würde, ohne sich aus seinem Sessel zu erheben.

Fünf Tage später strichen Poirot und Hastings den unvermeidlichen Gewinn ein, kehrten ihrer Wirtin den Rücken und führten Japp zum Abendessen aus. Aber hatte dieser seine Lektion gelernt? Anhand des nächsten Falls, der Ermordung einer Millionärstochter in *Das Geheimnis des Plymouth-Expreß*, erteilte Poirot später Hastings eine Lehrstunde:

«Erinnern Sie sich an das Geheimnis des Plymouth-Expreß. Der große Japp machte sich auf den Weg, um die Eisenbahnlinie zu besichtigen. Als er zurückkehrte, konnte ich ihm genau sagen, was er gefunden hatte, obwohl ich mich keinen Schritt aus meiner Wohnung bewegt hatte.»
Poirot berief sich wahrscheinlich auch gern auf die Sache mit der mysteriösen Wohnung *(Die mysteriöse Wohnung)*, die sich zu einem Fall von internationalen Dimensionen auswuchs, wenn er eine heilsame Lektion erteilen wollte: Man vernachlässige niemals das Triviale! Wie zum Beispiel war es den jungen Robinsons im übervölkerten Nachkriegs-London gelungen, eine bildschöne Wohnung in Knightsbridge für eine Miete von nur achtzig Pfund im Jahr zu ergattern? Als Hastings ihm in scherzhafter Herausforderung diese Frage hinwarf, hob Poirot gewissermaßen witternd die Nase:
«Es ist ein Glück, *mon ami*, daß wir zur Zeit nicht mit wichtigen Angelegenheiten befaßt sind. So können wir uns ganz dem vorliegenden Fall widmen.»
«Von was für einem Fall sprechen Sie?»
«Von der außerordentlich billigen Wohnung Ihrer Freundin, Mrs. Robinson.»
Eine weitere spannende Spionagegeschichte aus jenen «schwierigen Tagen des Wiederaufbaus» wird in *Der unglaubliche Diebstahl der Bomberpläne* erzählt. In diesem Fall zitierte der Verteidigungsminister Poirot in einer Sache von nationaler Bedeutung zu sich; es ging um das Verschwinden der Pläne für das neue U-Boot vom Typ Z. «Ich erinnere mich nur zu gut, was Sie im Krieg für uns getan haben, als der Premierminister entführt wurde», sagte der erschütterte Minister zu Poirot. «Mit Ihrer brillanten Logik – und Ihrer Diskretion – retteten Sie damals die Situation.» Hastings fand, Poirot nähme diese Sache mit den U-Boot-Plänen viel zu leicht, aber «eines ist sicher», schrieb er mit Genugtuung, «an dem Tag, an dem Lord Alloway Premierminister wurde, trafen ein Scheck und eine signierte Fotografie ein».
Zugegebenermaßen stiegen Poirot solche Fälle von Bedeutung leicht einmal zu Kopf. «Sie haben einen Klienten», verkündete Hastings in *Köchin gesucht*. «Wenn die Angelegenheit nicht von nationaler Bedeutung ist, rühre ich sie nicht an», erklärte Poirot. Angesichts einer resoluten Mrs. Todd, deren Küchenperle verschwunden war, besann Poirot sich und befand, Mrs. Todds Köchin sei doch eine Angelegenheit von nationaler Bedeutung,

wenn er auch Hastings unter vier Augen ermahnte: «Nie, nie darf unser Freund, Inspektor Japp, von dieser Sache erfahren.»
Praktisch im Windschatten von Mrs. Todd kam Mrs. Pengelley aus Polgarwith, um Poirot im Vertrauen ihren Verdacht mitzuteilen, daß ihr Mann sie langsam vergifte.
«Ich habe nicht die Absicht, ihm alles durchgehen zu lassen. Frauen sind nicht mehr die unterdrückten Sklavinnen, die sie früher einmal waren, Monsieur Poirot.»
«Ich gratuliere Ihnen zu Ihrem unabhängigen Verstand, Madame ... Da ich nichts von Bedeutung vorliegen habe, kann ich Ihre kleine Sache übernehmen.»
Aber in *Die mysteriöse Angelegenheit von Cornwall* geriet die «kleine Sache» bald außer Kontrolle. Gleich am nächsten Tag sah Poirot sich vor die Notwendigkeit gestellt, Ermittlungen über Mrs. Pengelleys Tod durchzuführen. Ein trauriges Erlebnis für diesen gutherzigen Mann. «Möge Gott mir verzeihen, aber ich glaubte keinen Moment, daß da irgend etwas geschehen würde», gestand er Hastings.
In *Die mysteriöse Angelegenheit von Cornwall* lernen wir Poirot auf Reisen kennen. Er und Hastings sind ständig damit beschäftigt, in Fahrplänen zu blättern und Landgasthöfe auszuprobieren. («Eine Horrornacht in einem Ihrer englischen Provinzbetten, *mon ami.*»)
In *Die Tragödie von Marsdon Manor* wurde Poirot von einer Versicherungsgesellschaft beauftragt, einen Todesfall in Essex unter die Lupe zu nehmen. War Mrs. Maltravers, die beim Krähenschießen unversehens der Tod ereilt hatte, wirklich eines natürlichen Todes gestorben?
In *Das Mysterium von Hunter's Lodge* begleitete Hastings, der gern einmal allein Detektiv spielen wollte, den bekümmerten Roger Havering zu einer abgelegenen Jagdhütte in Derbyshire, nachdem dieser zuvor ein Telegramm von seiner Frau erhalten hatte:
«Komm sofort heim. Onkel Harrington gestern abend ermordet. Bring guten Detektiv mit, wenn möglich, aber komm. Zoe»
Grippekrank in London festsitzend, hielt Poirot eisern die Verbindung aufrecht:
«... telegrafieren Sie Beschreibung der Haushälterin und ihrer Kleidung heute morgen. Gleichermaßen von Mrs. Havering. Vergeuden Sie keine Zeit mit Fotografieren von Innenräumen. Die Aufnahmen sind immer unterbelichtet und nicht im geringsten künstlerisch.» Und so weiter.
Eine Nacht in einem Dorfgasthof konnte eine Strapaze sein, aber

nichts war für Poirot so schlimm wie eine Schiffsreise. Die Qualen, die er dabei durchmachte, sind in *Das Abenteuer des ägyptischen Grabes* geschildert. Innerhalb eines Monats nach der Freilegung des Grabes des finsteren Königs Men-her-Ra waren mehrere Mitglieder des Grabungsteams auf geheimnisvolle Weise ums Leben gekommen. Lady Willard, die Ehefrau des Expeditionsleiters, holte Poirot zur Untersuchung des Geheimnisses nach Ägypten. Tat der Fluch Men-her-Ras seine Wirkung? «Man darf die Kraft des Aberglaubens nicht unterschätzen», meinte Poirot zu Hastings. «Aber o – das Meer! Das verhaßte Meer!» Die Tortur einer mehrtägigen Schiffsreise von Marseille nach Alexandria, der auch noch ein Kamelritt folgte, überstand Poirot nur mit «Schreien, Armefuchteln und Beschwörungen der Jungfrau Maria sowie sämtlicher Kalenderheiligen».

Trotz dieser Reiseschwierigkeiten ließ Poirot sich ab und zu von Hastings zu einem Urlaub überreden. Selten allerdings fand er bei diesen Ausflügen Ruhe. Ein erholsames Wochenende in einem komfortablen Hotel in Brighton beispielsweise verwandelte sich in die Jagd nach einer kostbaren Perlenkette *(Der Juwelenraub im Grand Hotel)*; aus einem Urlaub in Devon *(Die Doppelsünde)* wurde eine Suchaktion nach einer gestohlenen Miniaturensammlung; und bei dem geruhsamen Wochenende, das der überraschend fürsorgliche Inspektor Japp in einem gemütlichen Landgasthof arrangiert hatte («Hier kennt uns niemand, und wir kennen niemanden – genau so soll es sein»), mußte das Sonntagsfrühstück ausfallen, weil der Dorfwachtmeister mit der bestürzenden Nachricht kam: «Ein Herr oben in Leigh Hall – hat sich erschossen – Kopfschuß.» *(Stille vor dem Sturm)*

Poirot war mittlerweile sehr en vogue. Der Adel, die Londoner High-Society und die Nachahmer und Snobs der Halbwelt suchten immer häufiger seine diskreten Dienste. Abenteuer in diesen eleganten, manchmal gefährlichen Kreisen brachten einem unerschütterlich bürgerlichen Detektiv große Befriedigung. Die staunende Bewunderung des anhänglichen Hastings erhöhte das Vergnügen natürlich noch.

In *Das Abenteuer des Kreuzkönigs*, einem besonders komplizierten Fall, wurde Poirot von Prinz Paul von Maurania engagiert, der zitternd der Wahrheit harrte: War es möglich, daß seine Verlobte, die Tänzerin Valerie Saintclair, den berüchtigten Erpresser getötet hatte, der kürzlich ermordet worden war? Die Ermittlungen führten Poirot und Hastings überraschenderweise in ein gutbürgerli-

ches Vororthaus, wo eine brave englische Familie, die Oglanders, wegen gewisser Ereignisse in der Mordnacht zu befragen war. «Meiner Ansicht nach machte Miss Oglander einen Fehler, als sie eine Partie ohne Trumpf ansagte. Sie hätte drei Pique ansagen sollen», bemerkte Poirot zu einem gereizten Hastings, der beeindrukkendere Tricks erwartete. Wenn Poirot bei späteren Fällen auf die Wichtigkeit des Trivialen hinweisen wollte, pflegte er daher zu sagen: «Denken Sie an den Fall mit der Tänzerin, Valerie Saintclair.»
Poirot belehrte Hastings natürlich ständig. «Wir alle haben kleine graue Zellen. Und so wenige von uns wissen sie zu gebrauchen», rief er in *Das Abenteuer des italienischen Edelmannes* und führte seinen Watson geduldig durch das Labyrinth, an dessen Ende des Rätsels Lösung wartete.
In *Ein Indiz zuviel,* ein für Poirot persönlich bedeutsamer Fall, war sein Auftraggeber ein wohlhabender Sammler namens Marcus Hardman, der ihn verzweifelt beschwor herauszufinden, welcher seiner reizenden Gäste bei der gestrigen kleinen Teegesellschaft eine Sammlung mittelalterlicher Schmuckstücke hatte mitgehen lassen. Mit viel Takt sorgte Poirot für die Rückkehr des Schmucks und verlor im Zug dieser Bemühungen sein Herz an die verwegene Gräfin Rossakoff, eine russische Emigrantin. «Eine bemerkenswerte Frau», sagte Poirot seufzend zu Hastings. «Ich habe das Gefühl, mein Freund . . . ich werde sie wiedersehen.»
Als «ein nettes kleines Problem» betrachtete Poirot die Entführung des kleinen Johnnie Waverly *(Poirot und die Kidnapper)* und sorgte natürlich für ein Happy-End, indem er den Eltern den Sohn und Erben zurückbrachte. Beim nächsten Fall, wo es um *Das fehlende Testament* ging, schneite Poirot eine junge Dame ins Haus, eine «sogenannte neue Frau», die der hoffnungslos sexistische Hastings mit höchstem Mißtrauen beäugte. Violet Marsh war Wissenschaftlerin und Erbin ihres kürzlich verstorbenen reichen Onkels, der seinen Unmut über akademisch gebildete Frauen über das Grab hinaus kundtat, indem er ihr Erbe versteckt hatte. Aufgerufen, es innerhalb eines Jahres zu finden, engagierte Miss Marsh klugerweise Poirot, es zu suchen. Hastings fand das ziemlich unfair.
«Aber nein, Hastings. Hier denken *Sie* falsch. Miss Marsh hat ihre Verstandesschärfe und den Wert einer höheren Schulbildung für Frauen gerade dadurch bewiesen, daß sie die Sache unverzüglich in meine Hände legte. Man soll immer zum Fachmann gehen. Sie hat ihr Anrecht auf das Geld klar nachgewiesen.»

Als nächstes erleben wir den von einem chronisch überzogenen Bankkonto geplagten Hastings in Versuchung, den dubiosen Reizen der Porcupine Oilfields zu erliegen, deren Prospekt eine Dividende von 100 Prozent verspricht. Dies veranlaßt Poirot, ihm zur Warnung die Geschichte von einem teuren Reinfall zu erzählen: *Die verlorene Mine.* Und als sollte Hastings eine doppelte Lektion erteilt werden, sind er und Poirot schon bald darauf schwer damit beschäftigt, einen sensationellen Fall zu lösen, der die London and Scottish Bank erschüttert: *Der raffinierte Aktiendiebstahl.*

Gegen Ende dieser hektischen Periode trat eine unerwartete Flaute ein, interessante Fälle wurden plötzlich knapp. Um Poirot aufzuheitern, nahm Hastings Zuflucht zu Watsons Methoden und las aus der Morgenzeitung vor:

«Hier haben wir einen Engländer, der in Holland auf mysteriöse Weise ums Leben kam ...»

«Das schreiben sie immer – und später stellt sich heraus, daß er die Fischkonserven gegessen hat und eines völlig natürlichen Todes gestorben ist ...»

In diesem Augenblick wurde eine dicht verschleierte junge Dame hereingeführt, die man, wie sie mit «weicher, melodischer Stimme» erklärte, auf gemeine Weise erpreßte.

«Haben Sie Vertrauen zu Papa Poirot», sagte Poirot beruhigend, und innerhalb eines Tages hatte er, unter Einsatz einer Taktik, die Hastings erschütternd fand, das Problem gelöst. *(Poirot geht stehlen.)*

In *Die Augen der Gottheit* konsultierten zwei Damen unabhängig voneinander Poirot wegen desselben heiklen Problems – Mary Marvell, die berühmte Filmschauspielerin, auf Empfehlung einer Freundin aus *Mord auf dem Siegesball,* und Lady Yardly, aus verarmtem alten Adel, die Mary Cavendish aus *Das fehlende Glied in der Kette* geschickt hatte. Was folgte, war eine Geschichte um alte Herrensitze, unheimliche Chinesen und legendäre Tempeldiamanten.

Mord auf dem Golfplatz, 1923 veröffentlicht, war der zweite Poirot gewidmete Roman, eine dramatische Geschichte, die in einer eleganten Villa in Nordfrankreich spielt.

Zu Beginn dieses Abenteuers begegnen wir Poirot und Hastings beim Frühstück, und Poirot ist wieder einmal wenig guter Stimmung.

«‹Die Fälle, die mir in letzter Zeit anvertraut werden, waren mehr

als banal. Ich habe im Grunde nichts anderes zu tun, als reichen Damen ihre entlaufenen Schoßhündchen wiederzubeschaffen ...›
Er schüttelte traurig den Kopf.
‹Kopf hoch, Poirot. Es wird wieder anders werden. Öffnen Sie Ihre Briefe. Vielleicht wartet da schon der große Fall.›»
Ausnahmsweise hatte Hastings recht. In der Morgenpost war ein Brief aus Frankreich, von Paul Renauld, einem südamerikanischen Millionär. «Kommen Sie um Gottes willen», hieß es da. «Ich fürchte täglich um mein Leben ...», und noch am selben Nachmittag standen Poirot und Hastings vor dem Tor der Villa Geneviève in Nordfrankreich und wurden von einem beeindruckenden *sergent de ville* in Empfang genommen.
«M. Renauld wurde heute morgen ermordet», verkündete der *sergent.*
«Ich habe das Gefühl», sagte Poirot, «das wird ein großer Fall werden, eine lange, mühsame Sache, nicht leicht zu entwirren.» Pfeffer erhielt die Geschichte zusätzlich durch den Gegensatz zwischen Poirot und Giraud von der Pariser Sûreté, die einander vom ersten Moment an nicht grün waren.
«Ich kenne Sie dem Namen nach, Monsieur Poirot», sagte Giraud. «Sie waren früher einmal eine Koryphäe, nicht wahr? Aber die Methoden haben sich geändert.»
Den «Terrier» nannte Poirot voller Verachtung den Kollegen Giraud, der auf der Suche nach Fußspuren, Zigarettenstummeln und unbenutzten Streichhölzern ständig auf allen vieren herumrobbte. Giraud seinerseits bezeichnete Poirot als das «alte Fossil».
So hitzig wurde die Rivalität zwischen den beiden, daß Poirot mit Giraud um 500 Francs wettete, daß er den Mörder zuerst finden würde. «Ich möchte Ihnen doch nicht Ihr Geld abnehmen», höhnte Giraud, aber am Ende hockte er mit einer «Nervenkrise» in Paris und Poirot zeigte in London stolz die Figurine eines Terriers, die 500 Francs gekostet hatte.
Der Mord auf dem Golfplatz riß Poirot jedoch nicht nur aus seiner Langeweile, er bescherte seinem Leben auch eine tiefgreifende Veränderung. Während dieses Frankreichaufenthalts nämlich verliebte Hastings sich in Dulcie Duveen.
Nun verliebte Hastings sich zwar ständig, aber bis zu seinem Zusammentreffen mit Dulcie hatte er sich immer nur in junge Damen konventionellen Musters verliebt. Wie er selbst schrieb:
«Ich bin ein altmodischer Mensch. Ich finde, eine Frau sollte weiblich sein. Ich habe nichts übrig für die moderne Neurotikerin, die

sich die Nächte um die Ohren schlägt, raucht wie ein Schlot und flucht wie ein Fischweib.»
Wer hätte gedacht, daß Arthur Hastings allen Ernstes eine respektlose junge Frau mit losem Mundwerk, die sich seit ihrem sechsten Lebensjahr als Tänzerin und Akrobatin durchgeschlagen hatte, um ihre Hand bitten würde? Und wer hätte gedacht, daß die schlagfertige und leidenschaftliche Dulcie (oder Cinderella, wie sie sich gern nennen ließ) ihm ihr Jawort geben würde? «Sie war schön wie ein Bild von Greuze», schrieb der vernarrte Hastings. «Ich wußte doch, daß du nicht so eine trübe Tasse bist, wie es den Anschein hatte», erklärte Cinderella. Während Giraud Spuren suchte und Poirot seine kleinen grauen Zellen aktivierte, fanden Hastings und Cinderella die Liebe.
Wie stellte sich Poirot dazu? Ganz allgemein fand er die Art und Weise, wie die Engländer an die Ehe herangingen, deplorabel. «Keine Methode – überhaupt keine Methode. Sie überlassen alles dem Zufall!» Und zu Hastings im besonderen – als dessen Verheiratung allerdings nur theoretisch in Betracht gezogen worden war – hatte er einmal gesagt: «Eines Tages werde ich, wenn Sie gestatten, eine angemessene Heirat für Sie arrangieren.» Und nun erwog Hastings, sein treuer Freund und Schüler, die Heirat mit einer Akrobatin und sprach von Emigration nach Argentinien!
Man muß Poirot Gerechtigkeit widerfahren lassen und sagen, daß er dies alles zunächst sehr gut aufnahm. Generös stellte er das Glück des Freundes über sein eigenes, indem er die Liebenden am Ende von *Der Mord auf dem Golfplatz* miteinander vereinte, obwohl Hastings' Erklärung: «In Zukunft muß ich meinen eigenen Weg gehen», sicher ein Schock für ihn war. Vielleicht glaubte Poirot ihm nicht? Vielleicht meinte er, diese Verliebtheit würde sich geben wie alle anderen zuvor?
Aber sie gab sich nicht, und gegen Ende des Jahres 1923 muß in der Farraway Street 14 mit großem Eifer gepackt worden sein, und Mrs. Pearson wird ihren angenehmen Mieter nur mit Bedauern in den Hafen der Ehe und auf eine Ranch in Argentinien haben ziehen lassen.
Ob es wohl vorher lange Diskussionen bei Kräutertee und Whisky-Soda im gemeinsamen Salon gegeben hat? Wir wissen nur, daß Poirot, den die Familie Endicott aufs Land eingeladen hatte *(Ein diplomatischer Zwischenfall)*, sich entschieden einsam fühlte und dem Freund, «der nach Südamerika gegangen ist», nachtrauerte.

«Sie sind nicht wie ich alt und einsam», lamentierte Poirot beim Weihnachtsfest mit den Endicotts, ließ sich jedoch vom knisternden Feuer und dem glitzernden Schnee bald wieder aufheitern und lohnte der Familie ihre Gastfreundschaft, indem er zwei Gauner dingfest machte, die mit einem berühmten Schmuckstück türmen wollten.

Und was wurde aus Hastings? Sie brauchen nicht zu fürchten, daß das «freie, unbeschwerte Leben Südamerikas» ihn Poirot für immer raubte. Schon anderthalb Jahre später finden wir ihn an Bord eines Schiffes, das sich den weißen Felsen Dovers nähert.

«Ich war zwei Tage zuvor in Frankreich gelandet, hatte notwendige Geschäfte erledigt und befand mich nun auf dem Weg nach London. Ich würde einige Monate dort bleiben – Zeit genug, alte Freunde aufzusuchen, einen insbesondere. Einen kleinen Mann mit Eierkopf und grünen Augen – Hercule Poirot! Ich wollte ihn überraschen.»

Und wie er Poirot überraschte, der, von einem hohen Honorar verlockt, gerade dabei war, für die gefürchtete Überfahrt nach Rio zu packen. Nach tränenreichen Umarmungen erklärte er Hastings:

«Und es gab noch eine zweite Verlockung – Sie, mein Freund. Diese letzten anderthalb Jahre war ich nämlich ein sehr einsamer alter Mann. Warum nicht, dachte ich bei mir? Ich bin es allmählich leid, ständig anderer Leute Probleme zu lösen. Ich bin berühmt genug. Ich werde dieses Geld nehmen und mich irgendwo in der Nähe meines alten Freundes niederlassen.»

Wie die beiden das alles geregelt hätten, werden wir nie erfahren. Das Schicksal griff ein und stürzte sie Hals über Kopf in einen neuen aufregenden Fall. Es galt, *Die großen Vier* zu jagen. Deshalb packte Poirot seinen gewaltigen Überseekoffer wieder aus, und Hastings zog erneut in der Farraway Street ein. Alles war wie in alten Zeiten.

Anläßlich eines früheren Falls, *Poirot geht stehlen*, hatte Hastings sich über Poirots Eitelkeit ausgelassen:

«Er bildet sich immer ein, alle Gespräche und Gedanken auf der Welt kreisten nur um Hercule Poirot ... aber ich konnte mir kaum vorstellen, daß allein seine Existenz die Unterwelt in Angst und Schrecken versetzte.»

In *Die großen Vier* zeigte sich, daß Hastings sich getäuscht hatte. In dieser Geschichte wird Poirot zum gefährlichsten Gegner von vier Meisterverbrechern, die sich verschworen hatten, «die existierende soziale Ordnung» zu zerstören. Im Verlauf dieser Auseinandersetzung, die zu einem Kampf auf Leben und Tod wurde, fehlte es wahrlich nicht an aufregenden Ereignissen: Poirot opferte seinen Schnurrbart, um den Feind zu täuschen, Hastings opferte sich selbst, um Poirot zu retten, die tollkühne Gräfin Rossakoff tauchte wieder auf, und Poirot wurde ein vorzeitiges Begräbnis beschert, bei dem er betrauert und beerdigt wurde.

In diesem Kampf mit den Titanen «gab Poirot seine Privatdetektei praktisch auf», und Hastings' geschäftliche Angelegenheiten, Grund seiner Reise nach England, blieben auf der Strecke. «Und Ihre kleine Cinderella, wie Sie sie nennen, was meint die dazu?» erkundigte Poirot sich mit Unbehagen nach sechs Monaten Kampf, ohne daß ein Ende abzusehen war. Antwortete Hastings: «Ich bin natürlich nicht ins einzelne gegangen, aber sie versteht es.»

Fast ein Jahr brauchten Poirot und Hastings, um die Welt vor der Anarchie zu retten. «Der große Fall meines Lebens», sagte Poirot. «Alles andere wird hiernach harmlos erscheinen.»

Hastings, auf dem Schiff nach Buenos Aires, war zweifellos der gleichen Meinung.

Als der Fall der großen Vier abgeschlossen war und Hastings ihn ein zweites Mal verlassen hatte, traf Poirot eine revolutionäre Entscheidung: Er würde sich aufs Land zurückziehen und seinen Lebensabend der wissenschaftlichen Aufzucht von Eierkürbissen widmen.

Wir kommen jetzt zu einer der seltsamsten Perioden in Poirots Leben – einem Jahr der Zurückgezogenheit in dem stillen Dorf King's Abbot. So zurückgezogen lebte er, daß er die Dorfklatschmäuler, allen voran seine Nachbarin Caroline Sheppard, schier zur Verzweiflung trieb. Wer war dieser Mann? Woher kam er? Warum war er hier? «Das einzige, was wir von ihm wissen», sagte Miss Sheppards Bruder, «ist, daß er sich für den Anbau von Eierkürbissen interessiert.»

Eierkürbisse? Poirot? Ja, war er denn von allen guten Geistern verlassen? Trauerte er Hastings nach? Oder der verwegenen Gräfin Rossakoff? Oder beiden? War ein Jahr fast völliger Einsamkeit in King's Abbot Poirots stille Version eines Nervenzusammenbruchs? Gewiß, er war jetzt finanziell abgesichert, sein Ruf durch die kürzlich erfolgte Veröffentlichung von Hastings' Memoiren etabliert, doch sonderbar war es schon, dieses Jahr selbstgewähl-

ten Exils, in dem nur seine Eierkürbisse und eine alte bretonische Haushälterin ihm Gesellschaft leisteten. Zum Glück bekam er eines Tages einen Rappel. Im Zorn knallte er seinen prächtigsten Eierkürbis an die Wand und kehrte ins Leben zurück. An ebenjenem Tag, an dem Roger Ackroyd ermordet wurde, durften die Bewohner von King's Abbot endlich erfahren, daß in ihrer Mitte der größte Detektiv Europas weilte.
Alibi wurde 1926 veröffentlicht, und der Mann, der durch seinen Tod Hercule Poirot ins Leben zurückrief, war ein Gutsbesitzer, den Dr. James Sheppard als «die Seele unseres friedlichen Dorfs» beschrieb. Die Ermordung Roger Ackroyds war ein Meilenstein, nicht nur in Poirots Leben, sondern auch in der Geschichte des Kriminalromans.

Poirots Ruhestandsbestrebungen nahmen nunmehr eine andere Form an. Die alte Haushälterin wurde heimgeschickt in die Bretagne, und wir hören nichts mehr von King's Abbot. Poirot hatte seine rustikale Periode abgeschlossen und stürzte sich in ein Leben an der Riviera.
«Ich nehme an, Monsieur Poirot, Sie üben Ihren Beruf nicht mehr aus?»
«Richtig. Ich genieße jetzt das Leben.»
Und so war es. Manch schönen Tag konnte man ihn in Nizza sehen, wie er im weißen Anzug mit einer Kamelie im Knopfloch aus seinem Hotel spazierte, um irgendwo zu Mittag zu speisen, vorzugsweise *filet de sole à la Jeannette.*
In *Der blaue Expreß*, erschienen 1928, zeigte sich jedoch, daß Poirot für den Ruhestand noch nicht so recht reif war. Es bedurfte nur des heimtückischen, im Schlafwagenabteil des Riviera-Expresses verübten Raubmords an einer schönen Erbin, der dringenden Bitte ihres Vaters, den Mörder zu stellen, und der schmeichelhaften Dankbarkeit der französischen Polizei angesichts der bloßen Möglichkeit, der große Detektiv könne an der Affäre Interesse haben, und schon war Poirot wieder im Geschirr. Sein Stil allerdings hatte sich geändert, das zeigte sich in seinem Entschluß, einen englischen Diener, den unerschütterlichen George, anzustellen. Von nun an hatte Poirot es nicht mehr nötig, eigenhändig Fettflecke zu entfernen oder heiße Schokolade zu kochen, und war nicht mehr auf den Beifall von Freunden angewiesen, die jederzeit nach Südamerika entschwinden konnten. Für den Rest seines langen, langen Lebens konnte er sich auf den treuen George verlas-

sen, auch wenn dieser Snob die Stellung, wie er selbst bekundete, nur angenommen hatte, weil Poirot im Buckingham-Palast empfangen worden war.

Dem Ruhestand an der Riviera war ein schnelles Ende beschieden. 1929 kehrte Poirot zurück nach London, wenn auch zunächst nur vorübergehend, um einen Fall zu bearbeiten, der ein Inkognito verlangte.

«Ich nehme die Wohnung. Mein Name ist O'Connor», erklärte er der Vermieterin und fügte überflüssigerweise hinzu, «aber ich bin kein Ire.» Zufällig hatten diese Vermieterin und ihre Freunde soeben das Pech gehabt, eine Leiche zu entdecken. Ein weltmännischer Poirot, in elegantem Morgenrock und bestickten Pantoffeln, hatte den Fall – *Tot im dritten Stock* – innerhalb von zwei Stunden gelöst.

In *Der Prügelknabe* war Poirot wieder voll im Geschäft und hatte sich mit George in einer Londoner Wohnung häuslich eingerichtet. Von hier aus wurde er von Lady Astwell aufs Land gerufen; die kürzlich verwitwete Dame war allen gegenteiligen Indizien zum Trotz felsenfest davon überzeugt, daß ihr Mann ermordet worden war. Um die Wahrheit aufdecken zu können, unterwarf Poirot den ganzen großen Haushalt einer vorübergehenden Schreckensherrschaft.

«Zwei Wochen lang habe ich jetzt Theater gespielt und sie sehen lassen, wie sich das Netz langsam zusammenzieht. Fingerabdrücke und Fußabdrücke, die Durchsuchung ihrer Zimmer ... Mit alledem habe ich sie in Angst und Schrecken versetzt, so daß sie sich in nächtlicher Schlaflosigkeit ängstlich fragten: Habe ich vielleicht irgendwo einen Fingerabdruck oder einen Fußabdruck hinterlassen?»

Eine merkwürdige kleine Geschichte ist *Das Wespennest*, in der Poirot es sich zur Aufgabe machte, einen Mord aufzuklären, noch ehe er verübt worden war. Die Kulisse ist idyllisch:

«John Harrison liebte seinen Garten, und nie war er schöner als an diesem Augustabend ... Die Kletterrosen blühten noch; Wickenduft lag süß in der Luft.»

Zwei Monate später kam es zum großen Börsenkrach. Aber wir können sicher sein, daß Poirot, im Umgang mit Geld stets vorsichtig, seinen Kräutertee weiterhin mit Gleichmut trank. Ende der zwanziger Jahre war er ein sehr reicher Mann und blieb es für den Rest seines Lebens. «Das Sensationelle liegt mir nicht. Ich bin für die sichere, vorsichtige Kapitalanlage ...»

4

Die dreißiger Jahre

«Unser Monsieur Poirot hier», sagte Japp, «würde sich als Aushängeschild für ein Haarwuchsmittel nicht übel ausnehmen. Die Gesichtsvegetation sprießt üppiger denn je. Und er kommt auf seine alten Tage ganz groß heraus. Hat seine Hände in sämtlichen Sensationsfällen der Zeit. Wo immer es etwas aufzuklären gibt, zu Wasser, zu Lande oder in der High-Society, er ist überall zu finden.»

Die Morde des Herrn ABC

Für viele waren die dreißiger Jahre eine Zeit der Unruhe und Besorgnis. Selbst Poirots Klienten konnten nicht mehr so üppig leben wie zuvor. In *Morphium* beschwerte sich daher Elinor Carlisle: «Es ist alles so teuer – Kleider und Kosmetik – und lächerliche Kleinigkeiten wie eine Kinokarte oder ein Drink – selbst Schallplatten!» Manche Leute verarmten sogar. «Darling», gestand Joanna Southwood in *Der Tod auf dem Nil,* «wenn meine Freunde in Schwierigkeiten geraten, lasse ich sie immer sofort fallen! Das klingt herzlos, aber es erspart einem viele zukünftige Ungelegenheiten. Immer wollen sie Geld von einem leihen, oder sie fangen an zu schneidern, und man muß ihnen die scheußlichsten Kleider abkaufen. Oder sie bemalen Lampenschirme oder fabrizieren Batikschals.»

In Poirots Welt sprach man über die politische Unsicherheit der Zeit – die «Indienfrage», die «Unruhen» in China, die Agitation gegen die bestehende bürgerliche Ordnung, «Bolschewiken und Rote und all diese Geschichten» – beim Cocktail oder Tee. Gegen Ende des Jahrzehnts, als Europa im Schatten des Krieges stand, drehten sich die Gespräche um Aufrüstung, das Wettrennen um die Vorherrschaft in der Luft, Hitler und Mussolini, den spanischen Bürgerkrieg, «die Tage der Krise».

In den Wohnungen Chelseas begegnete Poirot blitzenden Chromsesseln, und in den Salons gediegener Landhäuser machten selbst ältere Gastgeberinnen Konzessionen an das «moderne

Leben», indem sie den Gästen gestatteten zu rauchen. Ägypten im Winter war teuer, Mallorca war billig, und «Paris ist heute ein alter Hut, man reist nach London und New York», rief Jane Wilkinson in *Dreizehn bei Tisch*. Es konnte durchaus vorkommen, daß die Mundwasserflasche in Wirklichkeit Alkohol enthielt und der elegante Parfumflakon Kokain. Man flog regelmäßig über den Kanal, und in einem von Poirots Fällen machte der moderne Luftverkehr sogar das Erscheinen eines Überraschungszeugen aus Neuseeland möglich.

Die jüngere Generation mußte jede neue Verrücktheit mitmachen und unbedingt in sein, und die ältere – wie die Damen Tripp in *Der ballspielende Hund* – tendierte zum Vegetariertum, zur Theosophie, zur Christlichen Wissenschaft, zum Spiritualismus und zur Amateurfotografie. Kein gesellschaftliches Abendessen ohne nachfolgendes Tanzvergnügen zu Schallplattenmusik, ohne Poker- oder Bridgespiel – in *Mit offenen Karten* erklärte Mrs. Lorrimer: «Ich nehme einfach keine Einladung zum Abendessen an, wenn nicht hinterher Bridge gespielt wird!» – oder ernsthaftes Gespräch.

Mode war wichtig, und Poirot, der für modische Kleidung immer schon ein Faible gehabt hatte, fand in den Dreißigern häufig Anlaß, seine unmittelbare Umgebung mit Wohlgefallen zu betrachten. «Sie ist wirklich ein hübsches Mädchen», sagte Hastings in *Die Morde des Herrn ABC* von Thora Grey. «Und sie kleidet sich sehr geschmackvoll», meinte Poirot. «Dieser Crêpe marocain und der Silberfuchskragen – *dernier cri*!» In *Mord im Orientexpreß* musterte er entzückt die Gräfin Andrenyi in ihrem «schmalen schwarzen Kostüm mit der weißen Satinbluse und der schicken kleinen schwarzen Toque, die genau den kecken Sitz hatte, den die Mode vorschrieb». Passend dazu gab es Scharen von Männern mit glänzendem, glattem Haar und eleganter Kleidung, wenn auch die meisten in Poirots englischen Kreisen Männer (Poirot eingeschlossen), die zuviel Wert auf ihr Äußeres legten, eher schief ansahen. «Er war zu gut gekleidet – er trug sein Haar zu lang – und er duftete nach Parfum», sagte Major Despard in *Mit offenen Karten* geringschätzig von einem Ermordeten.

Die dreißiger Jahre sahen Hercule Poirot auf seinem glanzvollen Höhepunkt. Für ihn war es ein Jahrzehnt der Triumphe.

In *Monsieur Poirot und der schwarze Kaffee*, einem Stück, das 1930 zum erstenmal auf die Bühne kam, rettete Poirot eine Formel zur

Atomspaltung für England. Dieser Coup sowie die Aufklärung des Mordes an dem genialen Wissenschaftler Sir Claud Amory war, mit Hilfe von Hastings – der sich anscheinend wieder einmal geschäftlich in England aufhielt – und dem enthusiastischen Inspektor Japp, ein Werk weniger Stunden.
Wieder allein, reiste Poirot auf Bitte des exzentrischen Hubert Lytcham Roche, eines jähzornigen Pünktlichkeitsfanatikers, nach Lytcham Close, zu einem «der berühmten alten Landhäuser Englands». Wir so oft, fand er seinen Auftraggeber bei seiner Ankunft nur noch tot vor. Zum ersten und letzten Mal verspätete Hubert Lytcham Roche sich in *Auch Pünktlichkeit kann töten* (1937) zum Abendessen.

Vierzehn Bücher sind in den dreißiger Jahren Poirots Abenteuern gewidmet, und in den ersten beiden davon – *Das Haus an der Düne,* 1932, und *Dreizehn bei Tisch,* 1933 – finden wir Arthur Hastings an seiner Seite. Gewissermaßen zur Einübung auf diese großen Fälle durfte Hastings zunächst bei einem kleineren Fall mit ihm zusammenarbeiten – *Die spanische Truhe* –, einer makabren Mordsache, die Poirot zum «künstlerischen Meisterwerk» erklärte. Dem Täter machte er das größte aller Komplimente:
«Es greift mir ans Herz, einen solchen Mann hängen zu sehen. Selbst ein Genie, bin ich fähig, auch das Geniale im anderen zu erkennen. Ein perfekter Mord, *mon ami.* Das sagt Ihnen Hercule Poirot. Ein perfekter Mord. *Epatant!*»
Natürlich war der gute Hastings Poirot stets willkommen, aber der Beobachter wird seine häufigen Englandreisen einigermaßen irritierend finden. Ging dieses dauernde Hin und Her nicht schrecklich ins Geld? Warf die Ranch soviel ab? War Cinderella nicht sauer? Man stelle sie sich vor, wie sie vom Schrillen der Zikaden umtönt auf der Veranda steht und auf die Pampas hinausblickt, während Arthur und sein Überseekoffer wieder einmal nach England aufbrechen. Verstreute Bemerkungen lassen vermuten, daß sie ihrem Gatten recht fröhlich nachwinkte. *«Tiens»,* wie Poirot gern zu sagen pflegte, wenn er vor einem Rätsel stand, *«c'est curieux, n'est-ce pas?»*
Es ist anzunehmen, daß Hastings Cinderella diverse Ansichtskarten aus St. Loo an der Küste Cornwalls schickte, wo er und Poirot in *Das Haus an der Düne* einen unerwartet ereignisreichen Urlaub verbrachten. Wieder einmal war Poirot in Ruhestandsstimmung. Schmeichelhafte Hilferufe des Innenministers ließen ihn unge-

rührt («Ich bin im Ruhestand! Es ist aus!»), doch wie hätte er der Versuchung einzugreifen widerstehen können, wenn er als einziger merkte, daß jemand in St. Loo es darauf abgesehen hatte, eine sehr selbständige junge Dame namens Nick Buckley zu ermorden? Ein heißer Fall war das! Der arme Hastings war völlig verwirrt angesichts lockerer junger Damen, die fröhliche Feste feierten und Uhren trugen, die mit Kokain gefüllt waren, doch Poirot nahm das alles mit Gelassenheit.

«Mein Freund Hastings ist schockiert», bemerkte Poirot. «Sie müssen vorsichtiger sein, Mademoiselle. Er ist nicht auf dem laufenden. Er ist eben erst aus den urwüchsigen Weiten Südamerikas zurückgekehrt und muß die Sprache von heute erst noch lernen.»

Bald war Poirot mit Hastings im Schlepptau wieder in London und übernahm Aufträge für reiche Klienten. Die Anliegen einiger seiner Klienten in *Dreizehn bei Tisch* sprengten allerdings den Rahmen des für ihn Üblichen. Widerstrebend erfüllte er Lady Edgwares Wunsch, ihren Mann für sie um die Scheidung zu bitten, aber als dann auch noch Lady Edgwares nächste voraussichtliche Schwiegermutter, die Herzoginwitwe von Merton, ihn beauftragen wollte, die Heirat ihres Sohnes mit Lady Edgware zu verhindern, war Schluß bei ihm. Die beiden Männer, um die es ging, waren nach Hastings' Ansicht ziemlich komische Vögel. Lord Edgware war ein ständig grinsender Geheimniskrämer mit äußerst merkwürdigen Vorlieben in Kunst und Literatur und der Herzog von Merton «ein mönchischer junger Mann, ein feuriger Katholik . . ., dem an Frauen angeblich nichts lag».

Poirot war drauf und dran vor all dem die Flucht zu ergreifen, als die sensationelle Nachricht von Lord Edgwares Ermordung London erschütterte. Eine Herausforderung für Inspektor Japp von Scotland Yard, aber Poirot, den eigentlich ganz anderes hätte beschäftigen müssen – das seltsame Verschwinden der Stiefel eines Botschafters zum Beispiel –, mußte natürlich mitmischen.

Keine zwei Tage, nachdem Poirot auf seine geniale Art den Fall Edgware aufgeklärt hatte, wurde Hastings «plötzlich nach Argentinien zurückgerufen» und Poirot kehrte wieder zu seiner höheren Berufung als Berater in Angelegenheiten von höchster Bedeutung zurück. Als nächstes begegnen wir ihm auf Reisen im Nahen Osten, nachdem er «einen Militärskandal in Syrien» geklärt hat. Auf dem Weg nach Bagdad wird er von einem Zwischenspiel, einem «phantastischen Verbrechen» aufgehalten.

Die Erzählerin in *Mord in Mesopotamien* ist Amy Leatheran, «eine Frau von fünfunddreißig mit kerzengerader, selbstbewußter Haltung», vorübergehend Pflegerin von Louise Leidner, der schönen, aber nervlich labilen Ehefrau des Leiters der von der Universität Pittstown organisierten Expedition in den Irak. Im Zusammenhang mit der – wie Amy Leatheran es zu nennen pflegte – «Tell-Yarimjah-Geschichte» führte ihr Pflegeauftrag sie in das Lager eines Archäologenteams, einer spannungsgeladenen Gruppe von Leuten, die Poirot später als «Mrs. Leidners Gefolge» zu bezeichnen pflegte.

Mrs. Leidners Ermordung – die sie selbst vorausgesagt hatte – stellte die Behörden vor ein Rätsel und lockte Poirot auf staubigen Pfaden nach Tell Yarimjah. Amy Leatheran hat ihre erste Begegnung mit ihm geschildert:

«Ich weiß nicht, was ich erwartet hatte, jemanden wie Sherlock Holmes vielleicht – groß und hager, mit scharfgeschnittenem, klugem Gesicht. Ich wußte natürlich, daß er Ausländer war, aber ganz so ausländisch hatte ich ihn mir denn doch nicht vorgestellt, wenn Sie verstehen, was ich meine.

Sein Anblick war zum Lachen. Er sah aus wie eine Figur aus einem Theaterstück oder Film. Er war, denke ich, höchstens einen Meter sechzig groß – ein rundlicher kleiner Mann, ziemlich alt schon, mit einem Riesenschnurrbart und einem richtigen Eierkopf. Er sah aus wie ein Barbier in einer Komödie.

Und dieses Männchen sollte den Mörder von Mrs. Leidner fassen!»

Einige Jahre später legte Amy Leatheran das Schwesternhäubchen ab und schrieb einen ausgezeichneten Bericht darüber, wie Poirot den Fall aufklärte. Zum Schluß bemerkte sie lakonisch: «Monsieur Poirot kehrte nach Syrien zurück und wurde ungefähr eine Woche später auf der Heimreise mit dem Orientexpreß in den nächsten Mord verwickelt.»

Zu Beginn dieses nächsten Abenteuers treffen wir Poirot, «von dem nichts zu sehen war als eine rote Nasenspitze und die beiden Enden eines hochgezwirbelten Schnurrbarts», an einem eiskalten Wintermorgen auf dem Bahnsteig eines Bahnhofs in Syrien. Hinter ihm lag der *Mord in Mesopotamien,* vor ihm lag ein dringender Rückruf nach England, der in Form eines Telegramms in Istanbul seiner harrte. Und jenseits wartete – Poirot ahnte es nicht, während er sich auf dem Bahnsteig die kalten Füße vertrat – der Mord im Orientexpreß, dem legendärsten aller Züge.

In *Mord im Orientexpreß* (1934) konnte Poirot nach Herzenslust schalten und walten. Der Zug steckte in Schneeverwehungen fest, da gab es keine Einmischung von außen, keine Polizei, keine Hetze. Der Komfort ließ nichts zu wünschen übrig, das Essen ebensowenig, die Zeugen konnten nicht entwischen. In diesem angenehmen Ambiente löste Poirot einen seiner berühmtesten Fälle, den Mord an einem berüchtigten Verbrecher, der kürzlich in den Vereinigten Staaten von dem Verdacht der Entführung und Ermordung der kleinen Daisy Armstrong, Kind berühmter Eltern, freigesprochen worden war. Wie dankbar war die Compagnie Internationale des Wagons Lits Poirot für diese Rettung aus peinlicher Lage! Und wie dankbar war Poirot für solche Abwechslung während der Panne im Schnee: «Ich fürchtete – viele Stunden der Langeweile würden mir blühen, solange wir hier festsitzen.»

Nikotin, 1934 veröffentlicht, war eine sehr gesellige Tragödie in drei Akten. Das Ensemble blendete die Zuschauer mit freundschaftlicher Gastlichkeit (selbst Poirot verstieg sich dazu, zum Sherry einzuladen), während das Nikotin, mit dem nacheinander drei Menschen ins Jenseits befördert wurden, sehr geschickt in einem ausgezeichneten Martini, einem Glas Portwein und einer Schachtel Pralinen verabreicht wurde.

Wie hätte Poirot, der wieder einmal mit dem Ruhestand liebäugelte, ruhig an der Riviera bleiben können, als er all dies hörte? In diesem Fall aber wurde ihm ab und zu auf subtile Weise von einem anderen kleinen alten Herrn, Mr. Satterthwaite (der in den zwanziger Jahren bereits mit dem geheimnisvollen Harley Quin, einem anderen von Agatha Christies Detektiven, zusammengearbeitet hatte), die Schau gestohlen:

«Ein vertrocknetes kleines Männchen, Mr. Satterthwaite, ein Liebhaber der Malerei und des Theaters, ein ausgesprochener, aber angenehmer Snob, bei größeren Festen und gesellschaftlichen Anlässen immer dabei – die Worte ‹und Mr. Satterthwaite› standen unweigerlich am Ende jeder Gästeliste. Dessenungeachtet ein intelligenter Mann und scharfsinniger Beobachter von Menschen und Dingen.»

Poirot lernte Mr. Satterthwaites scharfe Beobachtungsgabe hochschätzen, dennoch mußte er am Ende, nach der Entlarvung des Mörders in *Nikotin,* das letzte Wort haben. Sagte Mr. Satterthwaite:

«Um Gottes willen ... jetzt kommt es mir erst! Dieser Schurke

mit seinem vergifteten Cocktail! Jeder hätte davon trinken können. Ich hätte derjenige sein können!»
«Es gibt eine noch entsetzlichere Möglichkeit, die Sie nicht bedacht haben», sagte Poirot.
«Wie?»
«Ich hätte derjenige sein können.»
«Wenn mir vor einer Woche jemand gesagt hätte», erklärte Inspektor Japp im September 1934, «ich würde einen Mordfall untersuchen, der mit einem Pfeil, getaucht in Schlangengift, begangen wurde – ich hätte ihm ins Gesicht gelacht!» Der arme Japp. Da kam er in aller Unschuld zum Flughafen Croydon, um vielleicht einen Schmuggler zu schnappen, und sah sich unversehens mit der Leiche einer Französin konfrontiert, die auf dem Flug von Paris nach London ermordet worden war. An Bord der eben gelandeten Maschine befand sich zu allem Überfluß auch noch ein reisekranker Hercule Poirot, der trotz seiner Behauptung, der Welt größter Detektiv zu sein, die ganze Sache verschlafen hatte. «Zum Glück», sagte Japp schwer atmend, «ist es ein internationaler Fall.» Wer aber konnte der Mörder sein? fragen sich Japp, Poirot und Fournier von der französischen Sûreté, während sie die Passagierliste durchgingen. Der geschwätzige englische Kriminalschriftsteller vielleicht, in dessen letztem Krimi sich alles um Giftpfeile drehte? Oder Japps Lieblingskandidaten, die zwei dubiosen Franzosen? Oder gar – wie die ausländerfeindlichen Geschworenen bei der Voruntersuchung zunächst befanden – Hercule Poirot? («Der Coroner runzelte die Stirn. ‹Unsinn, diesen Spruch kann ich nicht akzeptieren.›») Und so weiter. Es gab keinen Zweifel, daß da hoch oben in den Lüften ein sehr gerissener Mord begangen worden war, und Poirot machte sich, sobald er sich von der Reisekrankheit erholt hatte, ein Vergnügen daraus, das Rätsel um den *Tod in den Wolken* (1935) zu lösen.

In der 1935 erschienenen Kurzgeschichte *Der verräterische Garten* erlag Miss Amelia Barrowby, unmittelbar nachdem sie Poirot geschrieben hatte, um ihn in «einer heiklen Familienangelegenheit» um Rat zu bitten, einer Strychninvergiftung. Interessant ist an der Geschichte neben dem geheimnisvollen Ableben von Miss Barrowby die Einführung der formidablen Miss Lemon, die hinfort als Poirots Privatsekretärin fungierte, nachdem sie vorher schon für Parker Pyne, einen anderen von Agatha Christies Detektiven, gearbeitet hatte. Wie George, der Diener, erfüllte Felicity Lemon alle Forderungen ihres Arbeitgebers nach Sauberkeit und Ordnung bis aufs I-Tüpfelchen («Ihre ganze Leidenschaft galt der Perfektionierung eines Ablagesystems, neben dem alle anderen Ablagesysteme verblassen mußten»), und wie George leistete sie ihm, wenn auch in der Aufregung manchen Falls vergessen, viele Jahre lang treue Dienste.

Als Arthur Hastings im Juni 1935 wieder einmal aus Argentinien kam, hatte Poirot sich in Whitehaven Mansions etabliert, «einem vornehmen Gebäude mit modernen Wohnungen», und während die beiden Männer einander begutachteten, kamen sie auf ihre Haare zu sprechen. Inspektor Japp, der kurz hereinschaute, hatte auch etwas zu dem Thema zu sagen: «Bißchen dünn am Scheitel, hm?» meinte er taktlos zu Hastings, und Poirot machte die Sache noch schlimmer:
«Wissen Sie, Hastings, es gibt da so ein kleines Ding – mein Friseur ist ein sehr findiger Mensch –, man befestigt es auf der Kopfhaut und bürstet sein eigenes Haar darüber – es ist keine Perücke, verstehen Sie, sondern –»
«Poirot!» brüllte ich. «Ein für allemal, mit den gräßlichen Erfindungen Ihres verflixten Friseurs will ich nichts zu tun haben.»
Und Japp, für den er nie viel übrig gehabt hatte, erklärte Hastings spitz, er werde sichtlich grau und sähe viel älter aus.
Poirot brauchte sich in dieser Hinsicht keine Sorgen zu machen, er hatte ja seinen Friseur und eine schwarze Flasche Revivit.
Aber schon bald galt es, sich um wichtigere Dinge zu kümmern – die schreckliche Reihe sinnloser Morde, von denen in *Die Morde des Herrn ABC* (1936) erzählt wird. Gerade einen solchen Fall hatte Poirot sich erhofft, um Hastings bei seinem Besuch etwas bieten zu können:
«Sobald ich hörte, daß Sie kommen, sagte ich mir: Es wird sich etwas tun. Wir werden wieder gemeinsam auf die Jagd gehen, wie in alten Zeiten. Aber wenn, dann darf es keine Alltagsaffäre sein. Es muß etwas Besonderes sein» – er wedelte aufgeregt mit den Händen – «*recherché* – delikat – *fine*», sagte er mit Gusto.
«Wirklich, Poirot», sagte ich, «wenn man Sie so reden hört, könnte man meinen, Sie bestellen gerade ein Diner im Ritz.»
Der ABC-Mörder, der Poirot Tag und Ort seiner Morde jeweils ankündigte, sorgte für einen aufregenden Sommer. Für Poirot war dieser Fall eine interessante Abweichung vom gewohnten *crime intime*. «Zum erstenmal, seit wir zusammenarbeiten, haben

wir es hier mit dem kaltblütigen, unpersönlichen Mord zu tun. Dem Mord nach außen.» Und für Hastings war das Ganze nach der Plackerei auf der Ranch gewiß willkommene Abwechslung. Welch eine gelungene Rückkehr! Welch ein Verbrechen par excellence! Wen kümmerte es da schon, wenn das Haar ein bißchen schütter wurde.

Der ABC-Mörder wurde im November gefaßt, einen Monat vor Hastings' Rückkehr nach Argentinien. Doch im Juni des folgenden Jahres war Hastings schon wieder da und genoß an Poirots Fenster sitzend das Getriebe der Großstadt, während er sich für die Niederschrift eines neuen Falles Notizen machte.
«Miss Arundells Tod überraschte niemanden, dafür überraschte etwas anderes um so mehr. Was sie in ihrem Testament angeordnet hatte, löste die verschiedensten Reaktionen aus – Staunen, freudige Erregung, tiefen Haß, Wut, Verzweiflung, Zorn und allgemeinen Klatsch. Wochen-, ja monatelang sollte in Market Basing von nichts anderem gesprochen werden!»
So begann *Der ballspielende Hund* (1937), ein Fall, bei dem Poirot zu Hastings' Entsetzen auch vor Lügen nicht zurückschreckte, um den Mörder Emily Arundells zu entlarven, deren Tod niemals zu Ermittlungen Anlaß gegeben hätte, hätte sie nicht mit tödlicher Verspätung an Poirot geschrieben und ihn gebeten, in ihrem Auftrag Nachforschungen anzustellen, über deren Hintergründe sie nichts Näheres sagte.
Hastings war sehr angetan von der Behausung der verstorbenen Miss Arundell, dem Wohnzimmer mit seinem «schwachen Blütenduft, dem verblichenen Chintz . . .», und er war ebenso angetan von ihrem verspielten Drahthaarterrier Bob. Am Ende bekam Poirot den verwaisten Hund, aber Hastings nahm ihn sofort als Kriegsbeute für sich in Anspruch. «Es ist schön, wieder einen Hund zu haben, Poirot», sagte er und entschwand einmal mehr nach Argentinien, um diesmal lange Jahre nicht nach England zurückzukehren.

Die drei Fälle, von denen in den Kurzgeschichten *Eine Tür fällt ins Schloß*, *Urlaub auf Rhodos* und *Poirot riecht den Braten* berichtet wird, ereigneten sich wahrscheinlich im selben Jahr. In allen drei Fällen war Poirots Anwesenheit am Tatort – wie so oft – die direkte Folge seines vergeblichen Bemühens, einen ruhigen Urlaub zu genießen bzw. sich vom gesellschaftlichen Trubel zu erholen.

In *Eine Tür fällt ins Schloß* war sein Bestreben, sich seinen Mitmenschen zu entziehen, eindeutig von Masochismus diktiert.
«Genießen Sie die Reise, Monsieur Poirot?»
«Offen gestanden, nein. Es war eine Dummheit von mir, mich dazu überreden zu lassen. Ich hasse das Meer. Niemals ist es ruhig und friedlich – nein, nicht eine Minute lang.»
Ein Genuß war es ihm dafür wenig später, seinen gefesselten Zuhörern in graphischem Detail erklären zu können, wie es möglich gewesen war, die unerfreuliche Mrs. Clapperton in ihrer abgeschlossenen Kabine zu ermorden, während das Schiff in Alexandria vor Anker lag.
Nun, im *Urlaub auf Rhodos* konnte man doch wenigstens ein bißchen Frieden in milder Oktobersonne erwarten, nicht wahr? Aber selbst hier, in seinem ruhigen Hotel, spürte Poirot das Brodeln unter der Oberfläche und ahnte schon das «Unvermeidliche», das kommen würde – ein Verbrechen aus Leidenschaft, das er in seinem sauer verdienten Urlaub würde aufklären müssen.
Und ein Essen mit Inspektor Japp – am Abend des Guy-Fawkes-Tags zum Beispiel – konnte ja nur mit einem Mordfall enden. Auf dem Heimweg vom Restaurant nahmen die beiden Männer eine Abkürzung zu Poirots Wohnung:
«... hin und wieder war immer noch das Krachen von Knallfröschen zu hören. Goldener Funkenregen erhellte gelegentlich den Himmel.
‹Der richtige Abend für einen Mord›, bemerkte Japp mit sachlichem Interesse. ‹Kein Mensch würde an so einem Abend zum Beispiel einen Schuß hören.›»
Wie wahr! Die nachfolgenden Ereignisse in *Poirot riecht den Braten* bewiesen, daß Japp nicht als einziger auf diesen Gedanken gekommen war.

«Angenommen», sagte Poirot in *Die Morde des Herrn ABC*, «vier Personen lassen sich zum Bridge nieder und einer, der fünfte Mann, setzt sich in einen Sessel am Kamin. Am Ende des Abends stellt man fest, daß der Mann am Kamin tot ist. Einer der vier Spieler ist, während er Strohmann war, hinübergegangen und hat ihn getötet, und die anderen drei waren so mit dem Spiel beschäftigt, daß sie es nicht gemerkt haben. Das wäre mal ein Verbrechen! Wer von den vieren war der Täter?»
Ein Rätsel genau dieser Sorte wurde ihm in *Mit offenen Karten* (1936) aufgegeben. Der diabolische Gastgeber, Mr. Shaitana, der

«glänzend und im Überfluß in einer Luxuswohnung in der Park Lane lebte», lud vier Personen zum Abendessen ein, von denen er überzeugt war, daß sie unerkannte Mörder waren, und dazu vier andere, die für ihre detektivischen Fähigkeiten wohlbekannt waren: den berühmten Hercule Poirot, den ehrwürdigen Superintendent Battle von Scotland Yard, die populäre Kriminalschriftstellerin Ariadne Oliver und einen ehemaligen Angehörigen des Geheimdienstes, Colonel Race. (Genau wie Poirot haben Superintendent Battle, Ariadne Oliver und Colonel Race in der Christie-Literatur ihre jeweils eigene Sphäre. Die vier an einem Tisch zusammenzubringen, war zweifellos ein Triumph für Mr. Shaitana.) Nach dem Abendessen ließ Mr. Shaitana zwei Bridgetische aufstellen. Die vier Spürnasen wurden ins Herrenzimmer geschickt.
«‹Ein Glück›, sagte Colonel Race nach gewonnener Partie zu seinem Partner Poirot, ‹daß Sie kein Pique ausgespielt haben.›
‹Das hätte kaum etwas geändert, nehme ich an›, meinte Superintendent Battle. Er hatte Pique angesagt. Seine Partnerin, Mrs. Oliver, hatte ein Pique in der Hand gehabt, aber irgend etwas hatte sie bewogen, ein Kreuz auszuspielen – mit katastrophalen Folgen.»
Im Salon, wo Mr. Shaitana mit seinen vier Mordverdächtigen zurückgeblieben war, ereignete sich unterdessen weit Katastrophaleres: Arglos am Kamin sitzend, wurde Mr. Shaitana mit einem juwelenbesetzten Dolch erstochen. Wer von den vieren war der Täter?
Angesichts der Tatsache, daß einzig greifbarer Hinweis die Bridgeaufzeichnungen waren, daß Poirot in Superintendent Battle, Mrs. Oliver und Colonel Race drei ausgezeichnete Mitarbeiter zur Seite standen und daß mit Mr. Shaitanas vorzeitigem Ableben «vielleicht der einzige Schnurrbart in London» aus dem Rennen war, «der es mit dem Monsieur Poirots hätte aufnehmen können», ist es kein Wunder, daß Agatha Christie in einem Vorwort zu *Mit offenen Karten* feststellte, dies sei einer der Lieblingsfälle Poirots gewesen.

Ein Jahr später begegneten sich Poirot und Colonel Race fern von London auf einem Dampfer auf dem Nil wieder. Poirot suchte wieder einmal Erholung («Diesen Winter werde ich, denke ich, nach Ägypten reisen . . ., um dem Nebel, dem Grau, der Monotonie des ewigen Regens zu entkommen»), und Colonel Race, «ein Mann, der gewöhnlich an den Unruheherden des Empire zu finden war», suchte einen politischen Agitator. In der Aufregung

über drei rasch aufeinanderfolgende Morde an Bord der das Zweite Katarakt ansteuernden «Karnak» vergaßen beide den ursprünglichen Zweck ihrer Reise.
«Eine Reise auf einem schnellströmenden Fluß, die zwischen gefährlichen Klippen hindurch und in wer weiß was für verhängnisvolle Turbulenzen führt . . .» Mit diesen Worten prophezeite Hercule Poirot den Gang der Ereignisse in einem seiner berühmtesten Fälle, der in *Der Tod auf dem Nil* (1937) geschildert wird. Auf den ersten Blick schienen die Passagiere auf der «Karnak» durchaus angenehme Leute zu sein – Poirot war beispielsweise sehr angetan von Mrs. Allerton – «eine der charmantesten Frauen, die ich je kennengelernt hatte» –, doch im Laufe der Ermittlungen, die er gemeinsam mit Colonel Race durchführte, kamen einige sehr unschöne Geheimnisse ans Licht. «So viele widerstreitende Strömungen von Haß und Eifersucht, Neid und Bosheit. Es ist wie ein Fliegenschwarm, der summt und summt . . .»

Poirots nächster Fall, *Der Tod wartet,* spielte in Palästina und Jordanien. Da er dem *Tod auf dem Nil* unmittelbar folgt, ist anzunehmen, daß beide Fälle Poirot im selben ereignisreichen Urlaub beschert wurden. Dafür spricht auch, daß er nach Amman ein Empfehlungsschreiben von Colonel Race an Colonel Carbury mitbrachte, einen in Jordanien einflußreichen Mann, der prompt eine Leiche für ihn parat hatte, die ihm «Sorgen machte».
Es war die Leiche einer amerikanischen Touristin, der autokratischen Mrs. Boynton – «eine fette Spinne in ihrem Netz» –, die zu Lebzeiten nach übereinstimmender Aussage allen in ihrer Umgebung das Leben zur Hölle gemacht hatte und deren plötzlicher Tod im Kreis ihrer Familie in einem Touristencamp in Petra nun eine peinliche Frage aufwarf: Hatte jemand den Drachen erschlagen?
Mit Vergnügen erfüllte Poirot alle Erwartungen Colonel Carburys vom Verhalten eines richtigen Detektivs:
«Sie wünschen zu wissen, nicht wahr, Colonel Carbury, wer Mrs. Boynton getötet hat? (Vorausgesetzt, sie wurde getötet und ist nicht eines natürlichen Todes gestorben.) Wie und wann genau sie getötet wurde – kurz, die ganze Wahrheit?»
«Ja, das möchte ich gern wissen.»
«Ich sehe keinen Grund, warum Sie es nicht erfahren sollten.»
Mit dem Versprechen, die Sache innerhalb von vierundzwanzig Stunden aufzuklären, machte Poirot sich an die Arbeit, in deren

Verlauf er eine Gesellschaft von Touristen kennenlernte, die, wenn nicht gerade mit Mrs. Boyntons Tod beschäftigt, mit Vorliebe die Fragen des Tages diskutierten: den Völkerbund, die Feindseligkeit zwischen Arabern und Juden, Mädchenhandel und Drogenschmuggel, die Vor- und Nachteile der Psychotherapie. Colonel Carbury jedoch interessierte sich einzig dafür, daß alles ordnungsgemäß ablief.

> «Könnten Sie es nicht so machen, wie es die Detektive im Roman immer machen? Eine Liste der bedeutsamen Fakten aufstellen – alle die Dinge, die gänzlich unwichtig zu sein scheinen, aber in Wirklichkeit ungeheuer wichtig sind –, so in der Art?»
> «Ach so», sagte Poirot milde, «solche Kriminalromane mögen Sie? Aber natürlich werde ich das gern für Sie tun.»
> Er nahm sich ein Blatt Papier und schrieb rasch und sauber: Bedeutsame Fakten.

In einer Hinsicht erinnert *Hercule Poirots Weihnachten* (1938) an *Ein diplomatischer Zwischenfall*: Zu Beginn beider Geschichten fühlt Poirot sich in der ländlich festlichen Stimmung gar nicht wohl und starrt mit trübem Blick ins lodernde Weihnachtsfeuer. In *Ein diplomatischer Zwischenfall* trauert er dem nach Argentinien abgereisten Hastings nach. In *Hercule Poirots Weihnachten* im Hause Colonel Johnsons, des Chief Constable von Middleshire, galt all sein geheimes Bangen seinem Hals, der, wie er meinte, von kalter Zugluft ernsthaft geschädigt zu werden drohte, da es im Haus keine Zentralheizung gab.
Aber schon bald wurde für dramatische Ablenkung gesorgt. «Verwünscht!» rief der Chief Constable. «Ein Mord! Und ausgerechnet am Heiligen Abend!» So kam es, daß Poirot, wenn auch posthum, den tyrannischen Simon Lee kennenlernte, einen benachbarten Millionär, dessen Hals – sauber an der Halsschlagader durchtrennt – an diesem Heiligen Abend weit ernsteren Schaden genommen hatte als Poirots.
Die überlebenden Mitglieder der Familie Lee, wie von Colonel Johnson beschrieben, waren von einem Schlag, der Poirot aus manch früherem Fall vertraut war:
«. . . und wer sind die Verdächtigen? Alfred Lee und seine Frau – zwei reizende, gebildete, zurückhaltende Menschen. George Lee, Parlamentsmitglied und die Ehrbarkeit in Person. Seine Frau? Sie

ist ein ganz normales hübsches modernes Ding. David Lee scheint ein sanftmütiger Mensch zu sein und kann, wenn wir seinem Bruder Harry glauben, den Anblick von Blut nicht ertragen. Seine Frau ist eine nette und vernünftige Person – nichts Besonderes. Bleiben die spanische Nichte und der Mann aus Südafrika.»
Tja, da waren sie alle. Wie Poirot bemerkte, als er sich am Heiligen Abend an die Arbeit machte: Spannungen gibt es in jeder Familie.

Zwei Fälle dieser arbeitsreichen Periode, die in den Kurzgeschichten *Laßt Blumen sprechen* und *Der Traum* geschildert werden, ereigneten sich in London, und Poirot brauchte zum Glück nicht mehr zu tun, als sich ein Taxi zu nehmen, um den jeweiligen Ort des drohenden Geschehens zu erreichen.
In *Laßt Blumen sprechen* mußte er allerdings den behaglichen Platz vor seinem geliebten elektrischen Heizofen mit dem ungewissen Vergnügen eines Diners in einem eleganten Restaurant vertauschen, wo – einem anonymen Anruf zufolge – eine Person aus der Gesellschaft, die an einem mit gelben Iris geschmückten Tisch saß, in Todesgefahr schwebte. Poirot, der sich pflichtschuldig unter die fröhliche Runde mischte, fühlte sich neben einer bekannten südamerikanischen Tänzerin selbst nicht ganz sicher.
«Señora», murmelte er, «ich würde es nicht wagen, Sie zum Tanz aufzufordern. Ich bin viel zu alt.»
Lola Valdez erwiderte: «Aber das ist doch Unsinn! Sie sind noch immer jung. Ihr Haar ist noch schwarz.»
Insgesamt wurde es ein etwas ungemütlicher Abend. Aber nachdem Poirot den Mörder schnell und geschickt schachmatt gesetzt hatte, fand er mit einem Schlag sein Selbstbewußtsein wieder und wagte doch noch ein Tänzchen mit der aufregenden Lola Valdez.
Weniger aufregend fand Poirot die Ereignisse in *Der Traum*, wo er zu einem einsiedlerischen Millionär namens Benedict Farley gerufen wurde, den immer wieder derselbe Alptraum quälte, nämlich, daß er sich punkt drei Uhr achtundzwanzig erschießen würde. Poirot lehnte es entschieden ab, den Fall zu übernehmen («Ich schlage vor, Monsieur Farley, Sie konsultieren Napoleons Traumbuch – oder den neuesten Psychologen in der Harley Street»), doch keine Woche später war Farleys Traum wahr geworden, und Poirot wurde erneut gerufen. Nachdem er die Aussagen der Anwesenden gehört hatte, fragte er:

«Hatte Ihr Mann gute Augen, Mrs. Farley?»

«Nein. Er brauchte immer eine Brille.»
«Er war stark kurzsichtig?»
«Ja, ohne Brille war er praktisch hilflos.»
«Er besaß mehrere Brillen?»
«Ja.»
«Hm», sagte Poirot und lehnte sich zurück. «Ich denke, damit ist der Fall abgeschlossen . . .»
Es war still im Zimmer. Alle blickten sie den kleinen Mann an, der dort saß und sich selbstgefällig den Schnurrbart strich.

Verschiedene zeitliche Hinweise in *Das Geheimnis der Schnallenschuhe* (1940) lassen keinen Zweifel daran, daß wir uns hier in der ersten Hälfte des Katastrophenjahres 1939 befinden. Anspielungen auf die vielerlei Gefahren in Europa – Kommunisten und Faschisten, Waffenhändler und Attentäter, Spione und Agenten – tauchen immer wieder im komplexen Verlauf dieser Geschichte auf. So beunruhigend das alles war, zu Beginn dieses Falls wurde Poirot von ganz persönlichen Ängsten geplagt:
«Auch im Leben des größten aller Menschen gibt es gewisse erniedrigende Augenblicke. Man sagt, daß kein Mann vor seinem Kammerdiener ein Held ist. Man könnte hinzufügen, daß kaum einer vor sich selbst ein Held ist, wenn er zum Zahnarzt muß. Hercule Poirot war sich dieser Tatsache auf kränkende Weise bewußt. Er war es gewöhnt, eine hohe Meinung von sich zu haben. Er war Hercule Poirot, anderen in fast jeder Hinsicht überlegen. In diesem Moment jedoch war ihm jedes Überlegenheitsgefühl abhanden gekommen. Seine Moral war auf den Nullpunkt gesunken. Er war nichts anderes als ein gewöhnlicher Feigling, ein Mann, der vor dem Zahnarzt Angst hat.»
«Es ist herrlich zu wissen», sagte ein überglücklicher Poirot eine halbe Stunde später zu einem Taxifahrer, «daß ich beim Zahnarzt war und ihn nun sechs Monate nicht wiedersehen werde.» Beim Mittagessen erfuhr er, daß er ihn nie wiedersehen würde. Mr. Morley, sein geschwätziger Zahnarzt, hatte, wie Inspektor Japp ihm telefonisch mitteilte, Selbstmord begangen.
Oder war es Mord? Ein Spionagefall vielleicht? Ein großangelegter Bluff, dem der arme Mr. Morley nur versehentlich zum Opfer gefallen war? Während sich die unglücklichen Opfer häuften, begann Poirot sich zu fragen, gegen was für einen Moloch er da eigentlich angetreten war. Ging es um Gerechtigkeit für Mr. Morley? Oder ging es vielmehr um die Rettung Englands? Als Japp der

Fall von höchster Stelle entzogen wurde, kämpfte Poirot allein weiter bis zur Erschöpfung. Ist es möglich, fragte er sich in seiner Ermattung erstaunt, daß ich alt werde?

Poirots letzter Fall in den dreißiger Jahren begann mit einem Mord am 27. Juli 1939. *Morphium* (1940) ist eine Geschichte um Briefe und Testamente, Liebe und Habgier. Das Kernstück bildet der Mordprozeß gegen eine junge Frau namens Elinor Carlisle, die, in eine Dreierbeziehung verstrickt, beschuldigt wird, ihre Rivalin vergiftet zu haben. Die Indizien sind erdrückend, und als schon alles verloren scheint, ruft ein Freund der jungen Frau Poirot zu Hilfe.

In dem kleinen Dorf Maidensford zeigte sich Poirot, der sehr «londonisiert» aussah und «Lackschuhe trug», beim Verhör einer herrischen Haushälterin, eines liebeskranken Mechanikers und eines total verwirrten Gärtners von seiner taktvollsten und liebenswürdigsten Seite. Die Sichtung alten Beweismaterials bei unzähligen Tassen Tee wurde manchmal zum regelrechten Katz-und-Maus-Spiel. Um beispielsweise das Vertrauen der Haushälterin («... eine Dame mit konservativen Gewohnheiten und Ansichten, die von Ausländern gar nichts hielt») zu gewinnen, mußte Poirot eine Trumpfkarte ausspielen:

«Er berichtete mit kindlichem Stolz von einem kürzlichen Besuch in Sandringham. Er erzählte mit Bewunderung von dem natürlichen Anstand und der angenehmen Einfachheit und Freundlichkeit der königlichen Hoheiten.

Mrs. Bishop, die die Geschehnisse bei Hof täglich im Hofbericht verfolgte, war überwältigt.»

Und Poirot hatte gesiegt.

5

Die vierziger Jahre

«Und morgen kommt jemand zum Mittagessen,
der Verbrechen aufklärt.»

Midge Hardcastle in *Das Eulenhaus*

Ein originelles Werk, das die Zeitspanne von Ende 1939 bis Ende 1940 umfaßt, ist *The Labours of Hercules,* das 1947 veröffentlicht wurde (auf deutsch in 2 Bänden erschienen: *Die ersten Arbeiten des Herkules* und *Die letzten Arbeiten des Herkules*). Anlaß zu diesem Zyklus gab der Besuch eines alten Freundes, Dr. Burton, vom All Souls College, der bei Poirot ein Glas Château Mouton Rothschild trank und sich Reflexionen über Poirots Vornamen hingab. «Doch wohl kaum ein christlicher Name», meinte er, um Poirot sodann einen kurzen, aber lehrreichen Vortrag über griechische Mythologie im allgemeinen und Poirots heldischen Namensvetter und seine zwölf berühmten Arbeiten im besonderen zu halten. Poirot zeigte sich zunächst unbeeindruckt. «Ein Held soll dieser Herkules gewesen sein? Aber der war doch nichts anderes als ein großer, muskelbepackter Mensch mit wenig Intelligenz und kriminellen Neigungen!» Weitergehende Recherchen in entsprechenden Nachschlagewerken, die Miss Lemon gehorsam herbeischleppte, regten jedoch Poirot – der wieder einmal mit dem Gedanken an Ruhestand spielte – zu einem großartigen Plan an: «In der Zeit, bevor er endgültig in den Ruhestand trat, wollte er noch zwölf Fälle annehmen, keinen mehr und keinen weniger. Und jeder dieser zwölf Fälle mußte irgendeinen Bezug zu einer der zwölf Arbeiten des antiken Herkules haben. Ja, das würde nicht nur amüsant werden, das war künstlerisch, das war *geistreich.*»

Diesen Entschluß gefaßt, wartete er zuversichtlich auf einen Fall, der mit der ersten Heldentat des Herkules, der Erlegung des Nemeischen Löwen, vergleichbar war.
«Selbstverständlich erwartete er nicht, daß er es mit einem richtigen Löwen zu tun bekommen würde ... Nein, hier kam es auf das Symbolische an. Dieser erste Fall mußte eine Persönlichkeit betreffen, die im Licht der Öffentlichkeit stand, es mußte ein sensationeller Fall sein, ein Fall von höchster Bedeutung! Ein Meisterverbrecher oder jemand, der als Löwe unter den Prominenten gelten konnte, ein berühmter Schriftsteller oder Politiker oder Maler – oder vielleicht sogar eine Person königlichen Geblüts?»
Doch als der Löwe sich schließlich zeigte, war er nichts von alledem, sondern entpuppte sich als ein ewig schnüffelnder Pekinese namens Shan Tung. Und Poirot, der es sonst immer übelgenommen hatte, wegen entlaufener Schoßhündchen konsultiert zu werden, sah hier, in *Der Nemeische Löwe*, alle Ingredienzen zu einem hervorragenden Fall nach mythologischem Muster gegeben.

Viele Helden des antiken Griechenland zogen aus, die neunköpfige Hydra zu erschlagen, aber einzig Herkules erwies sich dieser Aufgabe gewachsen. Als Poirot der Hilferuf eines Landarztes erreichte, der sich böswilliger Gerüchte, er habe seine Frau vergiftet, kaum noch erwehren konnte, wußte er sofort, daß er seine zweite Herkules-Aufgabe gefunden hatte (*Die Lernäische Schlange*).
«Wir fahren aufs Land, Georges», sagte Hercule Poirot zu seinem Diener.
«In der Tat, Sir?» antwortete der unerschütterliche George.
«Und es ist das Ziel unserer Reise, ein Ungeheuer mit neun Köpfen zu töten.»
«Tatsächlich, Sir? Etwas in der Art wie das Ungeheuer von Loch Ness?»
«Weniger greifbar. Ich sprach nicht von einem Wesen aus Fleisch und Blut, Georges.»
Gemeinsam machten Poirot und George in Market Loughborough dem Ungeheuer den Garaus.

Ein volles Jahr brauchte Herkules, um auftragsgemäß eine Hirschkuh mit goldenem Geweih einzufangen, die in Arkadien weidete. In der Geschichte *Die Arkadische Hirschkuh* verwendete Poirot, der sonst so Vorsichtige, mehr Geld und Zeit darauf, als er sich je hätte träumen lassen, um die verschwundene Angebetete eines Dorfmechanikers aufzuspüren – und das alles ohne Honorar. Aber tief im Innern war Poirot eben doch ein Romantiker.

Poirot, der sich nach Abschluß der dritten Arbeit in der Schweiz befand, beschloß, einen Kurzurlaub in den Alpen einzuschieben. In einer ebensolchen Gebirgsgegend hatte der antike Herkules den legendären Eber von Erymanthos gejagt und schließlich auf einem Schneefeld gestellt. Die Gefahren, die er dabei bestehen mußte, waren nicht größer als jene, vor die Poirot sich gestellt sah, nachdem er sich von der Schweizer Polizei hatte überreden lassen, die Jagd nach dem Meisterverbrecher Marrascaud aufzunehmen.

«Poirot seufzte. Die Jagd nach einem gewissenlosen Killer entsprach nicht seinen Vorstellungen von einem erholsamen Urlaub. Geistesarbeit vom Lehnstuhl aus, dachte er, lag mehr auf seiner Linie; nicht das Einfangen eines wilden Ebers auf Berghängen.»

Aber da hatte er sie, seine vierte Arbeit. In *Der Erymanthische Eber* zeigte Poirot, der mit dem Killer und seiner Bande in einem von der Außenwelt abgeschnittenen Hotel festsaß, Tapferkeit, Geistesgegenwart und eine bisher ungeahnte Fertigkeit.

Monsieur Lementeuil, Commissaire de police, faßte Poirot bei beiden Händen: «Ah, mein Freund, ich grüße Sie von Herzen! Welch unerhörte Ereignisse – was müssen Sie durchgemacht haben! Und wir unten, unsere Besorgnis, unsere Ängste – nichts wissend und alles befürchtend. Kein Radio – kein Mittel der Kommunikation. Zu heliographieren, das war in der Tat ein genialer Einfall von Ihnen.»

«Aber nein.» Poirot bemühte sich, Bescheidenheit zu zeigen.

Wie sein antiker Namensvetter übernahm Poirot in *Die Ställe des Augias* schwierige Aufräumungsarbeiten. Zu einem selbstgerechten Innenminister und einem bewundernswerten neuen Premierminister zitiert, bekam er zu hören, daß man sich in einer «äußerst heiklen Situation» befände. Die Phrasen tropften dem ehrenwerten Sir George Conway nur so von den Lippen: Die außerordentlich delikate Lage der Regierung – das öffentliche Interesse – die Solidarität der Partei – die Notwendigkeit, eine einige Front zu präsentieren – die Macht der Presse – das Wohl der Nation … Kurz, man erwartete von Poirot die Vertuschung eines verheerenden politischen Skandals. Ob Poirots listenreiche Bemühungen letztlich den Interessen des Landes dienten, ist eine andere Frage; fest steht, daß dank seiner brillanten Gegenoffensive gegen die klatschsüchtigen *X-Ray News* die Regierung bald wieder mit blütenweißer Weste dastand.

Wenig später leistete Poirot sich – vielleicht mit dem stattlichen Honorar, das ihm die Regierung zweifellos für ihre Rettung gezahlt hatte – wieder einmal einen Urlaub, diesmal in einem abgelegenen Hotel in dem kleinen Balkanstaat Herzoslawakia. Angesichts der Nähe Griechenlands wird er gewiß an seine unvermeidliche sechste Arbeit gedacht haben. Konnte in diesem beschaulichen kleinen Land stiller Wälder und Seen etwas so Schreckliches lauern wie die ungeheuren, mit eisernen Schnäbeln und Klauen bewehrten Raubvögel vom See Stymphalides? In der Tat, sie zeigten sich in Gestalt gewissenloser Erpresser, deren Opfer, einen netten jungen Engländer, Poirot in *Die Stymphaliden* im Schnellverfahren – zwischen Nachmittagstee und Frühstück am folgenden Morgen – rettete. «Ich bemühe mich nur, dem Beispiel meines großen Vorgängers Herkules zu folgen», murmelte Poirot bescheiden.

Auch in *Der Kretische Stier* ging es um das Schicksal eines netten jungen Engländers. Der antiken Sage zufolge befreite Herkules, vom Schmerz der Pasiphaë bewegt, den von ihr geliebten kretischen Stier. Den Auftakt zu Poirots siebter Arbeit bildete der Besuch einer völlig verstörten jungen Dame, deren Verhalten trotz ihrer ärmlichen Kleidung Poirot sogleich verriet, daß sie nobler Herkunft war. «Ah ja, dachte er bei sich, sie ist von Adel – aber mittellos! Und es muß schon etwas ganz Besonderes sein, das sie zu mir führt.»
Es war in der Tat etwas Besonderes: die mißliche Lage ihres Verlobten, der allem Anschein nach das Opfer einer plötzlichen Geisteskrankheit geworden war, die sich darin äußerte, daß er nachts Katzen, Papageien und Schafe mordete. Poirot mußte erst ein verschlungenes Knäuel von wohlgehüteten Familiengeheimnissen entwirren, ehe der junge Stier befreit werden konnte.

In *Die Stuten des Diomedes* führten die Ereignisse Poirot nach Mertonshire, bevorzugter Wohnsitz der Reichen, die das ländliche Leben liebten. Einen Kokainring im Visier, hatte Poirot dort Anlaß, die alte Lady Carmichael aufzusuchen, eine gescheite Person mit scharfer Beobachtungsgabe.

«Sie haben doch etwas in petto, Hercule Poirot.»
«Kennen Sie sich in der griechischen Mythologie aus, Madame?»
«Was hat die griechische Mythologie damit zu tun?»
«Ich wandle auf den Spuren meines großen Vorgängers Herkules. Eine der Aufgaben, die Herkules zu erfüllen hatte, war die Zähmung der wilden Stuten des Diomedes.»
«Erzählen Sie mir nicht, Sie seien hergekommen, um Pferde zu dressieren – in Ihrem Alter! – und mit Lackschuhen an den Füßen! Sie sehen mir nicht so aus, als hätten Sie auch nur ein einziges Mal in Ihrem Leben auf einem Pferd gesessen.»
«Die Pferde, Madame, sind ein Symbol. Es waren wilde Pferde, die Menschenfleisch fraßen.»
Und tatsächlich hatte Poirot es bald geschafft, auf den friedlichen Weiden der Nobelidylle Mertonshire die wilden Pferde des Diomedes einzufangen.

Obwohl Rubens Flame war, gehörte er nicht zu den Malern, die Poirot sonderlich schätzte. Er war daher auch nicht gerade begeistert von dem Auftrag eines Freundes, ein kostbares Gemälde wieder herbeizuschaffen, das auf einer Ausstellung gestohlen worden war. Doch es gelang ihm, die Fahndung nach dem Gemälde mit der weit reizvolleren Suche (auf Vorschlag Japps) nach einem englischen Schulmädchen zu verbinden, das irgendwo in Frankreich verschwunden war. Die Wiederauffindung des Gemäldes und des Mädchens in seiner neunten Arbeit, *Der Gürtel der Hippolyta,* trug Poirot überschwengliche Dankbarkeit und die maßlose Bewunderung von 25 Schulmädchen ein, die alle sein Autogramm haben wollten und über Rubens' üppige Darstellung der Königin Hippolyta bei Überreichung ihres Wehrgehenks an Herkules zweifellos kräftig kicherten.

Die zehnte Aufgabe des antiken Herkules bestand in der Befreiung einer Rinderherde aus der Gewalt des dreileibigen Riesen Geryon. In *Geryons Herde* machte es sich Poirot in Nachahmung seines Vorbilds zur Aufgabe, die Opfer einer Schwindelsekte zu retten, deren charismatischer Führer, «Der Große Hirte», seine Herde schamlos ausbeutete. In den idyllischen Gefilden Devons gelang es Poirot, diesen Wolf im Schafspelz zu stellen und eine Reihe bis dato ungesühnt gebliebener Morde aufzudecken. «Sie könnten gleich eine neue Sekte gründen», meinte Japp, «mit dem Glaubensbekenntnis: Keiner ist klüger als Poirot, Amen . . .»

Seine elfte Aufgabe führte Herkules in den geheimnisvollen Westen, wo er den Hesperiden, den «Töchtern der Nacht», die goldenen Äpfel entreißen sollte. Poirot übernahm als elften Fall den Auftrag, eine Renaissance-Kostbarkeit aus dem Besitz der Borgias, einen mit einer juwelenbesetzten Schlange und Smaragdäpfeln verzierten Pokal, ausfindig zu machen. Seine ausgedehnte Suche führte ihn schließlich in den Westen Irlands, ans legendäre Ende der Welt. Bestürzt zunächst über eine Landschaft, wo die Römer nie gewesen waren, «niemals eine Festung erbaut, niemals eine vernünftige und brauchbare Straße angelegt hatten», fühlte Poirot sich in *Die Äpfel der Hesperiden* am Ende zu einem lyrischen Erguß bewegt:
«Lassen Sie mich Ihnen den Ort beschreiben, wo ich ihn fand – in einem Garten des Friedens, der über das westliche Meer hinweg auf ein vergessenes Paradies ewiger Jugend und Schönheit blickt.»

Die Gefangennahme des Zerberus – im Mythos die Entführung des mehrköpfigen Ungeheuers, das das Tor zur Unterwelt bewachte – ist jene der zwölf Aufgaben Poirots, die ihm persönlich am nächsten ging.
Eines Abends in der Untergrundbahn hörte er von einer der Rolltreppen jemanden seinen Namen rufen und sah erstaunt eine Vision aus der Vergangenheit an seinem Auge vorüberziehen:
«Eine Frau von üppiger und aufsehenerregender Gestalt, auf dem leuchtenden hennaroten Haar ein Strohhütchen, das mit einer ganzen Schar glitzernd gefiederter Vögelchen verziert war. Exotisch wirkende Pelze fielen von ihren Schultern herab.»
Es war die bewunderte Gräfin Vera Rossakoff, die er seit über zwanzig Jahren nicht mehr gesehen hatte. In höchster Aufregung beugte er sich über das Geländer und rief: «*Chère Madame,* wo kann ich Sie finden?»
Ihre Antwort schallte aus der Tiefe zu ihm herauf. Sie war unerwartet, schien jedoch in diesem Moment durchaus passend. «In der Hölle.»
Was konnte sie damit meinen? Am folgenden Morgen fragte Poirot die allwissende Miss Lemon.
«Wenn ein Bekannter Sie bäte, ihn in der Hölle zu treffen, Miss Lemon, was würden Sie dann tun?»
Miss Lemon brauchte wie üblich nicht lange zu überlegen. Sie hatte, wie man so sagt, auf alles die richtige Antwort:
«Es wäre, denke ich, ratsam, einen Tisch zu bestellen.»

Und so saß der von Emotionen gebeutelte Poirot Abend für Abend an einem kleinen Tisch in der «Hölle», einem schicken Nachtlokal, das von der unverbesserlichen Gräfin geführt wurde. Aber schon bald kam ihm der Verdacht – der von Japp bestätigt wurde –, daß die Gräfin und ihre «Hölle» einem Drogensyndikat als Stützpunkt dienten. «Ich bin Ihnen sehr zugetan», sagte er, als er die Gräfin im letzten Moment vor einer Razzia der Polizei bewahrte, «und ich möchte nicht, daß Sie – wie man so sagt – in ein Schlamassel geraten.»
«Ach, Sie sind wunderbar – wunderbar», rief sie und umarmte Poirot, dessen Gesicht danach eine Farbpalette aus Lippenstift und Wimperntusche war.
«Du meine Güte», murmelte Miss Lemon. «Ich frage mich ... Wirklich, in seinem Alter! ... Ausgeschlossen ...»
So endeten die Arbeiten des Herkules.

Wir erinnern uns, daß Poirot wieder einmal an Ruhestand gedacht hatte, ehe er auf die Idee verfallen war, sich selbst diese zwölf Aufgaben zu stellen. Er hatte dem entsetzten Dr. Burton sogar ein neu erwachtes Interesse an der Züchtung von Eierkürbissen gestanden. Nur noch zwölf Fälle wolle er annehmen, hatte er verkündet, «keinen mehr und keinen weniger». Jeder, der weiß, was Sucht heißt, wird die Gefahrensignale in dieser Bemerkung augenblicklich wahrnehmen und nicht erstaunt sein, daß Poirots Karriere noch lange nicht beendet war. Wie er selbst in *Die Morde des Herrn ABC* zu Hastings gesagt hatte:
«Ich weiß sehr wohl, was Sie sagen werden – ich bin wie die Primadonna, die unwiderruflich ihre Abschiedsvorstellung gibt. Diese Abschiedsvorstellung wiederholt sich unendliche Male. Jedesmal sage ich: Das ist das letzte Mal. Aber nein, schon taucht ein neuer Fall auf. Und ich gebe es gern zu, mein Freund, der Ruhestand lockt mich gar nicht. Wenn die kleinen grauen Zellen nicht trainiert werden, rosten sie ein.»
Und so folgte weiterhin eine virtuose Vorstellung auf die andere. Ja, die Fälle der vierziger Jahre sollten zu den interessantesten gehören, die Poirot je übernommen hatte.
Wo aber, so darf man sich wohl fragen, ist Poirot in diesem Jahrzehnt, das vom Zweiten Weltkrieg bestimmt wurde, eigentlich zu finden? Immerhin hatten die kommenden Ereignisse bereits in mehreren der Fälle, die er Ende der dreißiger Jahre bearbeitete, ihre Schatten vorausgeworfen.

«Ein ausgezeichneter Mann, dieser König Leopold, wie ich immer gehört habe», bemerkte der zum Tode verurteilte Zahnarzt, Mr. Morley, in *Das Geheimnis der Schnallenschuhe* zu seinem angstbebenden Patienten. Die beunruhigenden Ereignisse des Jahres 1940 – insbesondere die Invasion Belgiens und der Verrat Leopolds – müssen Poirot entsetzt und Erinnerungen an seine eigene mißliche Lage im Ersten Weltkrieg wachgerufen haben. Aber wie im Fall von Miss Marple erfahren wir praktisch nichts über Poirots Aktivitäten während dieser Zeit. In *Der Todeswirbel,* einem Roman, der 1946 spielt, ist uns ein kurzer Rückblick auf einen Abend im Herbst 1944 gestattet, den Poirot in einem traditionsreichen Club verbrachte, wo «die Tatsache, daß gerade ein Fliegerangriff stattfand, nichts am üblichen Ablauf änderte», und in *Wiedersehen mit Mrs. Oliver* (1956) erinnerte Poirot sich eines anderen Bombenangriffs, bei dem ihn ein schmerzendes Hühnerauge an der kleinen Zehe mehr beschäftigte als Gedanken an einen vorzeitigen Tod. Abgesehen von solchen Schlaglichtern jedoch erfahren wir über jene Zeit praktisch nichts. Kann das Zufall sein? Es ist schwer zu glauben, daß Poirot, im Laufe der Jahre immer wieder letzte Hoffnung britischer Regierungen, stets darauf bedacht, seine polizeilichen und politischen Verbindungen zum Festland zu pflegen, sich auf die Rolle des tatenlosen Zuschauers beschränkte – oder beschränken ließ.

Ob Tarnung oder nicht, Poirot blieb in seiner Londoner Wohnung und betätigte sich weiterhin als Privatdetektiv. Jene seiner Fälle, von denen der Nachwelt berichtet wird, hatten mit dem Krieg nichts zu tun.

Der Klassiker *Rätsel um Arlena* (auch: *Das Böse unter der Sonne*), 1941 veröffentlicht, zeigt sich mit Poirots Worten als «ein Mosaik – viele Farben und Formen – und jedes eigenwillig geformte Teilchen muß an dem ihm zugehörigen Platz eingefügt werden». Die Kulisse bildete das Jolly Roger, ein hübsches Hotel auf einer kleinen Insel dicht vor der Küste Devons. In jenem August, in dem sich die Ereignisse zutrugen, die im Roman geschildert werden, wohnte dort «eine (zumindest ihrer eigenen Einschätzung nach) außerordentlich bedeutende Persönlichkeit. Hercule Poirot, prächtig anzusehen im weißen Leinenanzug, einen Panamahut schräg über den Augen, den Schnurrbart kunstvoll aufgezwirbelt, lag in einer besseren Art Liegestuhl und blickte auf den Badestrand hinaus.»

Täglich aalten sich hier die Hotelgäste mehr oder minder beklei-

det mit Hingabe in der Sonne. Dieses freundliche Ambiente und die gesellschaftliche Ordnung im Jolly Roger wurden jäh gestört durch die Ankunft eines Gastes, der spektakulärer war als alle anderen:
«Sie schien sich ihrer Wirkung nur allzu bewußt zu sein. Sie war groß und gertenschlank. Sie trug ein einfaches, rückenfreies weißes Badekostüm, und jeder Zentimeter nackter Haut schimmerte wie Bronze. Sie war vollkommen wie eine Statue.»
Der «Vamp», wie die weniger begeisterten Gäste sie nannten, frischte nicht nur überraschend alte Beziehungen aus der Vergangenheit auf, sondern verfolgte zudem seine eigenen beunruhigenden Pläne. All diese Verwicklungen mußte Poirot schließlich entwirren, als der Vamp erdrosselt wurde – beim Sonnenbaden natürlich.

Die Kurzgeschichte *Vierundzwanzig Schwarzdrosseln* ist ein Leckerbissen nach englischer Hausmacherart. Der Fall begann in einem Restaurant in Chelsea, wo die Kellnerin Molly ihrer Verwunderung über die plötzliche Geschmacksänderung eines alten Stammgasts namens Gascoigne Ausdruck gab:
«Sie werden mich wahrscheinlich auslachen», sagte Molly errötend, «aber wenn ein Gast zehn Jahre lang regelmäßig kommt, lernt man seine Vorlieben und Abneigungen kennen. Er hat Fleischpasteten und Brombeeren nie gemocht, und ich habe kein einziges Mal erlebt, daß er dicke Suppe aß. Aber an dem Montag abend bestellte er dicke Tomatensuppe, Hackfleischpastete und Brombeerkuchen. Als wäre ihm überhaupt nicht bewußt, *was* er da bestellte.»
Poirot fand das äußerst interessant.
«Ja, weil Sie dem Verbrechen nachlaufen, anstatt zu warten, bis es zu Ihnen kommt», meinte sein Freund, Mr. Bonnington. Er hatte völlig recht, wie Poirots Bemühungen, das Geheimnis um Mr. Gascoignes Abendessen zu lüften, zeigten.

Poirots Auftraggeberin in *Das unvollendete Bildnis* (1942) war aus Kanada.
«An dem Brief, den sie geschrieben hatte, war nichts Besonderes gewesen. Er war nichts weiter als eine Bitte um einen Termin und enthielt keinen Hinweis darauf, was hinter dieser Bitte steckte. Er war kurz und sachlich gewesen. Lediglich die feste Handschrift verriet, daß Carla Lemarchant eine noch junge Frau war.»

Diese entschlossene junge Frau war nach England gekommen, um einen alten Mordfall wiederaufzurollen. Sechzehn Jahre zuvor war ihr Vater, ein brillanter Wissenschaftler, vergiftet worden, und ihre Mutter, die man des Mordes an ihm für schuldig befunden hatte, war ein Jahr später im Gefängnis gestorben. In einem Brief, der ihrer Tochter erst an ihrem einundzwanzigsten Geburtstag ausgehändigt werden durfte, beteuerte sie ihre Unschuld.

«Ich habe von Ihnen gehört», sagte Carla. «Von Ihrer Arbeit. Wie Sie Ihre Fälle gelöst haben. Es ist doch die Psychologie, die Sie interessiert, nicht wahr? Nun, an ihr ändert die Zeit nichts. Die greifbaren Dinge – der Zigarettenstummel, die Fußabdrücke, die geknickten Grashalme –, die sind nicht mehr da. Nach denen kann man nicht mehr suchen. Aber Sie können alle Fakten noch einmal durchgehen und vielleicht mit den Menschen sprechen, die damals dabei waren – sie sind alle noch am Leben –, und dann können Sie sich, wie Sie eben sagten, in Ihren Sessel setzen und nachdenken. Und dann werden Sie wissen, was wirklich geschah ...»

Poirot fühlte sich geehrt durch so viel Vertrauen und versprach der jungen Dame, die Wahrheit zu ergründen. Leicht war das nicht. Es war schon schwierig genug, den Ablauf der Ereignisse an einem Septembermorgen zu rekonstruieren, der sechzehn Jahre zurücklag; noch schwieriger war es, diese Ereignisse neu auszuwerten, um zu einem anderen Ergebnis zu gelangen als die Ermittler damals.

Poirot mußte sich aus seinem Lehnstuhl erheben und hart arbeiten. Nach der gründlichen Lektüre alter Zeitungsberichte und eingehenden Gesprächen mit Anwälten und Polizeibeamten, die inzwischen im Ruhestand waren, blieben Poirot fünf Zeugen, die über die Geschehnisse jenes Tages direkt Auskunft geben konnten. Die Aussagen dieser Zeugen über das, was sie am Tag jenes lang vergangenen Mordes gesehen oder gehört hatten – oder haben wollten –, bilden den Kern dieses Falles.

Um mit einem alten Anwaltsgehilfen zu sprechen, den Poirot im Rahmen seiner Ermittlungen befragte: «Dieses Gift ist nicht durch Zufall in Mr. Crales Bier geraten. Es wurde von jemandem hineingemischt. Und wenn Mrs. Crale es nicht getan hat, wer dann?»

Ein herrlicher Schmöker fürs Wochenende ist *Das Eulenhaus*

(1946), in dem wir der unvergeßlichen Lucy Angkatell begegnen, Ehefrau eines pensionierten Diplomaten, die es gewöhnt ist, sich ungestraft über alle Konventionen hinwegzusetzen.
«Sie hat im Gouverneurspalast die Traditionen über den Haufen geworfen», wie ihr Ehemann berichtete. «Sie lud ein, wen sie wollte, sie setzte beim Abendessen Todfeinde nebeneinander und nahm auf die Rassenfrage überhaupt keine Rücksicht.»
Und immer war es glimpflich abgelaufen. Doch in *Das Eulenhaus,* nachdem sie für das Wochenende mehrere Freunde und Verwandte eingeladen hatte, zwischen denen allerlei emotionale Verstrickungen positiver und negativer Art bestanden, kam selbst Lady Angkatell der Verdacht, sie könnte zu weit gegangen sein.
«Ich habe diesen Verbrecherjäger für Sonntag zum Mittagessen eingeladen. Das wird Ablenkung schaffen, meinst du nicht?»
«Verbrecherjäger?»
«Den Eierkopf. Er bearbeitete irgendeinen Fall in Bagdad, als Henry dort Hoher Kommissar war ... Ich erinnere mich nicht mehr genau an die Geschichte, weil es mich nie sonderlich interessiert, wer nun eigentlich wen umgebracht hat. Ich meine, wenn einer einmal tot ist, ist doch der Grund nicht mehr so wichtig ...»
«Aber habt ihr hier unten denn irgendwelche Verbrechen, Lucy?»
«O nein, Darling. Er wohnt in einem dieser ulkigen neuen Wochenendhäuschen – du weißt schon, Balken, an denen man sich den Kopf anschlägt, erstklassige sanitäre Anlagen und ein völlig unpassender Garten. Was die Londoner eben so mögen.»
An einem schönen Septembersonntag schloß Poirot also sorgfältig die Pforte von Resthaven, seinem neuen Wochenendhäuschen, und machte sich auf den Weg zum Mittagessen bei den Angkatells. Bei seiner Ankunft führte man ihn zunächst zum Aperitif an den Swimming-pool. Er war gar nicht begeistert. «Die Leidenschaft der Engländer, draußen im Freien zu sitzen, verdroß Hercule Poirot.» Aber es erwartete ihn noch Schlimmeres: Man empfing ihn, wie es schien, mit einem ausgesprochen albernen Spiel.
«Er war verärgert und gelangweilt – höchst gelangweilt. Er fand den Tod nicht amüsant. Und hier scherzte man mit ihm.
Was er vor sich sah, war eine mit Sorgfalt gestellte Mordszene. Am Rand des Beckens lag die Leiche, künstlerisch drapiert mit ausgestrecktem Arm, und von der Betonkante tropfte sogar sachte etwas rote Farbe ins Becken. Es war eine spektakuläre Leiche, die eines gutaussehenden blonden Mannes. Über sie geneigt

stand mit dem Revolver in der Hand eine Frau mittleren Alters, klein und kräftig gebaut, im Gesicht einen merkwürdigen Ausdruck der Leere.»

Leider war es gar kein Spiel, sondern blutiger Ernst, einer der verzwicktesten Fälle, die Poirot je untergekommen waren. Lady Angkatell blieb sich auch unter diesen Umständen treu:

«Man mag sagen, was man will, so ein Mord ist ein Unding – er bringt die Dienstboten durcheinander und stört den gewohnten Ablauf der Dinge – wir wollten zum Mittagessen eigentlich Ente servieren – zum Glück schmeckt das Fleisch auch kalt ganz gut.»

Als der Krieg vorbei war, drehten sich die Gespräche der Leute in Poirots Umgebung um dessen Nachwirkungen. *Der Todeswirbel* (1948) spielt im Frühjahr 1946 in einem abgelegenen Dorf:

«Warmsley Vale, eingebettet zwischen bewaldeten Hügeln ... ist im wesentlichen ein altmodischer Marktflecken, der heute zum Dorf herabgesunken ist. Es hat eine von georgianischen Häusern gesäumte Hauptstraße, mehrere Pubs, ein paar antiquierte Geschäfte und vermittelt ganz allgemein den Eindruck, nicht achtundzwanzig, sondern hundertfünfzig Meilen von London entfernt zu liegen.»

Hier wollten nun, da endlich Frieden war, die verschiedenen Mitglieder der wohlhabenden Cloade-Sippe ihr Leben wieder in Ordnung bringen. Ihre Häuser waren reparaturbedürftig, ihre Dienstboten verschwunden, ihre Einkünfte drohten von Steuern aufgefressen zu werden, das tägliche Leben wurde bestimmt von Lebensmittelknappheit, Schlangestehen und Rationierung.

Doch die Cloades hatten noch ein anderes Kreuz zu tragen. Gordon Cloade, das reiche, lange unverheiratete Familienoberhaupt, mit dessen finanzieller Unterstützung man jahrelang stets hatte rechnen können, war im letzten Kriegsjahr bei einem Bombenangriff ums Leben gekommen und hatte sein immenses Vermögen seiner jungen und unstandesgemäßen Ehefrau hinterlassen. Verwirrt, verarmt und empört fragten sich die stolzen Cloades, was sie nun anfangen sollten.

Poirot erfuhr schon früh, daß sich in Warmsley Vale etwas zusammenbraute. Eine Angehörige der Familie, eine etwas verrückte Person, hatte bereits versucht, ihn zu engagieren. Man wollte Material, um Gordon Cloades Ehefrau ihr Erbe entreißen zu können.

«Monsieur Poirot», sagte sie, «die guten Geister haben mich zu Ihnen geführt.»

«In der Tat, Madame. Vielleicht nehmen Sie erst einmal Platz und erklären mir –»
«Zweimal bekam ich die gleiche Botschaft, Monsieur Poirot. Durch die automatische Schrift und mit der Alphabettafel. Es war vorgestern abend. Madame Elvary (sie ist eine wunderbare Frau) und ich benutzten die Alphabettafel. Wir bekamen immer wieder die gleichen Initialen, H. P., H. P., H. P.... Ich zermarterte mir das Gehirn, aber es fiel mir niemand mit diesen Initialen ein ... Und dann kaufte ich die *Picture Post* (wieder von den Geistern gelenkt, verstehen Sie, weil ich sonst immer den *New Statesman* kaufe), und da waren Sie – ein Bild von Ihnen, eine Beschreibung, ein Bericht über Ihre Arbeit. Ist es nicht wunderbar, Monsieur Poirot, zu sehen, daß in allem ein Sinn steckt? Es liegt auf der Hand, daß die Geister Sie berufen haben, diese Sache zu klären.»
Poirot lehnte den Auftrag mit Entschiedenheit ab, doch er las aufmerksam die Zeitungen, und als sie eine Notiz über einen mysteriösen Todesfall in Warmsley Vale brachten, als ein weiteres Mitglied der Familie Cloade ihn um Hilfe anging, zog es ihn unwiderstehlich zum Ort des Geschehens.
«Komm, Lynn, wir müssen gehen. Ich nehme an, Monsieur Poirot möchte in die Stadt zurück.»
Poirot sagte lächelnd: «Ich fahre nicht in die Stadt zurück.»
«Wie bitte?» Rowley blieb wie angewurzelt stehen.
«Ich bleibe hier, im Stag, ein Weilchen jedenfalls.»
«Aber – aber warum denn?»
«*C'est un beau paysage*», antwortete Poirot freundlich.
Rowley meinte unsicher: «Ja, natürlich ... Aber sind Sie denn nicht – haben Sie denn nicht viel zu tun?»
«Ich habe Ersparnisse», erwiderte Poirot lächelnd. «Ich habe es nicht nötig, übermäßig viel zu arbeiten. Nein, ich kann meine Muße genießen und meine Tage dort verbringen, wo es mir gefällt.»

6

Die letzten drei Jahrzehnte

Er war der große, der unvergleichliche Hercule Poirot, aber er war auch ein sehr alter Mann, und seine Schuhe waren ihm eng.

Vier Frauen und ein Mord

Die Tatsache, daß nach dem im Jahr 1946 angesiedelten Roman *Der Todeswirbel* sechs Jahre vergingen, ehe im Jahr 1952 *Vier Frauen und ein Mord* erschien, zeugt davon, daß Poirot weiterhin dem Ruhestand entgegentrieb – zumindest was die Aufklärung von Mordfällen anging. Mochte auch Miss Lemon in ihrem kleinen Zimmer arbeiten wie eine Wilde, solange sie nur Berichte über heikle Missionen für Ölgesellschaften zu tippen hatte, mußte Hercule Poirot das Leben manchmal sehr eintönig erscheinen.
«Ich habe allzuviel Muße», klagte Poirot. «Der Bankier im Ruhestand spielt Golf, der kleine Kaufmann werkelt in seinem Garten, und ich – ich esse. Aber . . . man kann nur dreimal am Tag essen. Und dazwischen sind die Löcher.»
Aus ebendiesem Grund ergriff Poirot in *Vier Frauen und ein Mord* die Gelegenheit, sich mit einem höchst unwahrscheinlichen Fall zu befassen: dem Mord an einer Putzfrau.
Es begann mit dem Besuch von Superintendent Spence von der Polizei Kilchester, einem Freund aus *Der Todeswirbel*. Bei einem Bier gestand der Superintendent sein Unbehagen über einen seiner letzten Fälle – den Tod einer alten Frau in dem Dorf Broadhinny. Alle Indizien sprechen dafür, daß Mrs. McGinty von ihrem wenig einnehmenden Untermieter James Bentley ermordet worden war. Die Polizei hatte ihn festgenommen, man hatte ihm den Prozeß gemacht, und er war zum Tode verurteilt worden.
«Und nach der Urteilsverkündung haben Sie sich in den Zug ge-

setzt und sind zu mir nach London gekommen», sagte Poirot. «Warum?»
«Weil ich nicht glaube, daß er es getan hat ...», antwortete der Superintendent.
«Und wenn er sie nun doch getötet hat?» fragte Poirot.
«Dann wäre ich froh, endlich Gewißheit zu haben», erwiderte Spence.
Poirot war mehr als angetan. Das war doch weit interessanter als die Machenschaften der Ölgesellschaften. «*Voilà*, es ist alles klar», meinte er. «Ich mache mich sofort an die Arbeit.»
Gewiß, Poirot hatte sich gelangweilt, aber es spricht doch sehr für ihn, daß er, obwohl er gemütlich in seiner Londoner Wohnung hätte bleiben und sich von George und Miss Lemon hätte verwöhnen lassen können, die längst kalt gewordene Fährte dieses weder ruhm- noch gewinnträchtigen Falls aufnahm und mit dem Eifer eines jungen Anfängers verfolgte, der sich seine Sporen erst noch verdienen mußte. Und dies, obwohl ihn in der tristen Nachkriegswelt des Dorfes, wo Wohnungen knapp waren und verdächtige Fremde die Straßen unsicher machten, kein bißchen Komfort erwartete. Unverdrossen stapfte er in seinen engen Lackschuhen den Hügel hinauf und hinunter, auf dem das Dorf lag, während die Leute sich fragten, wer dieser seltsame kleine Ausländer sein mochte und warum er all die Fragen über einen Mord stellte, der längst aufgeklärt war. Was das unglückliche Opfer, Mrs. McGinty, anging, beschränkte sich das Bedauern der Dorfbewohner darauf, daß ihnen durch ihren Tod die einzige zuverlässige Putzfrau in Broadhinny verlorengegangen war.
Unterkunft im Dorf bot einzig Long Meadows, ein schönes, aber völlig heruntergekommenes Landhaus, dessen sympathische Eigentümer, die Summerhayes, sich mit der Aufnahme zahlender Gäste über Wasser zu halten versuchten. Über ihre tapferen Bemühungen hatte Poirot wenig Schmeichelhaftes zu sagen:
«Madame Summerhayes' Kochkünste spotten jeder Beschreibung. Sie kann überhaupt nicht kochen. Und die Zugluft, die kalten Winde, die Magenverstimmungen der Katzen, die langen Haare der Hunde, die wackligen Beine der Sessel, das entsetzliche Bett, in dem ich schlafe, das lauwarme Wasser im Bad, die Löcher im Läufer auf der Treppe und der Kaffee – ich kann Ihnen mit Worten nicht beschreiben, was einem hier als Kaffee vorgesetzt wird.»
Ein Trost in dieser rundum unerfreulichen Situation war immer-

hin das Wiedersehen mit Ariadne Oliver, die zur gleichen Zeit wie Poirot Broadhinny besuchte. Etwa fünfzehn Jahre zuvor hatte sie durch ihre Anwesenheit die Ereignisse in *Mit offenen Karten* kräftig in Schwung gebracht.

«Mrs. Ariadne Oliver war weithin bekannt als Verfasserin großartiger Detektivstories und anderer spannender Geschichten ... Sie war außerdem eine hitzige Feministin, und wenn die Presse über einen Mordfall von Bedeutung berichtete, fehlte nie ein Interview mit Mrs. Oliver, die dann gern sagte: ‹Ja, wenn Scotland Yard von einer *Frau* geleitet werden würde!› Sie glaubte fest an die weibliche Intuition.

Abgesehen davon war sie eine angenehme Frau mittleren Alters, sah nicht übel aus, auch wenn sie immer etwas unordentlich wirkte, hatte schöne Augen, kompakte Schultern und eine Mähne widerspenstigen grauen Haares, mit dem sie ständig herumexperimentierte.»

Beim Wiedersehen zeigte Mrs. Oliver sich so amüsant und hilfsbereit wie eh und je. Ihr erläuterte der niedergeschlagene Poirot seinen Fall:

«Eine ältere Putzfrau, die vor fünf Monaten beraubt und ermordet wurde. Sie haben vielleicht davon gelesen. Mrs. McGinty. Ein junger Mann wurde schuldig gesprochen und zum Tode verurteilt ...»

«Aber er war's nicht, und Sie wissen, wer es war, und werden es beweisen», sagte Mrs. Oliver rasch. «Großartig.»

«Sie sind zu schnell», meinte Poirot seufzend. «Ich weiß noch nicht, wer es getan hat – und wenn es soweit ist, wird es bis zum Beweis noch ein langer Weg sein.»

«Männer sind ja so langsam», erklärte Mrs. Oliver geringschätzig. «Ich werde Ihnen bald sagen, wer es getan hat. Jemand von hier, vermute ich? Lassen Sie mir ein, zwei Tage Zeit, dann schnappe ich den Mörder schon.»

Ganz so schnell ging es nicht, es kam vorher noch zu einigen erschreckenden Zwischenfällen (Mrs. Oliver entdeckte einen zweiten Mord, und Poirot wäre beinahe unter einen Zug gestoßen worden), aber am Ende wurde natürlich der wahre Mörder Mrs. McGintys entlarvt.

«Und», sagte Poirot, schon bei den Vorbereitungen zur Rückkehr in den Komfort von Whitehaven Mansions, «ich habe Mrs. Summerhayes ein Kochbuch geschenkt und ihr persönlich gezeigt, wie man ein Omelette macht.»

Im folgenden Jahr, in *Der Wachsblumenstrauß*, wurde Poirot von einem alten Freund, Mr. Entwhistle, Seniorpartner einer angesehenen Anwaltskanzlei, zur Übernahme eines größeren Falls überredet. Nach einem opulenten Mahl, das mit *pâté de foie gras* begann und mit *poire flambée* auf Vanilleeis endete, kam der gesättigte Mr. Entwhistle zur Sache.
«Ich weiß, Sie bearbeiten keine Fälle mehr, aber ich bitte Sie trotzdem, diesen hier zu übernehmen», sagte er und schilderte eine Konstellation nach Poirots Herzen: Tod eines alten Patriarchen in einem schönen Landhaus, gefolgt von Turbulenzen im Familienkreis.
Bei der Auseinandersetzung mit den Geheimnissen von Enderby Hall und den diversen Zweigen der Familie Abernethie bediente Poirot sich der Talente des bemerkenswerten Mr. Goby, eines Privatdetektivs, mit dem er in den folgenden Jahren immer häufiger zusammenarbeitete. Zum erstenmal war er Mr. Goby fünfundzwanzig Jahre zuvor in *Der blaue Expreß* begegnet. Damals hatte es von ihm geheißen: «Er wäre imstande, innerhalb von vierundzwanzig Stunden das Privatleben des Erzbischofs von Canterbury bloßzulegen», und in den Jahren, die seither vergangen waren, hatte sich da nichts geändert: «Ein Fingerschnalzen Mr. Gobys genügte, und Hunderte geduldiger, beharrlicher Männer und Frauen jeden Alters und jeglichen Standes machten sich auf, um zu fragen, zu bohren und Resultate zu erzielen.»
Poirot selbst schlich sich in der Maske eines UNO-Beamten in Enderby Hall ein. «Ich beabsichtige», sagte er, «ein Landhaus für ausländische Flüchtlinge zu erwerben. Ich vertrete die UNARCO.»
«Und was ist die UNARCO?»
«United Nations Aid for Refugee Centres Old Age.»
Für Timothy Abernethie, cholerisches Mitglied der älteren Generation, gab es keinen Zweifel, wer an all diesen Morden und Veränderungen schuld war:
«Alles hat mit dieser verdammten Labour-Regierung angefangen. Sie hat das ganze Land ruiniert. Und die Regierung, die wir jetzt haben, ist nicht besser. Pflaumenweiche Sozialisten! Sehen Sie sich doch die Zustände hier an! Man bekommt keinen anständigen Gärtner, keine Dienstboten – die arme Maude muß sich selbst in der Küche abrackern – (übrigens, eine Eiercreme nach der Seezunge heute abend würde sich gut machen, meine Liebe – und vorher vielleicht eine klare Bouillon?)»

Poirots nächster überlieferter Fall wurde von einem unglaublichen Ereignis eingeläutet: Miss Lemon unterliefen eines Morgens beim Schreiben eines ganz simplen Briefes gleich drei Tippfehler. «So etwas konnte nicht passieren – aber es war passiert!» So begann *Die Kleptomanin* (1955). Und die entsetzte Miss Lemon sagte: «Ich verstehe nicht, wie – doch, ich weiß. Es ist wegen meiner Schwester.»
«Ein weiterer Schock. Niemals hatte Poirot daran gedacht, daß Miss Lemon eine Schwester haben könnte. Oder einen Vater, eine Mutter oder gar Großeltern. Miss Lemon war ein maschinell hergestelltes Präzisionsinstrument, und die Vorstellung, sie könne Neigungen oder Ängste empfinden oder familiäre Sorgen haben, erschien absurd.»
Von verständnisvollem Nicken und Zungenschnalzen ermuntert, zeigte Miss Lemon sich als verletzlicher Mensch und vertraute Hercule Poirot ihre Nöte an. Ihre verwitwete Schwester war, wie sie erklärte, Leiterin eines Studentenheims, und in diesem Heim verschwanden seit einiger Zeit die unterschiedlichsten Dinge auf geheimnisvolle Weise.
«Hercule Poirot schwieg einen Moment.
Wollte er sich wirklich mit den Schwierigkeiten von Miss Lemons Schwester ... abgeben? Aber es war sehr ärgerlich und lästig, wenn Miss Lemon beim Schreiben seiner Briefe Fehler machte. *Wenn* er sich in diese Geschichte einmischte, sagte er sich, dann nur aus diesem Grund. Er gestand sich nicht ein, daß er sich in letzter Zeit häufig gelangweilt hatte und gerade die Trivialität der Angelegenheit ihn reizte.»
Gleich am nächsten Tag erschien Miss Lemons Schwester zum Tee und legte Poirot folgende Liste vor:

Abendschuhe (einer von einem neuen Paar)
Armband (Modeschmuck)
Brillantring (in Suppenteller gefunden)
Puderdose
Lippenstift
Stethoskop
Ohrringe
Feuerzeug
Alte Flanellhose
Glühbirnen
Pralinenschachtel
Seidenschal (zerschnitten)

Rucksack (dito)
Borax
Badesalz
Kochbuch

Alle diese Dinge waren verschwunden. Poirot war fasziniert und stürzte sich mit Verve ins Studentenmilieu und einen Fall, der ihm vor seiner Aufklärung so viele Morde bescheren sollte wie Miss Lemon Tippfehler gemacht hatte.

In *Wiedersehen mit Mrs. Oliver* (1956) wird von einem Gartenfest auf dem Land berichtet, und jeder, der an diesem aufregenden Nachmittag dabei war, wird wohl noch jahrelang davon gesprochen haben. Für nur eine halbe Krone wurde folgendes geboten: Eröffnung des Fests um halb drei Uhr durch ein Filmsternchen, das Recht, den Park von Sir George Stubbs' herrlichem Besitz nach Herzenslust zu durchstreifen, die Gelegenheit, an einem Mörderspiel teilzunehmen, das die berühmte Kriminalschriftstellerin Ariadne Oliver leitete, die Möglichkeit, einen Preis zu gewinnen, der von dem berühmten Detektiv Hercule Poirot überreicht werden sollte, und – das war das weniger Erfreuliche – hautnahe Begegnung mit der Polizei, die am späten Nachmittag eintraf, um die Ermittlungen über einen Mord aufzunehmen, der im Bootshaus verübt worden war.
Was für ein Nachmittag! Und zu allem Überfluß war auch noch Lady Stubbs, die zuletzt mit einem Kulihut auf dem Kopf und Massen von Brillanten an Hals und Armen gesehen worden war, spurlos verschwunden.
Hercule Poirot schnappte den Mörder natürlich, und Mrs. Oliver sagte: «Ich glaube, ich mache ein Buch daraus. Es wäre doch jammerschade, so etwas zu verschwenden.»

In *Die Katze im Taubenschlag* (1959) wurde Poirot von einer höchst ungewöhnlichen Klientin aufgesucht:

> George, Hercule Poirots korrekter Diener, öffnete die Tür und sah sich zu seiner Überraschung einem Schulmädchen mit ziemlich schmutzigem Gesicht gegenüber.
> «Kann ich bitte Monsieur Hercule Poirot sprechen?»
> Georges brauchte für seine Antwort eine Spur länger als sonst. Die Besucherin kam ihm unerwartet.

«Monsieur Poirot empfängt nicht ohne Anmeldung», sagte er.
«So lange kann ich leider nicht warten. Ich muß ihn unbedingt gleich sprechen. Es ist sehr dringend. Es geht um mehrere Morde und um Raub und solche Dinge.»
«Ich werde nachfragen», erwiderte Georges, «ob Monsieur Poirot bereit ist, Sie zu empfangen.»

Wenige Minuten später richtete Julia Upjohn, die in einem sehr ordentlichen Wohnzimmer in einem sehr schlichten Sessel saß, ihren Blick erwartungsvoll auf einen kleinen alten Mann mit gütigem Gesicht und verdächtig schwarzem Haar.
«Und wo haben sich all diese aufregenden Dinge zugetragen?»
«In meiner Schule – Meadowbank.»
Wer hätte gedacht, daß Meadowbank, eines der berühmtesten Mädcheninternate Englands, je in ein solches Chaos stürzen würde – zwei Lehrerinnen waren ermordet, eine blaublütige Schülerin entführt, und die Zöglinge verflüchtigten sich so schnell, wie ihre Eltern sie abholen konnten.
Als Poirot mit Julia im Schlepptau am Tatort erschien, kam es wie gewohnt zur dankbaren Kapitulation der örtlichen Polizei. Man war froh, Poirot zur Seite zu haben.
Abgesehen von Poirot und der Polizei mischten in diesem Fall noch zwei graue Eminenzen mit – der dicke und immer schläfrige Colonel Pikeaway, der von einem Versteck in Bloomsbury aus eine Geheimdienstoperation leitete, und Mr. Robinson, «der über ein Netz verfügte, das den ganzen Globus umspannte. Wir sind, wie soll ich sagen, die Lenker hinter den Kulissen.» (Mr. Robinson und sein Syndikat spielen auch in mehreren anderen Christie-Romanen eine Rolle.)
Selbst im spannenden Wettlauf mit den finsteren Mächten des Internats Meadowbank verlor Poirot die wichtigen Dinge des Lebens nicht aus den Augen. Als Julia ihm erzählte, sie habe während eines Besuchs bei einer Freundin ihrer Mutter in Broadhinny von ihm gehört, erinnerte Poirot sich augenblicklich seiner Leiden als zahlender Gast der Familie Summerhayes:

«Und das Essen? Hat dir das Essen geschmeckt?»
«Na ja, es schmeckte manchmal etwas merkwürdig», bekannte Julia.
«Merkwürdig, in der Tat.»
«Aber Tante Maureen macht tolle Omelettes.»

«Sie macht tolle Omelettes», wiederholte Poirot glücklich und seufzte. «Dann hat Hercule Poirot nicht umsonst gelebt», sagte er. «Ich habe deiner Tante Maureen nämlich gezeigt, wie man ein Omelette macht.»

In *Die Katze im Taubenschlag,* letzter Fall der fünfziger Jahre, erleben wir Poirot putzmunter und vom Alter anscheinend unberührt, doch in *Auf doppelter Spur* (1963) zeigt er sich anders.
Colin Lamb (wohl kaum sein richtiger Name), ein junger Geheimagent, der in einem gutbürgerlichen Wohnviertel in einer Küstenstadt einen Mord entdeckt, schlägt Inspektor Hardcastle von der zuständigen Polizei vor, einen Spezialisten zu konsultieren:
«Ein Privatdetektiv – ein Freund meines Vaters (wahrscheinlich Superintendent Battle) – und ein Freund von mir. Diese phantastische Geschichte wäre genau sein Fall. Er wird hingerissen sein – und die Sache wird ihn aufmuntern. Ich habe das Gefühl, er braucht Aufmunterung.»
«Wie heißt er?»
«Hercule Poirot.»
«Von dem habe ich schon gehört. Ich dachte, er wäre tot.»
«Das nicht. Aber zu Tode gelangweilt, glaube ich. Und das ist schlimmer.»
Ehe der getreue George Colin in den Salon führte, murmelte er diskret: «Ich glaube, Sir, er ist manchmal ein wenig deprimiert» – und es war wirklich traurig zu sehen, daß der große Hercule Poirot sich die Zeit mit der Lektüre von Kriminalromanen vertrieb:
«Nehmen wir *Die Abenteuer des Arsène Lupin*», fuhr Poirot fort. «So phantastisch! So irreal! Und doch sind sie voller Vitalität, Kraft und Leben. Und auch an Humor fehlt es nicht.»
Doch die Rätsel des wirklichen Lebens ließen auf sich warten.
Er seufzte. «Rätsel, *mon cher,* sind knapp. Letzten Donnerstag, das ist wahr, bin ich auf eines gestoßen: In meinem Schirmständer lagen völlig unbefugterweise drei Stück getrocknete Orangenschale. Wie waren sie dahingekommen? Wie *konnten* sie dahingekommen sein? Ich selbst esse keine Orangen. Georges würde niemals Orangenschalen in den Schirmständer werfen. Und es ist kaum anzunehmen, daß ein Gast drei Stück Orangenschale mitbringen würde. Ja, es war wirklich ein Rätsel.»
«Und haben Sie es gelöst?»
«Ich habe es gelöst», sagte Poirot mehr melancholisch als stolz. «Es war nicht weiter aufregend.»

Ganz klar, es war Zeit für einen Fall mit mehr Biß. Colin berichtete von den seltsamen Ereignissen am Wilbraham Crescent – die Entdeckung eines unbekannten Mannes, der in einem Wohnzimmer voller Uhren erstochen worden war – und verlangte Aufklärung. «Ich habe Ihnen die Fakten geliefert», sagte er zu Poirot, «und jetzt möchte ich die Lösung.»
«Einfach so?» meinte Poirot, aber natürlich fand er sie, und alle waren begeistert.

Interessant und gewinnend ist, daß der alte Poirot, dem Leute wie George und Colin Lamb mit einer Mischung aus mitleidiger Besorgnis und feiner Herablassung begegneten, weil er nichts Besseres zu tun hatte, als Kriminalromane zu lesen, in Wirklichkeit selbst an einem sehr gut recherchierten und soliden Buch schrieb. Auf der ersten Seite von *Die vergeßliche Mörderin* (1966) wird uns seine Zufriedenheit über eine gelungene Arbeit geschildert:
«Er hatte sein *magnum opus* fertiggestellt, eine Analyse großer Autoren von Detektiv- und Kriminalgeschichten. Er hatte es gewagt, an Edgar Allan Poe Kritik zu üben, er hatte den Mangel an Ordnung und Methode der romantischen Ergüsse Wilkie Collins' beklagt, hatte zwei praktisch unbekannte amerikanische Autoren in den Himmel gehoben, kurz, hatte Lob verteilt, wo es ihm angebracht schien, und selbiges streng verweigert, wo es ihm unverdient schien . . .»
Doch der Freude über die literarische Leistung folgte unmittelbar eine schmerzhafte persönliche Kränkung – eine Klientin in spe, ein etwa zwanzigjähriges Mädchen der neuen Generation, mit langem strähnigem Haar, in hohen schwarzen Lederstiefeln, Minirock und voluminösem Pullover, überlegte sich bei seinem Anblick, daß sie ihn wegen eines Mordes, den sie *vielleicht* verübt hatte, lieber doch nicht konsultieren wollte.
«Sie sind zu alt», sagte sie. «Es tut mir wirklich leid.» Und ohne ihren Namen genannt zu haben lief sie in großer Verwirrung davon.
Poirot suchte bei Mrs. Oliver Trost, doch «Sie verstehen nicht», rief er, als sie ihm zuredete, die seltsame Besucherin einfach zu vergessen. «Ich mache mir Sorgen um dieses Mädchen. Sie kam zu mir, weil sie *Hilfe* suchte.»
Um Poirot aus seinen Gewissensnöten zu helfen, machte sich Mrs. Oliver gemeinsam mit ihm auf die Suche nach der geheimnisvollen jungen Dame, und ihre Nachforschungen führten die

beiden direkt ins «Swinging London» der sechziger Jahre. Poirot hatte die Jugend Ende der fünfziger Jahre aus der Ferne beobachtet – Teddy Boys, Cafeterias, Stereos, hautenge Jeans und so weiter –, jetzt aber geriet er mitten ins Getümmel der Jugendrevolution. «Langhaarige junge Männer, Beatniks, Beatles, alle möglichen Namen haben sie», beschwerte sich einer seiner Zeitgenossen. «Langes Haar und schmutzige Fingernägel . . . Man wagt nicht zu fragen: ‹Wer, zum Teufel, sind Sie?›, weil man nie weiß, welchem Geschlecht sie eigentlich angehören, und das ist peinlich. Hier wimmelt es von diesen Leuten. Ich vermute, es sind Normas Freunde. Früher wäre so etwas nicht möglich gewesen. Aber heute kann es dir passieren, daß du sie hinauswirfst, und dann stellt sich heraus, daß es der Viscount Endersleigh oder Lady Charlotte Marjoribanks war. Man kennt sich heutzutage überhaupt nicht mehr aus.»

Ja, es war alles sehr verwirrend. Es gab Momente in *Die vergeßliche Mörderin,* da fragte Poirot sich – obwohl er sich wieder die Dienste des imponierenden Mr. Goby gesichert hatte und hinter den Kulissen von Scotland Yard Hilfe bekam –, ob es ihm und Mrs. Oliver je gelingen würde, diesen Fall zu lösen. Mrs. Oliver wurde in einer Gasse nahe der King's Road niedergeschlagen, und Poirot stürzte in schwarze Verzweiflung («Vielleicht bin ich wirklich zu alt . . . Was weiß ich denn schon?»), aber am Ende triumphierten sie.

In *Schneewittchen-Party* (1969) taten sich wieder einmal Poirot, Mrs. Oliver und Superintendent Spence zusammen, das Trio, das schon in *Vier Frauen und ein Mord* so erfolgreich zusammengearbeitet hatte.

Die stets enthusiastische Ariadne Oliver war aus Poirots späterem Leben kaum noch wegzudenken. Klingelte bei Poirot das Telefon, so war es häufig Mrs. Olivers Stimme, die er vernahm, wenn er abhob, «eine kraftvolle Stimme, die Poirot veranlaßte, den Hörer einige Zentimeter weiter von seinem Ohr entfernt zu halten.»

«Wie gut, daß Sie da sind», begann sie dann wohl. «Ich mußte Sie unbedingt erreichen – dringendst!» Mrs. Oliver war nämlich nicht nur eine Erfinderin von Morden für ihre Romane, sie stieß dank ihres unkonventionellen Lebenswandels auch immer wieder auf reale Mordfälle.

Superintendent Spence, der zweite treue Verbündete des alten Poirot, war zwar mittlerweile im Ruhestand, doch zu seiner Zeit war er ein Polizist von hohem Rang und Ansehen gewesen, und seine gu-

ten Verbindungen zu Scotland Yard und regionalen Polizeidienststellen erwiesen sich in manch späterem Fall Poirots als wertvolle Hilfe.
In *Schneewittchen-Party* hatte Ariadne Oliver, zu Besuch bei Freunden in dem Städtchen Woodleigh Common, das Pech, zu Gast bei einem Kinderfest zu sein, auf dem ein scheußlicher Mord begangen wurde im Zusammenhang mit dem Spiel «Apfelschnappen»: «Jemand, wissen Sie, jemand hatte ihren Kopf in das Wasser mit den Äpfeln gehalten. Hatte den Kopf festgehalten, so daß sie natürlich tot war. Ertrunken. *Ertrunken.* In einem nicht ganz vollen Metalleimer. Kniet sich hin und beugt ihren Kopf runter, um nach einem Apfel zu schnappen. Ich hasse Äpfel», sagte Mrs. Oliver. «Ich will nie wieder einen Apfel sehen ...»
Poirot sah sie an. Er streckte seine Hand aus und füllte ein kleines Glas mit Kognak.
«Trinken Sie», sagte er.
Die arme Mrs. Oliver! Wo sie doch eine solche Vorliebe für Äpfel hatte. «Entweder war sie dabei, einen Apfel zu essen, oder hatte gerade einen gegessen – man beachte den Apfelkern, der noch auf ihrer breiten Brust lag –, oder aber sie trug eine Tüte Äpfel mit sich herum.»
Doch der Kognak tat seine Wirkung, und sobald Mrs. Oliver sich erholt hatte und Poirot eingefallen war, daß ja Superintendent Spence in Woodleigh Common lebte, stand ihre gemeinsame Marschroute fest. Bei ihren Ermittlungen wurden sie natürlich vorbildlich unterstützt durch die Polizei.
Ein träumerischer Zug, etwas zunehmend Beschauliches ist in Poirots letzten Fällen immer wieder wahrzunehmen, und nirgends wird es offenkundiger als in dieser Erzählung, die in den frühen Novembertagen spielt. «Wir haben es mit Skrupellosigkeit, großer Geistesgegenwart und einer Habgier zu tun, die über jedes menschliche Maß hinausgeht», sagte Poirot, doch im Kampf mit diesen Ungeheuern legte er oft Pausen ein, um anderes zu betrachten: die Artefakte alter Rituale, das heimliche Leben von Kindern, das Spiel von Blättern und Schatten in einem verzauberten Garten.

Der Fall, um den es in *Elefanten vergessen nicht* (1972) geht, begann mit Ariadne Olivers widerstrebender Teilnahme an einem Literaten-Mittagessen. Beim Kaffee nach Tisch geriet sie einer, wie Poirot es genannt hätte, *femme formidable* in die Fänge:

«Was ich Ihnen jetzt sagen werde, wird Sie wundern», sagte Mrs. Burton-Cox, «aber bei der Lektüre Ihrer Bücher habe ich oft gespürt, wie einfühlsam Sie sind, wie gut Sie die menschliche Natur verstehen. Und ich bin überzeugt, wenn es jemanden gibt, der mir die Frage, die ich habe, beantworten kann, dann sind Sie es.»
Ihre Frage betraf eine junge Frau, Celia Ravenscroft, Patenkind von Mrs. Oliver, die Mrs. Burton-Cox' einziger Sohn heiraten wollte. Mrs. Burton-Cox beugte sich vor und holte tief Luft: «Hat nun eigentlich ihre Mutter ihren Vater getötet, oder hat der Vater die Mutter umgebracht?»
«Und woher, dachte Mrs. Oliver und wünschte, sie wäre so mutig, es laut zu sagen, nimmst du die Unverschämtheit, mich so etwas zu fragen!»
Aber sie wußte die Antwort auf die Frage sowieso nicht. Sie erinnerte sich Celias als kleines Kind, und sie erinnerte sich der Schreckensnachricht vom Tod ihrer Eltern – man hatte sie beide erschossen auf einem Küstenfelsen gefunden –, doch darüber hinaus wußte sie nichts. Während «Mrs. Burton-Cox einen Zukkerwürfel in ihren Kaffee tauchte und ihn dann mit Raubtierzähnen zermalmte», packte Mrs. Oliver plötzliche Sorge um ihr abhanden gekommenes Patenkind, aber zugegebenermaßen auch brennende Neugier. Wer von Celias Eltern hatte denn nun den anderen getötet?
Natürlich kam sie mit dieser Frage zu Poirot – und schon hatten die beiden einen neuen Fall.
Er gestaltete sich als eine Reise in die Vergangenheit, frühere Ereignisse mußten neu interpretiert, alte Motive rekonstruiert werden. Zuerst mußte Mrs. Oliver ihre Patentochter aufstöbern, dann mußte eine Unterredung arrangiert werden:

> «Das ist Monsieur Hercule Poirot. Er ist ein besonders genialer Detektiv.»
> «Oh», sagte Celia und musterte skeptisch den eiförmigen Kopf, den monströsen Schnurrbart und die zierliche Gestalt. «Ich glaube», sagte sie zweifelnd, «ich habe schon von ihm gehört.»
> Mit etwas Mühe verkniff Hercule Poirot sich den Hinweis, daß die meisten Leute von ihm gehört hatten. Er war nicht mehr ganz so zutreffend wie früher. Viele, die von Hercule Poirot gehört und ihn gekannt hatten, lagen mittlerweile unter angemessenen Grabsteinen auf dem Friedhof.

Danach begann die eigentliche Arbeit. Sie führte Poirot sogar nach Genf zum Gespräch mit einer ehemaligen Hauslehrerin, doch in der Hauptsache verließ er sich auf die treuen Helfer seiner alten Tage: Superintendent Spence – der tatsächlich den Polizeibeamten aus dem Ärmel schüttelte, der in diesem weit zurückliegenden Fall die Ermittlungen geleitet hatte – und den rätselhaften Mr. Goby:
«Mr. Goby kam ins Zimmer und nahm auf einen Wink von Poirot hin in seinem gewohnten Sessel Platz. Er sah sich gründlich um, ehe er darüber entschied, an welches besondere Möbelstück oder welchen Einrichtungsgegenstand er das Wort richten wollte. Er wählte, wie so oft zuvor, den elektrischen Heizofen, der um diese Jahreszeit nicht eingeschaltet war. Nie war es vorgekommen, daß Mr. Goby die Person, mit der er zusammenarbeitete, direkt ansprach. Immer wendete er sich an einen Kaminpfeiler, einen Heizofen, einen Fernsehapparat, eine Uhr, manchmal einen Teppich oder eine Brücke. Aus seiner Aktentasche nahm er einige Papiere.
‹Nun›, sagte Hercule Poirot, ‹haben Sie etwas für mich?›
‹Ich habe verschiedene Details gesammelt›, antwortete Mr. Goby.»

Elefanten vergessen nicht war Poirots vorletzter Fall. Hatte er in seinen schrecklichen Kräutertees und Sirupgetränken das Geheimnis des ewigen Lebens entdeckt? So traurig es ist, in *Vorhang,* seinem letzten Fall, sollte er das Ende finden, dem keiner entgeht. Doch ehe wir noch einmal den Weg nach Styles einschlagen, gibt es noch viel Wissenswertes über Hercule Poirot zu berichten.

7

Der perfekte Poirot

«Sie sind einzigartig.
Wer Sie einmal gesehen hat, vergißt Sie nie.»

Inspektor Japp in *Das Haus an der Düne*

Viele Maler und Zeichner haben sich daran versucht, Hercule Poirot im Bild darzustellen. Den stärksten Eindruck haben jene Abbildungen hinterlassen, die mit den frühen Kurzgeschichten in den Zeitschriften der zwanziger Jahre erschienen. In einigen Merkmalen – Schnurrbart, stutzerhaft elegante Erscheinung des Porträtierten – ähneln sich diese Illustrationen, es gibt aber auch große Unterschiede zwischen ihnen. Auf der einen ist Poirot alt und fast kahl, auf der anderen im besten Mannesalter und im Besitz einer üppigen Haarpracht. Hier zeigt er sich schlank und schnittig im Straßenanzug, dort als komischer kleiner Dickwanst im Frack.

Die berühmteste dieser Illustrationen ist jene von W. Smithson Broadhead, die in *The Sketch* vom 21. März 1923 erschien. Hier sehen wir einen kleinen, stämmigen Poirot in hochmütiger Pose, die linke Hand auf einen Stock gestützt, in der rechten Handschuhe und Zylinder haltend. Zum korrekten dunklen Anzug trägt er blütenweiße Gamaschen und schwarze spitze Schuhe. Der Kopf ist leicht zur Seite geneigt, und auf dem Gesicht mit dem aufgezwirbelten Schnurrbart und den hochgezogenen Augenbrauen liegt ein Ausdruck der Selbstherrlichkeit nach dem Motto: *C'est moi!* Sie war «meiner Vorstellung von ihm nicht unähnlich», schrieb Agatha Christie in ihrer Autobiographie, «wenn er auch ein wenig eleganter und aristokratischer dargestellt war, als es meinem Bild von ihm entsprach». Mit den Film- und Bühnen-Poirots war sie nicht so zufrieden. «Ich fand es merkwürdig», schrieb sie, «daß Poirot immer von übermäßig großen Männern dargestellt wurde.» Unzufrieden mit diesen Fehlbesetzungen, strich sie seine Rolle aus mehreren Bühnenfassungen ihrer Bücher.

Poirot selbst hatte eine sehr klare Vorstellung von seiner Erscheinung und widmete der Imagepflege viel Zeit. Wenn er in den Spiegel blickte (was er häufig tat), sah er, wie in *Die ersten Arbeiten des Herkules,* «einen kleinen, kompakten Mann mit Schnurrbart in korrekter städtischer Kleidung . . ., erhaben und kultiviert». Das stimmt mit zahlreichen Beschreibungen überein, die im Laufe der Jahre von ihm gegeben wurden. Hier ein typisches Beispiel aus *Die vergeßliche Mörderin,* einer seiner letzten Fälle. Es könnte ebensogut aus einer der ersten Geschichten stammen:

«Einen Augenblick später kehrte Claudia Reece-Holland mit einem kleinen Mann zurück, der einen eiförmigen Kopf hatte und einen großen Schnurrbart, spitze Lackschuhe trug und ausgesprochen selbstgefällig wirkte . . .»

In den Augen der Engländer jedoch war Poirot eine komische Figur. «Bedauerlicherweise», schrieb Hastings in *Die Morde des Herrn ABC,* «neigten die Leute, wenn sie meinen Freund das erstemal sahen, stets dazu, ihn als reine Witzfigur zu betrachten.» – «Ein lächerlich aussehender kleiner Mann», dachte Mary Debenham in *Mord im Orientexpreß.* «Einer von der Sorte, die man niemals ernst nehmen könnte.» Häufig hielt man ihn für einen Friseur oder Klavierstimmer.

Er war einen Meter sechzig groß, rundlich, mit einem gefällig gepolsterten Bäuchlein. Seine Füße waren klein, und er hatte «sehr kleine, peinlich gepflegte Hände» mit «kurzen, stumpfen» Fingern. Sein Kopf war, wie so oft festgestellt, eiförmig, und seine Augen, «intelligent, forschend, verschmitzt», waren grün wie die einer Katze, und machmal pflegte er langsam die dunklen Augenbrauen hochzuziehen, «bis sie fast unter seinem Haar verschwanden».

Bis zum Ende seines langen Lebens blieb sein Haar schwarz und glänzend. Wir hörten bereits, daß er dem entsetzten Hastings seinen erfinderischen Friseur empfahl, und als *pièce de résistance* hatte er in seinem Schlafzimmer immer eine Flasche Revivit stehen: REVIVIT – zur Auffrischung Ihrer natürlichen Haarfarbe; REVIVIT ist *keine* Färbung. In fünf Farbtönen zu haben – Aschblond, Kastanienbraun, Tizianrot, Braun, Schwarz.

Kann man Poirots berühmtem Schnurrbart, der in kunstvoll aufgezwirbelter Pracht sein Gesicht zierte, mit einem einzigen Wort gerecht werden? «Gigantisch», «üppig», «ungeheuerlich», «erstaunlich», «bombastisch» sind nur einige der Adjektive, die zum Versuch einer Beschreibung herhalten mußten. «In England», sagte Poirot einmal, «wird die Schnurrbartkultur bedauerlich vernachlässigt.» Er hingegen pflegte seinen Schnurrbart, der so verdächtig schwarz war wie sein Haupthaar, mit feinen Kämmen, diversen Pomaden und einer Brennschere, die er über einem kleinen Spirituskocher erhitzte.

Er reiste unter anderem auch deshalb so ungern, weil auf Reisen – insbesondere in warmen Zonen – die aufgestellten Spitzen des Schnurrbarts so leicht erschlafften und dann traurig herabhingen, und es war ihm schrecklich, als er sich, um die großen Vier zu täuschen, den Schnurrbart gar vorübergehend abrasieren mußte. Noch schrecklicher aber war ein Zukunftsbild, das Hastings in *Die Morde des Herrn ABC* malte:

«‹Ich vermute, wenn ich das nächste Mal nach England komme, werden Sie einen falschen Schnurrbart tragen – oder tragen Sie jetzt schon einen?›

Poirot zuckte zusammen ... Meine Worte hatten ihn an seiner empfindlichen Stelle getroffen. ‹Aber nein, nein, *mon ami*. Dieser Tag liegt, so Gott will, noch in weiter Ferne. Ein falscher Schnurrbart! *Quelle horreur!*›

Auch seine Kleidung war Poirot äußerst wichtig. «Madame, ich lege auf soigniertes Aussehen wert», erklärte er Ariadne Oliver in *Schneewittchen-Party*. Und Hastings schrieb in *Poirot geht stehlen*:

«Poirot auf einem abendlichen Fest, das war ein großartiger Anblick. Sein tadelloser Abendanzug, das modisch geknüpfte Halstuch, die genaue Symmetrie seines in der Mitte gescheitelten Haars, der Glanz der Pomade auf seinem Haar, die gezwirbelte Pracht seines berühmten Schnurrbarts – dies alles zeigte ihn als eingefleischten Dandy.»

Tagsüber pflegte er graue oder braune Anzüge mit Weste zu tragen, in den Vorkriegsjahren allerdings neigte er wie in *Die ersten Arbeiten des Herkules* zu größerer Förmlichkeit:

«Dr. Burton musterte Hercule Poirot, diesen adretten kleinen Mann in der gestreiften Hose, dem korrekten schwarzen Jackett und der eleganten Fliege ...»

Bei Aufenthalten in mediterranen Gegenden trug Poirot gern Weiß – weißes Leinen an der Riviera zum Beispiel, weißen Flanell auf Rhodos, weiße Seide in Ägypten. Eine schwarze Fliege, ein ro-

safarbenes Hemd und eine Blume im Knopfloch vervollständigten das glanzvolle Bild.
Es bleibt ein Rätsel, wieso der vorzügliche Sitz seiner eleganten Garderobe durch die zahllosen Dinge, die er in seinen Taschen zu tragen pflegte, überhaupt nicht beeinträchtigt wurde. Nie war er ohne einen kleinen Kamm, einen Spiegel, eine Kleiderbürste, ein großes seidenes Taschentuch, eine Brieftasche, ein kleines Notizbuch mit Bleistift, ein Zigarettenetui, einen Taschenkalender, eine Sicherheitsnadel und natürlich seine Zwiebeluhr (die in späteren Jahren durch eine Armbanduhr ersetzt wurde). Und trotz seiner Kritik an den Methoden Sherlock Holmes' brachte er von Zeit zu Zeit aus seinen Taschen auch Dinge zum Vorschein wie ein Metermaß, eine Lupe, ein Taschenmikroskop, eine Pinzette, eine kleine Zange, eine Taschenlampe, eine leere Streichholzschachtel, ein leeres Reagenzglas, ein Fläschchen Terpentin, ein Album für Fingerabdrücke, eine Taschenflasche Brandy, einen Schwamm und eine komplette Garnitur Einbruchswerkzeug. Bei seinem Todesduell mit den großen Vier hatte er eine kleine Automatic bei sich, und in *Mord in Mesopotamien* zierte die Rückseite seines Revers «eine lange, spitze Stopfnadel».
Außer Haus trug Poirot stets einen Hut – abends einen Zylinder, bei Tag einen grauen Homburg oder eine schwarze Melone und in warmen Zonen einen Panamahut. In *Der Tod auf dem Nil* setzte er einmal sogar einen Tropenhelm auf. War ihm nach Förmlichkeit zumute, so trug er in der Hand eine kleine Aktentasche, fühlte er sich ungezwungen, so schwang er gern irgend etwas lässig in der Hand. Manchmal trug er einen Rohrstock, häufiger einen Spazierstock mit schwerem Goldgriff, bei dessen Anblick ein nüchterner Engländer wie Commander Challenger in *Das Haus an der Düne* nur die Augen verdrehen konnte. In seinem Schmuckkasten fanden sich eine goldene Krawattennadel und Perlen-Manschettenknöpfe, und seine Füße steckten in spitzen schwarzen Lackschuhen.
Oh, diese grausamen Schuhe! «Wie wäre es mit einem Paar solider Straßenschuhe?» schlug George von Zeit zu Zeit respektvoll vor. Einmal, im Urlaub in Devon, schlüpfte Poirot kühn in weiße Wildlederschuhe, aber das war eine Ausnahme. Nichts konnte ihn bewegen, sich von seinen schwarzen Lackschuhen zu trennen. «Ziehen Sie doch die Schuhe aus», meinte Mrs. Oliver in *Schneewittchen-Party*, als Poirot über schmerzende Füße klagte.
«Nein, nein, das könnte ich nicht.»

Mochten die Lackschuhe unpraktisch sein, in jeder anderen Hinsicht war Poirot für den Aufenthalt im Freien gut gerüstet. In seinem Schrank hingen mehrere Trenchcoats und ein großes Sortiment Mäntel für trockenes Wetter, dünne, dicke und, als er reich geworden war, pelzgefütterte. Dazu trug er bei warmer Witterung Seidenschals, bei Kälte flauschige Westen und Wollschals. Lag Regen in der Luft, so ging er nicht ohne Überschuhe aus dem Haus, und Handschuhe hatte er für jede Gelegenheit. Seltsamerweise scheint er nie einen Schirm benutzt zu haben.
Wenn er seine Kleider und die Folterschuhe ablegte, schlüpfte er in einen «prächtigen» Morgenrock und bestickte Pantoffeln. In *Der Wachsblumenstrauß* zeigte er sich dem mißbilligenden Butler von Enderby Hall in einem «exotischen seidenen Morgenrock mit einem Muster aus Dreiecken und Quadraten».
Im Bett huldigte Poirot der Mode zweier Epochen. Als er in *Ein diplomatischer Zwischenfall* das Licht löschte, trug er Pyjama *und* Nachtmütze.
«In bezug auf seine Kleidung war er unglaublich penibel», schrieb Hastings. «Ich glaube, ein Stäubchen wäre qualvoller für ihn gewesen als eine Schußwunde.» In einigen ganz seltenen Fällen handelte Poirot wider seine Natur und verstieß im Interesse eines Falls gegen Sauberkeit und Ordnung. In *Poirot geht stehlen* durchwühlte er beispielsweise zu Hastings' maßlosem Erstaunen einen Kohlenkasten, und in *Die verlorene Mine* ließ er sich zu einem recht verlotterten Auftritt in einer Opiumhöhle überreden. Doch solche Ausnahmen bestätigten nur die Regel – Poirot fühlte sich nicht wohl, wenn er nicht tadellos gekleidet war.
Die Aufrechterhaltung dieses anspruchsvollen Standards kostete Poirot jahrelang den größten Teil seiner Freizeit. Bei Tag führte er mit der Kleiderbürste «einen unaufhörlichen Kampf gegen den Staub, der sich auf seiner dunklen Kleidung sammelte», und abends hing der Geruch von Benzol in der Luft. Kam der Sommer, so wurden die Wintersachen eingemottet, kam der Winter, so mußten sie wieder entmottet werden. Die Arbeit hörte nicht auf. Aber niemand verstand sich ja besser aufs Problemelösen als Poirot. Mit seinem Entschluß, einen Diener anzustellen, ging diese endlose Plackerei für immer in die fähigen Hände Georges über.
Hatten die Inselbewohner die liebenswürdige Verbeugung, den auffallenden Schnurrbart und die makellose Kleidung dieses merkwürdigen kleinen Herrn zur Kenntnis genommen, so wurde ihnen als nächstes klar, daß er Ausländer war – ein galanter klei-

ner Belgier, gewiß, aber doch verdächtig französisch in seinem Gehabe. Diese übertriebenen Gesten, diese für das englische Ohr so ausgefallene Ausdrucksweise – «Ach, du meine Güte», dachte Rhoda Dawes in *Mit offenen Karten*, als sie sich einem besonders gallisch gestimmten Poirot gegenübersah, «er wird gleich ganz französisch, und das ist mir doch so peinlich.»
Das Peinlichste jedoch blieb Rhoda erspart: Umarmung und Kuß, zu denen sich Poirot in Momenten der Erregung hinreißen ließ. «Plötzlich nahm er mich in die Arme und küßte mich herzlich auf beide Wangen», schrieb Hastings tief erschüttert in *Das fehlende Glied in der Kette*. «Ah, Sie sind ein mutiger Mann! Wenn wir nicht auf der Straße wären, würde ich Sie umarmen», rief Poirot in *Die großen Vier* Mr. Ingles zu, einem pensionierten Beamten. Mr. Ingles schien erleichtert.
Befremdlich waren auch Poirots dramatisches Achselzucken, seine blitzschnellen Bewegungen, die unerwarteten Geräusche, die er von sich zu geben pflegte. In *Alibi* zum Beispiel drückte er das, was er Caroline Sheppard sagen wollte, durch «seine Augenbrauen und seine Schultern» aus. In *Morphium* «breitete er in einer exaltierten fremdländischen Geste des Flehens die Hände aus». In *Der Prügelknabe* fing er «einen verrückten kleinen Tanz an». In *Das fehlende Glied in der Kette* sprang er in Momenten der Freude «wie ein Wilder» auf dem Rasen herum und ein andermal «wiegte er sich, offenbar tiefste Qualen leidend, vor und zurück». In *Die großen Vier* ließ er ein «aufgeregtes Kläffen» hören, «das an einen Spitz erinnerte», und in *Mord in Mesopotamien* räusperte er sich auf eine Weise, die Amy Leatheran zu der Bemerkung veranlaßte: «Mir ist immer schon aufgefallen, daß Ausländer die seltsamsten Geräusche machen können.»
In Augenblicken der Nachdenklichkeit wurde Poirot unergründlich. Hastings nahm ihm seine Gewohnheit, sich in einen Lehnstuhl zurückzuziehen, um «verbissen nachzudenken», besonders übel. Dort pflegte er dann zu sitzen, einer rätselhaften Katze gleich, und sich das Kinn zu reiben und seinen Schnurrbart zu streichen.
Nichts verriet natürlich deutlicher Poirots Ausländertum als sein französischer Akzent, seine französischen Ausrufe in Momenten der Erregung – *«Sacré mille tonnerres!», «Nom d'un nom d'un nom!»* – und sein eigenwilliger Gebrauch der englischen Sprache.
«Ich beherrsche die englische Sprache sehr gut», erklärte er einmal, «außer wenn ich aufgeregt bin.» Und das stimmte. Sein Eng-

lisch war durchaus angemessen, und er seinerseits verstand jede Nuance. Wenn er radebrechte, so steckte Methode dahinter, wie er Mr. Satterthwaite – «Wie kommt es, daß Sie manchmal völlig richtiges Englisch sprechen und dann wieder nicht?» – in *Nikotin* erklärte: «Es ist wahr, daß ich das richtige, das idiomatische Englisch sprechen kann. Aber, mein Freund, es hat ungeheure Vorteile, gebrochenes Englisch zu sprechen. Es verleitet die Leute, einen geringzuschätzen. ‹Ach, ein Ausländer›, sagen sie. ‹Er kann ja nicht einmal richtig Englisch.› Es ist nicht meine Taktik, den Leuten angst zu machen; statt dessen verleite ich sie zu mildem Spott.»

Als das Syndikat der großen Vier ein Dossier über den Feind zusammenstellte, wurde darin besonders auf zwei von Poirots ausgeprägtesten Eigenschaften und möglichen Schwächen hingewiesen: «kleinlicher Ordnungssinn» und «übertriebene Eitelkeit».

Jeder braucht eine Krücke; Poirots war die Ordnung. In *Das Haus an der Düne* fragte Nick Buckley:

«Sind Sie sehr ordentlich, Monsieur Poirot?»

«Fragen Sie meinen Freund Hastings.»

«Das Mädchen sah mich fragend an. Ich erläuterte ihr einige von Poirots kleineren Pedanterien – Toastscheiben mußten stets von einem viereckigen Brotlaib abgeschnitten werden – Eier mußten gleich groß sein – Golf war seiner Meinung nach ein ‹formloses und vom Zufall bestimmtes Spiel . . .›.»

Poirots Pedanterie ging so weit, daß er überall Ordnung schaffte, ganz gleich, wo er war. «Ich kann Durcheinander nicht leiden», pflegte er auszurufen, um sogleich das nächste unordentliche Bücherregal anzusteuern. Als John Cavendish in *Das fehlende Glied in der Kette* ein Streichholz in ein Blumenbeet warf, «hob Poirot es auf und vergrub es säuberlich». Bei der Betrachtung der Pyramiden in *Das Abenteuer des ägyptischen Grabes* bemerkte er: «Gewiß, sie sind wenigstens von klarer und geometrischer Form, doch ihre Oberfläche ist von einer höchst unerfreulichen Unregelmäßigkeit. Und die Palmen gefallen mir gar nicht. Sie sind ja nicht einmal in Reihen gepflanzt.»

Auch an Menschen störte so manches seinen Ordnungssinn. «Unermüdlich versuchte ich, Hastings zu überreden, sein Haar in der Mitte zu scheiteln statt auf der Seite. Sehen Sie doch, wie er damit aussieht – schief und unsymmetrisch», tadelte er in *Das Haus an der Düne*, und in *Das fehlende Glied in der Kette* berichtete Cynthia Murdoch: «Ich mußte neulich die Brosche an meinem

Schal abnehmen und neu anbringen, weil er behauptete, sie säße nicht gerade.»

Nichts freute ihn mehr, als einen schlampigen Verbrecher zu fassen. In *Der verräterische Garten* zum Beispiel entdeckte er mit Triumph einige Muscheln der falschen Größe in der Umrandung einer Blumenrabatte, und in *Poirot und der Kidnapper* bemerkte er mit Schadenfreude den Staub in den Ecken.

So pedantisch Poirot war, so eitel und selbstherrlich war er. «Eingebildet», nannte ihn Sir Charles Cartwright in *Nikotin.* Ständig prahlte Poirot damit, daß er den «schärfsten Verstand in Europa» habe und alles wisse. Zwar spielte er manchmal den Bescheidenen, tatsächlich aber genoß er seinen Ruhm ungeheuer und hörte es mit größter Genugtuung, als einer seiner Bewunderer in *Das Haus an der Düne* sagte: «Selbst in unserem abgelegenen kleinen Dorf haben wir von Ihnen gehört.»

Ein Fehlschlag traf Poirot bis ins Mark. «Es ist ausgeschlossen. Ich kann mich nicht irren!» rief er in solchen Fällen und ging dann in einer vorübergehenden Anwandlung echter Demut in sich: «Ich bin wirklich ein dreifacher Schwachkopf, ein sechsunddreißigfacher Idiot!» Doch die Eitelkeit behielt die Oberhand, und sie hatte ebenso wie die gelegentliche sprachliche Unbeholfenheit Poirots ihren Nutzen. In *Nikotin* bemerkte er:

«Der Engländer sagt oft, ‹ein Mann, der so viel von sich selbst hält, kann nicht viel wert sein›. Das ist der englische Standpunkt. Er ist nicht richtig. Auf diese Weise, verstehen Sie, locke ich die Leute aus der Reserve. Außerdem», fügte er hinzu, «ist es zur Gewohnheit geworden.»

Die Leute, mit denen Poirot verkehrte, fanden es bestürzend, mit welcher Schamlosigkeit er log und seine Nase in anderer Leute Angelegenheiten steckte. In *Das unvollendete Bildnis* wird uns berichtet:

«Manche von Hercule Poirots Freunden und Bekannten haben in Momenten des Ärgers über ihn behauptet, er zöge die Lüge der Wahrheit vor und mache sich einen Spaß daraus, sein Ziel mit Hilfe üppig ausgeschmückter Unwahrheiten zu erreichen, anstatt sich auf die schlichte Wahrheit zu verlassen.»

Hastings warf ihm das immer wieder vor. «Noch mehr Lügen, nehme ich an?» rief er in *Der ballspielende Hund,* als Poirot innerhalb weniger Stunden seinen Namen änderte, sich als Interessent an einem zum Verkauf stehenden Haus ausgab, mehrere Verwandte aus dem Stegreif erfand und behauptete, an der Biogra-

phie eines verstorbenen Admirals zu schreiben. «Manchmal sind Sie wirklich beleidigend, Hastings», erwiderte Poirot mit Würde. «Man könnte ja meinen, es mache mir Freude zu lügen.» Pragmatiker, der er war, glaubte er fest daran, daß in vielen Fällen der Zweck die Mittel heilige. «Ehrlichkeit verursacht viel zusätzlichen Schmerz und Kummer», sagte er einmal. Tatsache ist, daß Poirot die Täuschung liebte und sich ihrer oft aus purem Vergnügen bediente. In *Der ballspielende Hund* sagte er: «. . . wenn man schon lügt, dann doch gleich mit Phantasie und Überzeugungskraft.»
Gleichermaßen schockierend fand Hastings Poirots Sucht, an verschlossenen Türen zu lauschen, durch Schlüssellöcher zu gucken und fremde Briefe zu lesen. In *Dreizehn bei Tisch* las er ungeniert einen Brief, während der Herzog von Merton noch dabei war, ihn zu schreiben. («Zu Beginn meiner Laufbahn bei der belgischen Polizei lernte ich, daß es sehr nützlich ist, Handschriftliches verkehrt herum lesen zu können.»)
«Poirot, Sie können doch nicht einfach einen Privatbrief mitlesen.»
«Sie reden dummes Zeug, Hastings. Absurd zu sagen, ich ‹könne› etwas nicht tun, das ich soeben getan habe.»
«Aber – es verstößt gegen die Regeln.»
Er war auch ein talentierter Einbrecher und Taschendieb. «Einer der Vor- oder Nachteile der Detektivarbeit ist, daß man durch sie mit der Unterwelt in Kontakt kommt. Und von der Unterwelt kann man allerhand Interessantes lernen.»
«Schöne Ansichten haben Sie, Poirot, das muß ich sagen», erklärte Mr. Bonnington in *Vierundzwanzig Schwarzdrosseln*. «Ihre Arbeit raubt Ihnen Ihre Ideale.» Das stimmte nicht. Poirot war natürlich ein skeptischer Mensch – gerade darum war er ja ein so guter Detektiv –, aber er hatte seinen eigenen sittlichen Kodex, an dem er festhielt. «Wenn ein Mensch ermordet worden ist», sagte er in *Rätsel um Arlena*, «ist es wichtiger, auf die Wahrheit zu achten als auf den Anstand.» Ordnung und Vernunft, die Wahrheit aufzudecken und für Gerechtigkeit zu sorgen, das war ihm wichtig. Als man ihn in *Das Geheimnis der Schnallenschuhe* der Sentimentalität bezichtigte, antwortete er empört:
«Ich bin nicht sentimental. Das ist eine englische Schwäche. In England weint man über Jungverliebte und sterbende Mütter und rührende Kinder. *Ich* bin logisch.»
Er glaubte fest an das Prinzip von Ursache und Wirkung. «Sie kennen zweifellos das spanische Sprichwort», sagte er in *Die Äpfel*

der Hesperiden. «Nimm dir, was du willst – und bezahle dafür, sagt Gott», und in *Das Haus an der Düne* erklärte er einem Geistlichen: «Das Böse bleibt nie ungestraft, Monsieur. Aber manchmal ist die Strafe geheim.»

«Über Mord denke ich absolut bürgerlich», verkündete er einmal, und ein andermal: «Wer sich erlaubt, das Recht in die eigene Hand zu nehmen und einen anderen Menschen zu töten, ist eine Gefahr für die Gemeinschaft.» Doch im Gegensatz zu seiner Zeitgenossin Jane Marple befürwortete er niemals die Todesstrafe. Er hatte lange genug bei der Polizei in Belgien gearbeitet, wo Mörder niemals hingerichtet wurden.

Immer war er pragmatisch. «Sprechen wir nicht über die Bombe», sagte er in *Auf doppelter Spur* zu Colin Lamb. «Wenn es sein muß, muß es sein, aber sprechen wir nicht darüber.» In *Wiedersehen mit Mrs. Oliver* wollte ein zorniger junger Mann von Poirot wissen, was für eine Einstellung er zum Leben habe. «Vertraue auf Gott», sagte Poirot, «und sieh zu, daß dein Pulver trocken ist.»

Was die Religion anging, so fand Poirot, die Leute könnten entweder zu fromm sein oder aber sie zeigten einen beklagenswerten Mangel an Frömmigkeit. Selbst gut katholisch erzogen, hatte er die Gewohnheit, in bedeutungsschweren Momenten das Kreuz zu schlagen. Zweimal erleben wir ihn beim Besuch einer Kirche. In *Der Todeswirbel* ging er aus einem Impuls heraus in die katholische Kirchen von Warmsley Vale und kniete dort nieder.

In *Das Geheimnis der Schnallenschuhe,* einem seiner verwirrendsten Fälle, begleitete Poirot seinen Wochenend-Gastgeber zur Kirche, wo die anglikanische Liturgie eine wunderbare Wirkung auf ihn hatte:

«Hercule Poirot versuchte es stockend im Bariton.

‹Die Stolzen wollen mich in eine Schlinge locken›, sang er, ‹und haben ein Netz mit vielen Schnüren ausgelegt; ja, sie haben mir Fallen gestellt –› Er hielt mit offenem Mund inne. Er *sah* es – sah deutlich die Falle, in die er so brav hineingetappt war ...

Zum erstenmal sah Hercule Poirot den Fall von der richtigen Seite ...

Wie im Traum stand er auf, um den Herrn mit dem *Te Deum* zu preisen.»

Und zweifellos pries er ihn von Kollege zu Kollege, da er sich offenkundig als Gott gleichgestellt empfand. In *Der blaue Expreß* schlug er beim Verhör eines zweifelhaften Zeugen mit der Faust auf den Tisch und sagte mit zornblitzenden Augen: «Sie tischen uns hier Ihre Lügen auf und bilden sich ein, niemand wisse es. Aber es gibt zwei, die es wissen. Ja, zwei. Den lieben Gott . . . und Hercule Poirot.»

Es war nichts Ungewöhnliches, daß Hercule Poirot auf den Tisch schlug und sich auf den lieben Gott berief; er hatte ein leicht aufbrausendes Temperament, wenn er auch manchmal – auch das gehörte zu seinem reichen Repertoire an Listen und Tricks – ganz bewußt den Wütenden spielte. In *Das fehlende Glied in der Kette* hörte Hastings erschrocken das Getöse eines «fürchterlichen Auftritts, der sich unten abspielte. Ich konnte Poirot schreien und schimpfen hören.» Und in seinem Zorn entdeckte Poirot der ganzen Hausgemeinschaft das Verschwinden eines wichtigen Hinweises. «Wieder einmal», schrieb Hastings, «konnte ich nur bedauern, daß mein Freund in Momenten der Erregung so leicht den Kopf verlor.» Wenn Poirot wirklich wütend war, neigte er dazu, seine Wut an Möbelstücken auszulassen. In *Rätsel um Arlena* rief er: «Ich rege mich über einen Dummkopf auf. Ich sage, am liebsten würde ich ihm einen Fußtritt geben. Statt dessen gebe ich dem Tisch einen Tritt. Ich sage, dieser Tisch ist der Dummkopf, und gebe ihm einen kräftigen Tritt. Und wenn ich mir dabei die Zehen nicht zu hart angeschlagen habe, fühle ich mich viel wohler danach, und dem Tisch ist im allgemeinen nichts geschehen.»

Ein weiteres Charakteristikum war sein «ruhiger, taxierender Blick». Wenn er wollte, konnte er mit diesem Blick einschüchtern. In *Dreizehn bei Tisch* sagte er beim Verhör einer verängstigten jungen Frau, die um ihren geliebten Vetter bangte, sehr direkt: «Sie wollen ihn doch nicht hängen sehen?» Hastings war, wie er sich erinnerte, entsetzt über solche Gefühlsroheit. In *Das Haus an der Düne* erwiderte Poirot, als man ihn bat, einen Fall zu vertuschen, mit drohend erhobenem Zeigefinger: «Sie können mich jetzt nicht zum Schweigen bringen.» Aber solche Momente waren selten. Gewöhnlich war Poirot die *politesse* in Person. Wenn er auch in dramatischen Momenten gern die Primadonna spielte, so hielt er sich doch – insbesondere im Frühstadium eines Falles – gern mit täuschender Bescheidenheit im Hintergrund, dabei jedoch stets wachsam.

«Mich interessiert alles», sagte er häufig. Andere waren manchmal überrascht über seine Leidenschaft für Belanglosigkeiten. In *Mord in Mesopotamien* erinnerte sich Amy Leatheran:

«‹Für mich sind alle Informationen wichtig›, war Poirots Antwort.

Und damit war seine Arbeitsweise wirklich gut beschrieben. Ich stellte später fest, daß es nichts gab – und mochte es der bedeutungsloseste Klatsch sein –, was ihn nicht interessierte.»

Unersättliche Neugier war eine von Poirots hervorstechenden Eigenschaften. «Ich bin eine Klatschbase», erklärte er im Plauderton in *Wiedersehen mit Mrs. Oliver.* «Ich möchte gern alles über die Leute wissen.»

Er war amüsant, gastfreundlich, ironisch, kurz, ein guter Gesellschafter, allerdings mit einer fatalen Neigung zur Neckerei, wie Hastings aus eigener leidvoller Erfahrung wußte. «Monsieur Poirot», sagte Jane Olivera in *Das Geheimnis der Schnallenschuhe,* «bei Ihnen weiß ich nie, ob Sie es ernst meinen oder nicht.» Er war natürlich ein hervorragender Plauderer und *raconteur.* In *Der Wachsblumenstrauß*:

«Mit vielen anschaulichen Gesten erzählte er die Geschichte . . ., aber mit Ausschmückungen, die seinem übersprudelnden Naturell entsprachen. Man hatte beinahe den Eindruck, daß Hercule Poirot der Szene selbst beigewohnt hatte.»

Besondes liebenswert an Poirot war seine Güte, und bei seiner Arbeit sparte er nicht an Verständnis und tätiger Hilfe für die Unglücklichen. In *Der blaue Expreß* zum Beispiel wird berichtet, wie er ein Schulmädchen, das auf den falschen Weg geraten war, davor bewahrte, die Konsequenzen eines Raubüberfalls tragen zu müssen, und in *Die Arkadische Hirschkuh* ließ er Geschäft Geschäft sein, um einen Dorfmechaniker wieder mit seiner verlorenen Angebeteten zusammenzuführen. In Momenten der Krise oder seelischen Qual war er oft der Fels in der Brandung. In *Rätsel um Arlena* weinte Christine Redfern, eine junge Frau in Not, «heftig und bitterlich an Poirots tröstender Schulter».

Wenn Poirot auch Sentimentalität als «eine englische Schwäche» bezeichnete, war er doch selbst ein Romantiker und betätigte sich liebend gern als Ehestifter. Wir erinnern uns, daß er sich vorgenommen hatte, eines Tages für Hastings eine standesgemäße Heirat zu arrangieren, der ihm allerdings dann durch seine Entscheidung für Cinderella Duveen einen Strich durch die Rechnung machte. Dieser kleine Fehlschlag konnte Poirot allerdings nicht entmutigen. Unverdrossen fuhr er fort den Cupido zu spielen und war im Laufe der Jahre im Ehestiften beinahe so erfolgreich wie im Aufdecken von Verbrechen. «Mir ist oft aufgefallen», bemerkte er in *Die Morde des Herrn ABC,* «daß der Mord ein großer Kuppler ist.»

Viele seiner romantischen Interventionen entsprangen seiner Entschlossenheit, Ordnung ins Chaos zu bringen. «Merkwürdig, wie hier Heiraten arrangiert werden», stellte er in *Ein diplomatischer Zwischenfall* fest. «Keine Ordnung. Keine Methode. Alles bleibt dem Zufall überlassen.» Solche willkürlichen Verfahrensweisen waren Poirot verhaßt. «Um eine gute Ehe zustande zu bringen, muß man mehr berücksichtigen als romantische Liebe», dozierte er in *Wiedersehen mit Mrs. Oliver*. Besonders anschaulich wird uns Poirot als Ehestifter in *Tod in den Wolken* vorgeführt. Am Ende seiner Arbeit konnte er sagen:

«In einem Jahr wird es heißen: In Kürze werden Lord Horbury und Venetia Kerr heiraten. Und wissen Sie, wer diese Ehe gestiftet hat? Hercule Poirot! Und ich habe noch eine zweite Ehe gestiftet.»

«Lady Horbury und Mr. Barraclough?»

«Oh, nein, diese Sache interessiert mich nicht.» Er beugte sich vor. «Nein, ich spreche von der Heirat zwischen Monsieur Jean Dupont und Miss Jane Grey.»

Um all diese Fäden knüpfen zu können, mußte er zunächst einmal den netten jungen Stephen Horbury von seiner völlig unpassenden Ehefrau trennen («Und wenn ich Ihnen jetzt noch einen guten Rat geben darf, Lady Horbury – warum lassen Sie sich nicht in aller Stille von Ihrem Man scheiden?»), damit dieser seine weit besser zu ihm passende Nachbarin heiraten und mit ihr glücklich und zufrieden zusammenleben konnte bis an ihr seliges Ende.

Um die hübsche Jane Grey mit dem jungen Archäologen zu verkuppeln, den Poirot so passend für sie fand, mußte er sie erst aus den Klauen des falschen Mannes befreien und einen ansehnlichen Beitrag zur Finanzierung der bevorstehenden Expedition des Archäologen nach Persien leisten, damit Jane ihn dorthin begleiten konnte.

Nach alledem dürfte es nicht verwunderlich sein, wenn wir in *Morphium* Poirot und die hochherrschaftliche Haushälterin Mrs. Bishop «in ein Gespräch über ein wirklich anregendes Thema» vertieft finden – eine Erörterung, wer als zukünftiger Gemahl für Princess Elizabeth in Frage kommt.

Und wie stand es um Poirot, den leidenschaftlichen Kuppler, selbst? Bei keinem seiner Fälle ist je die Rede davon, daß er eine Heirat oder eine vergleichbare Beziehung ernsthaft in Betracht gezogen hätte. Er war, wie Sherlock Holmes, von Anfang an dazu bestimmt, ein Junggesellendasein zu führen. Es ist auch wenig sinnvoll, Spekulationen über seine Beziehung zu Hastings anzustellen oder sich auf seine gelegentlichen Wahrnehmungen männlicher Schönheit zu stürzen, wie wir sie etwa in *Die Arkadische Hirschkuh* finden: «Hier», dachte er, «war einer der schönsten Menschen, die er je gesehen hatte, ein einfacher junger Mann mit dem Aussehen eines griechischen Gottes.» Was wir über Poirots Gedanken zu Liebe und Erotik erfahren, deutet darauf hin, daß seine Neigung den Frauen galt, die er aber immer nur aus der Ferne liebte. Wie Sherlock Holmes war Poirot dazu verurteilt, die Unerreichbare zu lieben. Was Irene Adler für Holmes, war die Gräfin Vera Rossakoff für Poirot. «‹Gab es denn überhaupt eine Frau›, fragte er sich in *Das Geheimnis der Schnallenschuhe,* ‹die der Gräfin Vera Rossakoff das Wasser reichen konnte? Einer echten russischen Aristokratin, einer Aristokratin bis in die Fingerspitzen!›»

Es gab Zeiten, da schien er traurig zu sein über den Stand der Dinge. «Ich, Madame, bin nicht zum Ehemann geschaffen», erklärte er in *Wiedersehen mit Mrs. Oliver* und fügte hinzu: «Leider!» Und als die Dame meinte, er fühle sich als sorgloser Junggeselle doch sicher recht wohl, versicherte er: «Es ist schrecklich, dies alles im Leben versäumt zu haben.»

Aber fand er es wirklich so schrecklich? Die *ménage,* in der er sich eingerichtet hatte, entsprach genau seinen Vorlieben und fixen Ideen. Hätte eine Frau ein solches Leben ausgehalten? «Früher einmal, Mademoiselle», liebte ich eine schöne junge Engländerin, die große Ähnlichkeit mit Ihnen hatte, aber ach! – sie konnte nicht kochen. Also war es vielleicht am besten so.»

Viele von Poirots Freunden und Auftraggebern waren Frauen. Er war gern in ihrer Gesellschaft, spielte gern den ritterlichen Beschützer, ob sie nun Schutz brauchten oder nicht. Besonders liebevoll zeigte er sich verwaisten jungen Frauen gegenüber, wie zum Beispiel Katherine Grey in *Der blaue Expreß* und Elinor Carlisle in *Morphium. «Pauvre petite»,* pflegte er dann bekümmert zu sagen.

Wie Miss Marple, die ihre eigene Formel zur Erklärung der Männer hatte, besaß Poirot seine vorgefaßten Meinungen über Frauen. Im Gegensatz zu Miss Marple ließ er es sich nicht nehmen, auch gute Ratschläge zu geben. *«Les femmes»,* pflegte er von hoher Warte aus zu generalisieren, «sie sind wunderbar. Sie erfinden frisch drauflos – und wie durch ein Wunder haben sie recht» ... «Frauen müssen manchmal lügen. Frauen müssen sich wehren, und die Lüge kann eine gute Waffe sein» ... «Ich möchte

Ihnen etwas sagen, Mademoiselle. Ich weiß von fünf Fällen aus meiner Praxis, wo Frauen von liebenden Ehemännern ermordet wurden, und von zweiundzwanzig, wo Männer von liebenden Ehefrauen ermordet wurden. Frauen verstehen sich offensichtlich besser darauf, den Schein zu wahren» ... «Eine liebende Frau wird vieles verzeihen» ... und so weiter.

Der Geschlechtstrieb war nach Poirots Meinung «die große Kraft der Natur», aber nirgends wird uns gestattet, auch nur zu vermuten, er sei dieser Kraft unterworfen. «*Dieu merci,* ich habe kein feuriges Temperament», rief er in *Poirot geht stehlen.* «Dadurch blieben mir viele Verlegenheiten erspart.» Und als ihm in *Der unglaubliche Diebstahl der Bomberpläne* ein kokettes Dienstmädchen versicherte, er brauche keine Sorge zu haben, daß sie schreien würde, falls sie ihm auf der Treppe begegnen sollte, antwortete er: «Mein Kind ... ich bin ein bejahrter Mann. Was habe ich mit solchen Frivolitäten zu schaffen?» Und dennoch können sich jene unter uns, die Hercule Poirot sein Teil an Frivolitäten wünschen würden, mit den Worten trösten, die er einst Hastings sagte: «Wissen Sie denn nicht, mein Freund, daß jeder von uns ein dunkles Geheimnis ist, ein Labyrinth widerstreitender Leidenschaften und Begierden?»

Trotz seiner «Bejahrtheit», mit der er das Dienstmädchen in *Der unglaubliche Diebstahl der Bomberpläne* abwehrte, erfreute Poirot sich bester Gesundheit. Im Laufe der Jahrzehnte wiesen Freunde wie Feinde immer wieder einmal darauf hin, daß der Tag des Greisenalters unmittelbar bevorstünde, und das ist nicht weiter verwunderlich, wenn man bedenkt, daß er 1916 im Pensionsalter in England eintraf und bis in die siebziger Jahre hinein lebte. Auf Befragen hätte Poirot seine glänzende Gesundheit sicherlich den unablässigen Vorsichtsmaßnahmen zugeschrieben, die er gegen das englische Klima zu treffen pflegte. In *Vorhang* berichtete Hastings davon:

«In bezug auf seine Gesundheit war er meiner Meinung nach immer äußerst pingelig gewesen. Er hatte Angst vor Zugluft, packte seinen Hals in Seide und Wolle, hatte einen Horror vor nassen Füßen, griff beim kleinsten Erkältungsanflug zum Fieberthermometer und verkroch sich ins Bett – ‹denn sonst blüht mir womöglich eine *fluxion de poitrine*›. Beim kleinsten Wehwehchen suchte er, soviel ich weiß, unverzüglich einen Arzt auf.»

In *Das Mysterium von Hunter's Lodge* erleben wir einen grippekranken Poirot: «Er saß jetzt, von Kissen gestützt, aufrecht im Bett, den Kopf mit einem Wollschal vermummt, und trank schlückchenweise einen besonders ekligen Kräutertee.»

Neben Erkältungen fürchtete Poirot vor allem die Seekrankheit – und später die Luftkrankheit –, die ihn zu einem «Schatten seiner selbst» reduzierte. In *Der entführte Premierminister* machte Poirot auf der Fahrt über den Kanal gymnastische Übungen, um der Seekrankheit entgegenzuwirken.

«Lassen Sie mich, mein Freund. Sehen Sie, wenn man denken will, müssen Magen und Gehirn im Gleichgewicht sein. Laverguier hat eine ausgezeichnete Methode gegen das *mal de mer*. Man atmet ein und atmet aus, ganz langsam, so, dreht dabei den Kopf von links nach rechts und zählt zwischen den einzelnen Atemzügen jedesmal bis sechs.»

Es gibt Hinweise darauf, daß Poirot früher krankheitsanfälliger gewesen war. In *Die Pralinenschachtel* erinnerte er sich im Gespräch mit Hastings: «Nicht immer kann man das Glück auf seiner Seite haben . . . Zweimal warfen mich Krankheiten nieder, als ich kurz vor dem Erfolg stand.» Und in *Das Haus an der Düne* sagte er, als das Gespräch auf Pflegeheime kam, mit Schaudern: «Es ist nicht gemütlich dort, die Böden aus grünem Linoleum, die Gespräche der Pflegerinnen, die Mahlzeiten auf Tabletts, das ewige Waschen.»

In Poirots frühen englischen Jahren war sein Arzt ein geschäftiger Mann, der manchmal fast die Rolle des Mitarbeiters innehatte, ein Dr. Ridgeway, dessen Praxis gleich um die Ecke von der Farraway Street 14 war. Später scheint Poirot lieber die Spezialisten in der Harley Street konsultiert zu haben, allerdings häufiger wegen eines Mordfalls als wegen eigener gesundheitlicher Probleme. Seine Ärzte müssen sich sehr gewundert haben über diesen alterslosen Patienten, der nie eine Brille brauchte, hörte wie ein Luchs, und dessen einzige Leiden seine panische Angst vor Erkältungen, seine Hühneraugen und eine «gewisse» Ausdehnung der Leibesmitte waren. In späteren Jahren haben sie ihn möglicherweise vor den Gefahren der kleinen russischen Zigaretten gewarnt, die er so gern rauchte; aber ich bin sicher, jeder, der das wagte, hat von einem ungeduldigen Poirot sofort zu hören bekommen, daß ihm in *Die großen Vier* einmal eine Zigarette das Leben gerettet habe.

Eine Zahnprothese scheint Poirot nicht nötig gehabt zu haben. Offenbar hat er, wenn er sich vor Angst schlotternd zur regelmäßigen zahnärztlichen Inspektion begab, nie Besorgniserregenderes gehört als in *Das Geheimnis der Schnallenschuhe*: «Zahnfleisch in Ordnung ... nur zwei Füllungen – und eine Spur Karies am oberen Schneidezahn.» Vielleicht hatte er sein gesundes Gebiß einer Gewohnheit zu verdanken, von der in *Tod in den Wolken* berichtet wird: «Sehr diskret, um englisches Feingefühl nicht zu verletzen, bediente Poirot sich eines Zahnstochers.»

Bei Schock griff Poirot zum Kognak, bei Erkältungen oder Kopfschmerzen zu heißem Kräutertee, und wenn jemand mit knapper Not vor dem Ertrinken gerettet worden war wie in *Mit offenen Karten*, stand er bereit, um mit künstlicher Beatmung zu helfen. Er hatte selbst hin und wieder Unfälle, aber sie waren geringfügig und meist von ihm selbst absichtlich herbeigeführt, um irgendeinem dunklen Zweck zu dienen. In *Das Haus an der Düne* lockten ein schwerer Sturz und ein angeblich verrenkter Knöchel ein hilfsbereites und «entschieden hübsches Mädchen» an, und in *Mord in Mesopotamien* dienten seine lauten Klagen über eine schmerzende Zehe nur dazu, eine seiner Theorien über den Fall zu testen. Zweimal litt er ernstlich. Aus den Tagen des Kampfes mit den großen Vier blieb ihm, unter dem Schnurrbart wohlverborgen, an der Oberlippe die kleine Narbe einer Verletzung, der er sich, in dem Bemühen, unerkannt zu bleiben, absichtlich ausgesetzt hatte; und in *Der Prügelknabe* befahl er George, ihn mit einer Krawattennadel in die Finger zu stechen, weil er Blut für eine Falle zur Überführung des Mörders brauchte.

Bis kurz vor seinem Ende trotzte Poirot dem Alter, und wenn er sich gelegentlich alt und traurig fühlte, dann weil sich wieder einmal herausgestellt hatte, daß der Ruhestand nicht das Richtige für ihn war, nicht aber weil er sich gesundheitlich angeschlagen fühlte. Behende lief er treppauf, teppab, flotten Schritts strebte er jedem Ziel entgegen – Image war alles. «In meinem Alter», erklärte er in *Nikotin*, «ist man ständig damit beschäftigt, sich von der besten Seite zu zeigen.»

Dies gelang ihm genauso wie fast alles andere. Beim Anblick dieses selbstbewußten kleinen Mannes, der das Leben nach Kräften zu genießen schien, genau das tat, was er wollte, und viele Geheimnisse für sich behielt, dachte die junge Katherine Grey in *Der blaue Expreß*, daß «Monsieur Hercule Poirot etwas sehr Anziehendes» habe. Millionen werden ihr zustimmen. Es ist nicht leicht, als kleingewachsener und exzentrischer Ausländer durchs Leben gehen zu müssen. Poirot machte seine Sache sehr gut und hat den Applaus verdient.

8

Die englische Welt des Hercule Poirot

«Ach, ihr Engländer!
Mit *nous autres* ist alles ganz anders.»

Hercule Poirot in *Mord auf dem Golfplatz*

Wir schreiben 1939, und Poirot sitzt beim Zahnarzt:
«Es war ein mit dezentem Geschmack eingerichteter Raum, und auf Hercule Poirot wirkte er unbeschreiblich düster. Auf dem glänzend polierten Tisch à la Sheraton lagen sorgsam geordnet Zeitungen und Zeitschriften. Auf dem Sideboard à la Hepplewhite standen zwei versilberte Kerzenleuchter und ein Tafelaufsatz. Den Kaminsims zierten eine Bronzeuhr und zwei Bronzevasen. An den Fenstern hingen Vorhänge aus blauem Samt. Die Bezüge der Sessel hatten ein jakobinisches Muster mit roten Vögeln und Blumen.
In einem der Sessel saß ein martialisch wirkender Mann mit buschigem Schnauzer und gelbem Teint. Er musterte Poirot mit einer Miene, als hätte er einen Gartenschädling vor sich. Weniger die Abwesenheit seines Dienstrevolvers schien er zu bedauern als vielmehr die seiner Flitspritze.»
Kein Zweifel, im englischen Garten erschien Poirot als ein exotisches Insekt. Im Vordergrund wird Tennis gespielt, aber dort auf dem Rosenbusch, da sitzt ein seltsames Tierchen. Vor Poirot auf seinem Rosenbusch erstreckte sich eine maßgeschneiderte Landschaft, ein Reich leicht manierierten guten Geschmacks, dessen Idylle gelegentlich von Mördern gestört wurde. «Hoffnungslos bourgeois», wie er war, genoß Poirot das alles sehr. *«Je suis un peu snob»,* murmelte er in *Das Eulenhaus.* Der englische Garten und der englische Salon – sei es in Mayfair, in der Vorstadt oder auf dem

Land – waren sein natürliches Jagdgebiet und sein natürliches Ambiente. Er hatte, wie Hastings, der ehemalige Eton-Zögling, bemerkte, «nichts von einem Sozialisten». Sein Entrée – trotz befremdlicher Manieren und Kleidung – war seine faszinierende Fähigkeit, unerklärliche Verbrechen zu klären und die Friedensstörer zu entlarven und zu vertreiben. Dafür erwartete er großzügige Bezahlung von reichen Auftraggebern, von denen viele, wenn ihre Sorgen behoben waren, seine Gönner wurden. In *Das unvollendete Bildnis* musterte Meredith Blake, ein englischer Landedelmann, voller Verwirrung einen Besucher, der ihm mehrere Einführungsschreiben vorlegte:

«Wie so oft in letzter Zeit hatte er das Gefühl, daß die alte Ordnung nicht mehr galt. Verflixt noch mal, früher war ein Privatdetektiv ein Privatdetektiv – man ließ ihn bei großen Empfängen die Hochzeitsgeschenke bewachen oder wandte sich an ihn, wenn etwas im Gange war, dem man auf den Grund kommen wollte.

Aber hier schrieb nun Lady Mary Lytton-Gore: ‹Hercule Poirot ist ein geschätzter alter Freund von mir. Bitte tun Sie, was in Ihren Kräften steht, um ihm zu helfen.› Und Mary Lytton-Gore war nicht – nein, war entschieden nicht – der Typ von Frau, den man normalerweise mit Privatdetektiven und dem, was sie verkörpern, in Verbindung bringt. Und Admiral Cronshaw schrieb: ‹Ausgezeichneter Mann – absolut zuverlässig. Ich wäre Ihnen verbunden, wenn Sie ihn nach Kräften unterstützen würden. Sehr amüsanter Mensch – hat viele gute Geschichten auf Lager.›

Und hier stand der Mann persönlich. Wirklich ein unmöglicher Mensch – absurd gekleidet, Knopfstiefel, ein unglaublicher Schnurrbart! Überhaupt nicht sein Fall. Hatte wahrscheinlich noch nie in seinem Leben auf einem Pferd gesessen oder ein Gewehr in der Hand gehabt . . .»

Aber wenn auch Poirot die englische *upper class* schätzte, mit Freuden an ihren Tischen speiste und ihre Verbrechen aufklärte, so bewahrte er sich, wie die folgende Passage aus *Das Eulenhaus* zeigt, doch seine Individualität:

«Er wußte sehr wohl, wie man sich in England an einem Sonntag auf dem Land kleidete, aber er war nicht bereit, sich den englischen Vorstellungen anzupassen. Er hielt sich lieber an seine eigenen Vorstellungen von städtischer Eleganz. Er war kein englischer Landedelmann, und er würde sich auch nicht kleiden wie einer.»

Diese innere Unabhängigkeit ersparte ihm manchen Kummer.

Angesichts der Qualen, die der stets buckelnde Mr. Hardman durchmachte, weil er nicht glauben wollte, daß seine Juwelen von einer Gräfin, einer *grande dame* oder einem Millionär gestohlen worden sein könnten, sagte Poirot in *Ein Indiz zuviel* beispielsweise zu Hastings: «Bei diesem Mr. Hardman gibt es ein Gesetz für die Adligen und ein anderes für die einfachen Leute. Ich bin nicht von Adel, daher stehe ich auf seiten der einfachen Leute.»
«Hercule Poirot macht keine Hetzjagd auf Landstreicher», erklärte er in einem «Salon»-Fall, und in einem anderen flüsterte eine «feine, ironische Stimme» ihm ins Ohr: «Sieh dich unter den ehrbaren Leuten um . . .» Poirots mehr als fünfzig Jahre dauernde Umschau unter den ehrbaren Leuten bietet glänzende Unterhaltung und ein kleines Stück Sozialgeschichte. Er spielte beispielsweise gern auf die «Schulkrawalle» an, um die Mentalität der Engländer zu erklären. «Monsieur Farnthorp», sagte er in *Der Tod auf dem Nil,* «ich bemerke, daß Sie die gleiche Krawatte tragen wie mein Freund Hastings.»
Jim Farnthorp blickte etwas verdutzt auf seinen Schlips hinunter. «Es ist eine Old-Eton-Krawatte», sagte er.
«Eben. Sehen Sie, ich bin zwar Ausländer, aber der englische Standpunkt ist mir recht vertraut. Ich weiß zum Beispiel, daß es Dinge gibt, die ‹sich gehören›, und andere, die ‹sich nicht gehören›.»
Nach Poirots Erfahrung nahmen Engländer keine Schmiergelder, antworteten nicht gern auf direkte Fragen, zeigten selten oder nie ihre Gefühle, hatten von Geographie, soweit sie nicht ihre Insel betraf, kaum Ahnung. In *Der ballspielende Hund* sprach er von «ihrem insularen Vorurteil gegen die Argentinier, die Portugiesen und die Griechen».
Vor dem Zweiten Weltkrieg gab es viele beiläufige Bemerkungen über Juden. «Ein Tropfen jüdisches Blut ist gar nicht übel», sagte Mary Cavendish in *Das fehlende Glied in der Kette.* «Es lockert . . . den sturen Stumpfsinn des Durchschnittsengländers ein wenig.»
Es bereitete Poirot stets Vergnügen, die Engländer zu erklären. «Was heißt *pukka sahib*?» fragte der Grieche, Dr. Constantine, als Colonel Arbuthnot in *Mord im Orientexpreß* mit den Worten abtrat: «Was Miss Debenham angeht – glauben Sie mir, sie ist in Ordnung. Sie ist eine *pukka sahib.*» – «Das heißt», erklärte Poirot freundlich, «daß Miss Debenhams Vater und Brüder eine Schule des gleichen Niveaus besucht haben wie Colonel Arbuthnot.»
«Ach, sie ist ja so unglaublich englisch», sagte er in *Tod in den Wol-*

ken von der sehr ehrenwerten Venetia Kerr und ahmte dabei zum Entzücken Jane Greys, einer Friseuse, ihren «gezierten Tonfall» nach:

«Frauen wie ihr wird jeder Geschäftsinhaber an der Riviera Kredit geben – sie haben ja einen so scharfen Blick, unsere Geschäftsleute. Ihre Kleider sind gut geschnitten, aber ziemlich männlich. Sie geht umher, als gehöre ihr die ganze Erde; sie bildet sich nichts darauf ein; sie ist nur eine Engländerin. Sie weiß genau, aus welchen Teilen Englands die verschiedenen Leute kommen. Es ist wahr; ich habe Frauen ihrer Sorte in Ägypten erlebt. ‹Wie? Die Soundsos sind hier? Die Yorkshire – Soundsos? Ach, die Shropshire – Soundsos.›»

Die, welche nicht zu den «Soundsos» gehörten, aber dennoch britisch waren durch und durch, mochte Poirot besonders. In *Das unvollendete Bildnis* ging ihm beim Gespräch mit einer gescheiten alten Erzieherin folgendes durch den Kopf:

«Miss Williams hatte ihr Leben interessant gefunden – sie interessierte sich immer noch für Menschen und Ereignisse. Sie genoß jenen enormen geistigen und moralischen Vorteil einer strengen viktorianischen Erziehung . . ., sie hatte in ihrem Leben auf dem Posten, auf den Gott sie berufen hatte, ihre Pflicht getan, und diese Gewißheit verlieh ihr einen Panzer, gegen den die Pfeile des Neids, der Unzufriedenheit und des nachträglichen Bedauerns nichts ausrichten konnten.»

Und er fand Dr. Sheppards Beschreibung seines alten Freundes Roger Ackroyd in *Alibi* zweifellos sympathisch:

«Ackroyd ist natürlich kein echter Landedelmann. Er ist ein ungeheuer erfolgreicher Hersteller von Wagenrädern, glaube ich. Er ist an die Fünfzig, ein robuster und jovialer Mann. Er ist eng befreundet mit dem Pastor, spendet großzügig für die Gemeindekasse (obwohl getuschelt wird, er sei für sich persönlich sehr sparsam), ist ein Förderer des Cricket-Clubs, des Jugendvereins und des Vereins der Kriegsinvaliden. Er ist wahrhaftig die Seele unseres friedlichen Dorfs King's Abbot.»

Die Vorliebe der Engländer für das Landleben konnte Poirot nie verstehen. («Das Land», erinnerte sich Rosamund Darnley in *Rätsel um Arlena,* «ein großes altes Haus – Pferde, Hunde – Spaziergänge im Regen – Holzfeuer – Äpfel vom Baum – zuwenig Geld – abgetragener Tweed – Abendkleider, die jahrelang halten mußten – verwilderte Gärten . . .») Ihn interessierte weit mehr, was im Innern englischer Häuser zu sehen war – im Haus der Damen

Tripps in *Der ballspielende Hund* zum Beispiel, «einem idyllischen Häuschen alten Stils, das aussah, als würde es jeden Moment einstürzen».
«Drinnen gab es jede Menge alter Eichenbalken und einen großen offenen Kamin. Die Fenster waren so klein, daß man kaum richtig hinaussehen konnte. Die Möbel waren von gewollter Schlichtheit ... Obst in großen Holzschalen und viele Fotografien.»
Oder in einem eleganten Wohn-Schlafzimmer, das in *Poirot riecht den Braten* beschrieben wird:
«Die Wände waren silbergrau und die Decke smaragdgrün. Die Vorhänge hatten ein modernes Muster in Silber und Grün. Über dem Diwan lag eine schimmernde smaragdgrüne Seidendecke und darauf eine ganze Menge goldener und silberner Kissen. Neben einer antiken Walnußkommode gab es eine Walnußchiffonniere und mehrere moderne Chromsessel. Auf einem niedrigen Glastisch stand ein großer Aschenbecher voller Zigarettenstummel.»
Oder im Haus eines Freundes in *Nikotin*:
«Mr. Satterthwaites Haus war am Chelsea Embankment. Es war ein großes Haus voller schöner Kunstwerke: Bilder, Skulpturen, chinesisches Porzellan, prähistorische Keramik und viele echte Chippendale- und Hepplewhite-Möbel ...»
Bis zu den vierziger Jahren waren diese Häuser von einer unauffälligen Schar guter Geister bevölkert, den Dienstboten. Als integraler Bestandteil von Poirots englischer Welt verdienen sie mehr als einen flüchtigen Blick. Ihre Zahl variierte natürlich je nach Einkommen der Hausbesitzer von Haushalt zu Haushalt. Bei den Damen Tripps öffnete ein Kind von etwa vierzehn Jahren die Tür «und drückte sich mit einiger Schwierigkeit so weit an die Wand, daß wir eintreten konnten», während in *Hercule Poirots Weihnachten* in Gorston Hall Superintendent Sugden erkärte:
«Es gibt acht Dienstboten im Haus, sechs von ihnen sind Frauen, und von diesen sind fünf seit vier und mehr Jahren hier. Dann haben wir den Butler und den Hausdiener. Der Butler ist seit fast vierzig Jahren hier – ein kleiner Rekord, würde ich sagen. Der Hausdiener ist ein Einheimischer, der Sohn des Gärtners, und hier aufgewachsen ...»
Bei Mordfällen war im Gesinderaum viel zu erfahren – aber nur, wenn die Bewohner bereit waren zu helfen. «Die Dienstboten hatten sich taktvoll zurückgezogen», schrieb Hastings in *Das Haus an der Düne,* häufig jedoch zogen sie sich gerade mit jenen Fakten

und Hinweisen zurück, auf die Poirot es abgesehen hatte. Um ihnen diese Informationen zu entlocken, mußte er seinen ganzen Listenreichtum und all seine Überredungskunst aufbieten, denn viele der Dienstboten, denen er begegnete – besondes jene, die in der Hierarchie am höchsten standen –, hatten ein noch stärker ausgeprägtes Klassenbewußtsein als ihre Arbeitgeber. Lanscombe, der Butler in *Der Wachsblumenstrauß*, war «höflich, aber zugeknöpft». In *Vier Frauen und ein Mord* hätte der Diener Poirot am liebsten gar nicht ins Haus gelassen. Seiner Meinung nach gehörte Poirot zu der Sorte von Besuchern, die man am besten vor der Tür stehenließ. «Er argwöhnte offensichtlich, Hercule Poirot sei ein Hausierer.» In *Morphium* reagierte Mrs. Bishop, die Haushälterin, zunächst «frostig und beäugte ihn mit Mißbilligung und Argwohn».

In einigen Fällen gelang es Poirot nicht, die Dienstboten für sich zu gewinnen, aber meistens kapitulierten sie. Ein gutes Beispiel ist die Köchin und Haushälterin in *Vierundzwanzig Schwarzdrosseln*: «Mrs. Hill war anfangs steif und mißtrauisch, doch die charmante Liebenswürdigkeit dieses seltsam aussehenden Ausländers hätte selbst einen Stein zum Erweichen gebracht. Mrs. Amelia Hill taute langsam auf.»

In der Welt der Domestiken waren die Butler – die hochmütigen Tredwells – die Grandseigneurs. Bei den Angkatells in *Das Eulenhaus* wurde die Tür von Gudgeon geöffnet, dem perfekten Butler – loyal, diskret und verständnisvoll. Er war es, der eine Mordwaffe abwischte, die der Familie gehörte, weil er angeblich glaubte, sie sei staubig. Und er zeigte auch größtes Verständnis für Lady Angkatells Vorliebe für die Lektüre der *News of the World*. «Wir tun so», sagte sie, «als hätten wir sie für die Dienstboten abonniert, aber Gudgeon ist sehr rücksichtsvoll und nimmt sie immer erst nach dem Tee mit hinaus.»

In *Hercule Poirots Weihnachten* erfahren wir, was einem Butler durch den Kopf geht, wenn er mit der Karaffe in der Hand von Platz zu Platz geht und die Gläser der Speisenden füllt:

«Mrs. Alfred, bemerkte er, trug ihr neues schwarz-weißes Taftkleid. Ein sehr gewagtes Muster, sehr auffallend, aber sie konnte es sich leisten, auch wenn viele andere Frauen es nicht gekonnt hätten. Mrs. Georges Kleid war ein Modell, da war er sicher. Mußte sündteuer gewesen sein. Wie es Mr. George wohl gefallen würde, dafür zu bezahlen? Mr. George gab nicht gern Geld aus – das war schon immer so gewesen. Mrs. David, hm, eine nette

Frau, aber kein Geschmack. Bei ihrer Figur wäre schlichter schwarzer Samt das Beste gewesen. Gemusterter Samt, und noch dazu karminrot, war eine schlechte Wahl. Miss Peela hingegen, die konnte anziehen, was sie wollte; mit ihrer Figur und ihrem Haar sah sie in allem gut aus. Ein billiger kleiner weißer Fummel war es, aber ... ‹Weißwein oder Rotwein?› fragte Tressilian höflich Mrs. George.»

Gelegentlich – meist im Angesicht eines Mordes – kam es vor, daß ein Butler die Fassung verlor. Gudgeon zum Beispiel entfuhr «ein Laut, der eines Butlers wenig würdig war», als er im Schwimmbecken eine Leiche entdeckte, und in *Auch Pünktlichkeit kann töten* geschah, als Sir Gervase Chevenix-Gore zum erstenmal in zwanzig Jahren nicht pünktlich zum Abendessen erschien, etwas «sehr Merkwürdiges»: Der über alles erhabene Butler wurde, «nur einen flüchtigen Moment, zu einem höchlichst erstaunten menschlichen Wesen ...»

Mit den Jahren jedoch gab es immer weniger Butler, denen Poirot Mantel, Hut und Spazierstock reichen konnte. In den fünfziger Jahren sah der alte Lanscombe in Enderby Hall das Ende einer Ära gekommen:

«Die dritte Jalousie im Weißen Boudoir wollte nicht richtig raufgehen. Ein kleines Stück sprang sie in die Höhe, dann hing sie fest. Die Federn waren schwach – das war es –, sie waren sehr alt, diese Jalousien, genau wie alles andere im Haus. Und heutzutage fand man niemanden mehr, der einem diese alten Dinge reparierte. Viel zu altmotisch, pflegten sie zu sagen und dazu mit alberner Überheblichkeit den Kopf zu schütteln – als wäre das Alte nicht weit solider als alles Neue. Firlefanz, dieses neumodische Zeug – fiel auseinander, wenn man es nur in die Hand nahm. Das Material war nicht gut und die Arbeit auch nicht ...»

Auch sonst war in Enderby Hall vieles anders geworden. In der riesigen Küche herrschte nun Marjorie, ein schnippisches junges Ding, das weder dem alten Lanscombe noch dem alten Haus, das sie als «Mausoleum» zu bezeichnen pflegte, den angemessenen Respekt entgegenbrachte.

Wie anders und um wieviel großartiger waren die Verhältnisse noch, als Hercule Poirot in *Ein diplomatischer Zwischenfall* die Küche in Kings Lacey inspizierte:

«... dann kam Mrs. Ross majestätisch auf ihn zu. Sie war eine stattliche Person, so würdevoll wie eine Bühnenherzogin. Hinten in der Spülküche wuschen zwei magere grauhaarige Frauen das

Geschirr, und ein struwelhaariges junges Ding lief zwischen Spülküche und Küche hin und her. Aber das waren offensichtlich nur die Handlangerinnen. Königin der Küche war Mrs. Ross.»
Das «struwelhaarige junge Ding» war Annie Bates. «Wenn ein Küchenmädchen da ist, besteht immer Hoffnung», sagte Inspektor Grange in *Das Eulenhaus.* Denn Küchenmädchen wurden ja «von der Köchin und den höhergestellten Dienstboten so unterdrückt, daß es ihnen ein verständliches menschliches Bedürfnis ist, sich jemandem mitzuteilen, der ihre Weisheiten hören will».
Poirot, der Annie Bates dafür belohnen wollte, daß sie ihn vor einer möglichen Gefahr gewarnt hatte, versprach ihr, ein Geschenk aus London zu schicken, und auf seine Frage hin wünschte sie sich «einen richtig schicken Kosmetikkoffer». Das Interessante daran ist, daß Poirot im Laufe der Jahre offenbar weicher geworden war. In einer früheren Version von *Ein diplomatischer Zwischenfall* nämlich, die 37 Jahre zuvor veröffentlicht worden war, überließ er Annie die Wahl nicht, sondern sagte:
«Wenn ich wieder in London bin, schicke ich Ihnen ein gutes Buch über *le ménage,* dazu die Lebensgeschichten der Heiligen und ein Werk über die wirtschaftliche Situation der Frau.»
Mrs. Hill, Gudgeon, Tressilian, Annie Bates sind nur Beispiele für die Köchinnen, Haushälterinnen, Butler, Diener, Hauslehrerinnen, Lakaien, Küchenmädchen, Stubenmädchen, Zofen, Chauffeure, Gärtner, Tagesfrauen und Au-pair-Mädchen (sonderbarerweise jedoch kaum ein Kindermädchen), die Poirots englische Welt bevölkerten. Eine Kategorie, die der Gesellschafterin, gewann besondere Denkwürdigkeit durch Amy Carnaby, eine der bemerkenswertesten Frauen, denen Poirot je begegnete. Die mißliche Lage dieser mittellosen Frauen aus anständiger Familie, die, wie in *Der Wachsblumenstrauß* bemerkt wird, «von den Launen ihrer Arbeitgeber abhingen», wird verschiedentlich geschildert. Miss Emily Arundell in *Der ballspielende Hund* beispielsweise stand in dem Ruf, eine Reihe von Gesellschafterinnen bald «äußerst großzügig» behandelt, bald «gnadenlos» tyrannisiert zu haben. Doch Miss Amy Carnaby rebellierte gegen ihr Schicksal.
In *Der Nemeische Löwe* zog diese so scheu und schüchtern wirkende Dame mit mehreren ihrer unterdrückten Kolleginnen eine Minimafia auf, die den Reichen Schutzgelder für ihre Schoßhündchen abknöpfte, und war auf dem besten Weg, sich einen bescheidenen kleinen Rentenfonds für ihren Lebensabend anzulegen, als Poirot ihr auf die Schliche kam. «Ich habe keine Ausbildung, und

ich werde älter», erklärte sie Poirot. «Ich habe solche Angst vor der Zukunft. Ich konnte nichts sparen . . ., und wenn ich mit zunehmendem Alter immer untüchtiger werde, wird mich niemand mehr haben wollen.»
Poirot war von Miss Carnabys Argumentation beeindruckt und schrieb ihr später folgenden Brief:
«Verehrte Miss Carnaby,
Gestatten Sie mir, einen Beitrag zu Ihrer verdienstvollen Sammelaktion beizulegen, ehe sie endgültig eingestellt wird. Hochachtungsvoll, Hercule Poirot.»
Als Miss Carnaby wieder aufkreuzte, präsentierte sie Poirot die ungewöhnlichsten Einfälle: «Gestern zum Beispiel schoß mir plötzlich ein höchst praktischer Plan zu einem Postraub durch den Kopf. Ich habe gar nicht darüber nachgedacht – er kam mir einfach. Und dann noch eine geniale Idee, um den Zoll zu umgehen. Ich bin überzeugt – absolut überzeugt –, es würde klappen.» Poirot rekrutierte sie schleunigst als legitime Mitarbeiterin in *Geryons Herde.*
Von gewissen Ausnahmen wie Mrs. Oliver und Miss Lemon abgesehen, hatten es in Poirots Milieu Frauen, die sich ihren Lebensunterhalt selbst verdienen mußten, schwer. In der Gesindestube konnte man wenigstens noch innerhalb der Hierarchie aufsteigen; in der Sicherheit des Establishments konnte man so verwegen und abenteuerlustig sein, wie man wollte, aber außerhalb dieser Bereiche konnte das Leben recht hart sein, wenn nicht ein Ehemann sich fand oder ein reicher Erbonkel starb.
Im Krieg war das anders. In *Das fehlende Glied in der Kette* – der Roman spielt im Ersten Weltkrieg – war Cynthia Murdoch höchst zufrieden mit ihrer Arbeit in einem Rotkreuz-Krankenhaus und führte Hastings stolz herum. Im Zweiten Weltkrieg zeichnete sich Lynn Marchmont *(Der Todeswirbel)* als Angehörige des Freiwilligen Frauenkorps in Nordafrika und Sizilien aus, aber als der Krieg vorbei war, las sie die bedrückenden Annoncen in den Zeitungen:
«Ex-W.A.A.F. sucht Posten, der Eigeninitiative und Dynamik verlangt.» – «Ehemalige WREN sucht Posten, der Organisationstalent und Führungsqualitäten verlangt.»
«‹Schöne neue Welt›, dachte Lynn bitter . . . Ihr Weg lag klar vor ihr. Heirat mit ihrem Vetter Rowley Cloade.»
Frauen, die in die männliche Domäne der Politik eindrangen, wurden häufig schief angesehen. In *Der Tod wartet* gehörte zu der Gruppe, die zu den Höhlen von Petra reiste, ein Parlamentsmitglied:

«Lady Westholme stürzte sich mit Energie ins politische Leben ... Bald erschienen Karikaturen von ihr (stets ein sicheres Zeichen des Erfolgs). Sie setzte sich für althergebrachte Werte wie die Familie und Wohlfahrtsarbeit unter Frauen ein und war eine engagierte Befürworterin des Völkerbunds. Sie hatte feste Ansichten zu Fragen der Landwirtschaft, des Wohnungsbaus und der Sanierung der Elendsviertel. Sie war eine geachtete Persönlichkeit und allgemein unbeliebt.»
In *Die Ställe des Augias* hingegen wurde Mrs. Ferrier, die als Ehefrau des gegenwärtigen Premierministers und Tochter eines ehemaligen Premierministers im Licht der Öffentlichkeit stand, «von der ganzen Nation bewundert und war der Partei wertvolle Unterstützung».
«Sie war eine liebende Gattin, eine sorgende Mutter, sie teilte die Liebe ihres Mannes zum Landleben. Sie interessierte sich für ebenjene Aspekte des öffentlichen Lebens, die allgemein als die Tätigkeitsbereiche der Frau betrachtet wurden.»
Poirot, der bald abgedroschene Klischees über Frauen äußerte, bald die emanzipierte «neue Frau» energisch verteidigte, reflektierte über seine Zeit. Doch wie viele seiner englischen Zeitgenossen fand er, die Frau gehöre ins Haus – wo auch er selbst, wie wir noch sehen werden, sich in seinem Element fühlte.
Unter all den Menschen, denen Poirot auf seiner langen Entdeckungs- und Forschungsreise durch das englische Leben begegnete, gab es einen, der als Studienobjekt und Informant über allen anderen stand. Ich spreche natürlich von Captain Arthur Hastings.

9

Captain Arthur Hastings, Officer of the British Empire

«Das ist mein Freund, Captain Hastings.
Er assistiert mir bei meiner Arbeit.»

Hercule Poirot in *Dreizehn bei Tisch*

«*Mon ami,* Hastings», «mein armer Hastings», «mein Kollege, Captain Hastings». Auch wenn er Poirot während seines langen Lebens nur sieben Jahre treuer Weggenosse war und in den folgenden zwölf Jahren gelegentlicher Begleiter, sollte man die Bedeutung Hastings' in der Geschichte des Kriminalromans nicht unterschätzen. Nicht nur war er Poirots zuverlässigster Berater im Umgang mit den Engländern, er entwickelte bei der Niederschrift der Abenteuer des großen Detektivs einen Stil, der die Leser seither unweigerlich in Bann schlägt. Poirot selbst sah ihn als einen wichtigen Einfluß in seinem Leben und betrachtete ihn als liebsten Freund. «Ach, wenn nur *ce cher* Hastings hier wäre», pflegte er in den Jahren nach dem Verschwinden des Freundes aus seinem Leben seufzend zu sagen; oder er konnte in der Aufregung der Jagd ausrufen: «Wie hätte mein lieber Freund Hastings das genossen!»

In sechsundzwanzig Kurzgeschichten und acht Romanen erzählt Hastings uns von Poirots Heldentaten, aber er war so im Bann seines Themas und in bezug auf seine eigene Person so typisch englisch zugeknöpft, daß er uns über sein früheres Leben praktisch nichts berichtet. Wir wissen, daß er in Eton war, aber das einzige Mitglied seiner Familie, das er je erwähnt, ist seine Großtante Mary, deren Handschrift, wie er sich mal erinnert, aussah, «als wäre eine Spinne ins Tintenfaß gefallen und dann über einen Bogen Briefpapier spaziert». Es ist möglich, daß Hastings schon früh

seine Eltern verloren hatte; eines der ersten Dinge nämlich, die wir über ihn erfahren, ist, daß er «keine Angehörigen oder Freunde» hatte. Vielleicht war Großtante Mary sein Vormund gewesen?
Wenn auch ehemaliger Eton-Zögling, mußte Hastings doch immer für seinen Lebensunterhalt arbeiten, und wir erinnern uns, daß er Poirot das erstemal auf einer Geschäftsreise nach Belgien begegnete. Immer hatte er den geheimen Ehrgeiz gehabt, ein Amateurdetektiv in der Tradition von Sherlock Holmes zu werden, die Begegnung mit dem berühmten Vertreter der belgischen Polizei lieferte ihm jedoch ein neues beflügelndes Vorbild. Danach brannte der jungenhafte, eher etwas derb und linkisch wirkende Arthur Hastings darauf, ein Detektiv à la Hercule Poirot zu werden. Wann genau er sich anschickte, seinem neuen Hobby der Verbrechensaufdeckung nachzugehen, erfahren wir nicht, aber gleich zu Beginn von *Das fehlende Glied in der Kette* finden wir ihn im Gespräch mit Mary Cavendish, der er seine Bewunderung für Poirot anvertraut. «Mein System basiert auf seinem – aber ich bin natürlich schon um einiges darüber hinaus», erklärte er ihr in dem Bemühen, sie zu beeindrucken.
Bei Ausbruch des Ersten Weltkriegs trat Hastings im Rang eines Captains in die Armee ein. Anfang 1916 wurde er verwundet.
«Nachdem ich einige Monate in einem ziemlich deprimierenden Genesungsheim zugebracht hatte, bekam ich einen Monat Krankenurlaub ... Ich überlegte gerade, was ich anfangen sollte, als ich zufällig John Cavendish traf. Ich hatte ihn in den letzten Jahren nur sehr selten gesehen. Tatsächlich hatte ich ihn nie besonders gut gekannt. Er war gut fünfzehn Jahre älter als ich, auch wenn man ihm seine fünfundvierzig Jahre kaum ansah. Als Junge war ich oft auf Styles gewesen, dem Landsitz seiner Mutter in Essex.
Nach einem langen Gespräch über die guten alten Zeiten lud er mich ein, meinen Urlaub in Styles zu verbringen.»
Wie wir wissen, kam es dort am 17. Juli 1916 vor dem Postamt von Styles St. Mary zu dem ekstatischen Wiedersehen mit Poirot, «den ich jahrelang nicht gesehen hatte», und dort auch verstarb bei Anbruch des folgenden Tages Emily Inglethorp, die Herrin von Styles Court – Anlaß für Hastings, sich seiner detektivischen Ambitionen zu erinnern. «Wissen Sie, was ich glaube», gestand er Mary Cavendish flüsternd. «Ich glaube, sie wurde vergiftet.» Schon um sechs Uhr desselben Morgens kehrte er in der Bibliothek des Hauses das Unterste zuoberst, «bis ich ein medizinisches

Fachbuch entdeckte, das eine Beschreibung einer Strychninvergiftung enthielt». Keine Stunde später trommelte er an die Tür des Häuschens, in dem die kleine Kolonie belgischer Flüchtlinge hauste. Es war einer der aufregendsten Momente in Hastings' Leben. Nicht nur war sein großes Vorbild zur Stelle, sondern er, Arthur Hastings, konnte ihm auch noch einen echten Mord zu Füßen legen.

Schon in den frühen Stunden dieser ersten Zusammenarbeit wurde das Muster der Beziehung zwischen Poirot und Hastings fixiert. Während Hastings die wirren Details über Mrs. Inglethorps Tod und seine eigenen Theorien dazu hervorsprudelte, kleidete Poirot sich an, bürstete «mit großer Sorgfalt» seinen Schnurrbart, blickte seinen Schüler freundlich lächelnd an und sagte:

«Ich bin zufrieden mit Ihnen. Sie haben ein gutes Gedächtnis und mir die Fakten gewissenhaft mitgeteilt. Über die Ordnung, in der Sie sie präsentiert haben, will ich nichts sagen – beklagenswert, wirklich! Aber ich will nachsichtig sein – Sie sind aufgeregt ... Entschuldigen Sie, *mon ami,* Sie haben sich in aller Eile angezogen, und Ihre Krawatte sitzt schief. Gestatten Sie.» Mit geschickter Hand rückte er sie zurecht.

Tatsächlich wurde natürlich Hastings' Leben zurechtgerückt. Er bekam seine Rolle zugeteilt. Nicht die Sherlock Holmes', sondern die des loyalen und vertrauensseligen Dr. Watson. «Es ist nicht meine Gewohnheit, Erklärungen zu geben, ehe das Ende erreicht ist», sagte Poirot zu ihm, während sie nach Styles Court eilten. So begann Hastings' neue, aufregende Laufbahn. Und so begann einige Monate später seine berühmte erste Erzählung, *Das fehlende Glied in der Kette*:

«Das brennende Interesse, das ‹Der Fall Styles›, wie man ihn damals nannte, in der Öffentlichkeit erregte, hat nun etwas nachgelassen. Dennoch wurde ich angesichts des weltweiten Aufsehens, das ihn begleitete, sowohl von meinem Freund Poirot als auch von der betroffenen Familie gebeten, die ganze Geschichte festzuhalten.»

Als Hastings diese Worte schrieb, waren er und Poirot in London, wo Hastings eine Stelle im Kriegsministerium gefunden hatte, während Poirot damit beschäftigt war, sich als Privatdetektiv einen Namen zu machen.

Drei Jahre später setzte Hastings sich wieder an den Schreibtisch. Auf seiner Pfeife kauend, griff er zur Feder und begann mit dem ersten einer Reihe von kurzen Berichten über Poirots Fälle:

«Reiner Zufall führte dazu, daß mein Freund Hercule Poirot, ehemals Chef der belgischen Polizei, den Fall Styles übernahm. Sein Erfolg machte ihn weithin bekannt, und er beschloß, sich ganz der Aufklärung von Verbrechen zu widmen. Nachdem ich wegen meiner Verwundung an der Somme aus der Armee entlassen worden war, bezog ich in London schließlich eine Wohnung zusammen mit ihm. Da ich die meisten der von ihm bearbeiteten Fälle aus persönlichem Miterleben kenne, hat man mir vorgeschlagen, einige der interessantesten auszuwählen und darüber zu schreiben.»

In der Zwischenzeit und im Laufe der Zusammenarbeit bei vielen zukünftigen Fällen wurden Poirot und sein Schüler einander unentbehrlich. «Ich hatte einen Freund – einen Freund, der mir viele Jahre lang nicht von der Seite wich», erzählte Poirot später Dr. Sheppard *(Alibi)*; und wiederum Jahre später, in *Dreizehn bei Tisch*, sagte Hastings immer noch: «Poirot! Sie werden mich nicht zurücklassen! Ich bleibe immer an Ihrer Seite.» Sie waren ein seltsames Paar, der stutzerhafte, kleine ausländische Detektiv und sein gutmütig derb wirkender englischer Freund. Obwohl Hastings etwa dreißig Jahre alt war, als seine Abenteuer mit Poirot begannen, wirkte er durch seine Naivität und seinen jungenhaften Enthusiasmus wesentlich jünger und natürlich weitaus jünger als Poirot. Er war auch bedeutend größer, mit «geradem Rücken» und «breiten Schultern». Poirot bewegte sich wie eine Katze, während Hastings Treppen hinaufzupoltern pflegte und immer irgend etwas umstieß. Poirots Schnurrbart war bombastisch, während der Hastings' nur die konventionelle kleine «Fliege» war. Poirot trank *tisanes* und *sirops*, Hastings bevorzugte Whisky und Soda. Poirot war raffiniert und exzentrisch, Hastings war gutgläubig, hielt sich brav an die Regeln und hatte «einen Horror davor aufzufallen».

Trotz ihrer innigen Freundschaft reizte einer den anderen ständig. «Hören wir M. le Capitaine Hastings zu dem Fall», konnte Poirot sagen, um dann triumphierend über Hastings' impulsive und irrige Schlußfolgerungen herzufallen. «Nie, aber auch niemals gebrauchen Sie den Verstand, den der liebe Gott Ihnen mitgegeben hat», rief er dann wohl oder hielt dem Freund, wie in *Das Haus an der Düne*, gleich einen ganzen Vortrag:

«Sie haben eine ganz außerordentliche Wirkung auf mich, Hastings. Sie besitzen eine so scharfe Witterung für die falsche Fährte, daß ich beinahe versucht bin, mich danach zu richten. Sie gehören zu diesen absolut bewundernswerten Menschen, die so ehrlich, gutgläubig und ehrenhaft sind, daß sie unweigerlich jedem Schurken auf den Leim gehen. Sie gehören zu denen, die ihr Geld in dubiosen Ölfeldern und nichtvorhandenen Goldminen anlegen.»

Und es machte ihm das größte Vergnügen, den armen Hastings im dunkeln tappen zu lassen. «Ich verstehe nicht ganz, worauf Sie hinauswollen, Poirot», pflegte Hastings zu sagen, wenn er ohne Erklärung aus einem Zug gezerrt oder auf einen obskuren Botengang geschickt wurde. In *Vier Frauen und ein Mord* erinnert Poirot sich der «ungläubigen Verwunderung» seines Famulus, «seiner sprachlosen Anerkennung meiner Fähigkeit – die Leichtigkeit, mit der ich ihn in die Irre geführt hatte, ohne ein unwahres Wort zu sagen –, seiner Verblüffung, seines ungeheuren Erstaunens, als er endlich die Wahrheit erkannte, die mir die ganze Zeit klar gewesen war.»

Zum Vergeltungsschlag gereizt, konnte Hastings beinahe genauso herablassend sein. Gern nahm er dann Poirots Alter aufs Korn. «Es ging mir durch den Kopf», berichtete er in *Das fehlende Glied in der Kette,* «daß der arme Poirot langsam alt wurde. Im stillen fand ich, es sei ein Glück für ihn, daß er jemanden zur Seite hatte, der noch aufnahmefähig war.» In *Das Haus an der Düne,* sechzehn Jahre später, äußerte er sich ähnlich: «Der arme, alte Poirot. Dieser Fall brachte ihn in Verlegenheit – das sah ich ihm an. Seine Fähigkeiten waren nicht mehr die, die sie einmal gewesen waren.»

Die Angewohnheit seines Freundes, andere zu belauschen, in ihren Privatangelegenheiten herumzuschnüffeln oder sie hinters Licht zu führen, entsetzte ihn stets von neuem. «Der Engländer verabscheut die Lüge großen Stils», konnte er selbstgerecht bemerken, wenn er von einer besonders empörenden Hinterhältigkeit Poirots berichtete. Natürlich fühlte er sich durch Poirots spöttische Bemerkungen und belehrende Vorträge häufig in seiner nicht unbeträchtlichen Eitelkeit gekränkt. In *Die Augen der Gottheit* bekam er sogar einen Wutanfall:

> «Alles schön und gut», sagte ich mit wachsendem Zorn, «aber Sie haben mich von Anfang bis Ende zum Narren gehalten. Nein, Sie brauchen jetzt gar nicht zu versuchen, alles wegzuerklären. Es gibt einfach gewisse Grenzen.»
>
> «Aber Sie waren doch so vergnügt, mein Freund, ich hatte nicht das Herz, Ihre Illusionen zu zerstören.»

«Hören Sie auf. Diesmal sind Sie zu weit gegangen.»

«*Mon Dieu!* Wie Sie sich wegen nichts und wieder nichts aufregen, *mon ami*!»

«Ich habe es satt!» Ich ging hinaus und knallte die Tür zu.

Doch diese Scharmützel, die bei den beiden an der Tagesordnung waren, konnten ihre Freundschaft nicht erschüttern. «Er ist mir gegenüber absolut loyal», sagte Poirot in *Der ballspielende Hund*. Inspektor Japp, den Hastings nicht mochte, drückte es unverblümter aus. «Wohin der Herr auch geht, der Hund läuft hinterher.»

Es spricht für Hastings, daß er als Poirots Chronist so viele herabwürdigende Bemerkungen über seine eigene Person festhielt. Es kann für ihn in den Jahren, da er mit Poirot die Wohnung teilte, nicht immer leicht gewesen sein, ständig als unbezahltes Faktotum verfügbar zu sein, das aus der Zeitung vorlas, das Taxi holte, die Zugverbindungen austüftelte. Er hatte ja auch noch seine eigene Arbeit – wenn auch seine Arbeitgeber ihm zugegebenermaßen erstaunlich viel Freiraum ließen –, und immer, das kam noch dazu, harrte Poirots neuester Fall der Niederschrift. Die Vorstellung drängt sich auf, daß Hastings, der wahrhaftig kein Gelehrtentyp war, jeden freien Moment am Tisch im Salon saß und über den, wie Poirot es nannte, «Aufzeichnungen meiner bescheidenen Erfolge» schwitzte.

Er hatte einen ansprechenden, wenn auch etwas gestelzten Stil, und die Schilderungen verwirrender Ereignisabläufe, langer Dialoge und gallischer Verschrobenheiten gelangen ihm so gut, daß seine Bücher gierig verschlungen wurden und Poirot viel Ruhm einbrachten. In *Alibi* bemerkte der gebührend beeindruckte Dr. Sheppard zu Poirot: «Ich habe einige der Erzählungen von Captain Hastings gelesen», und in *Die großen Vier* rief Dr. Quentin, ebenfalls ein Landarzt: «. . . Monsieur Poirot? Ja, wissen Sie, ich habe alles über Ihre Methoden gelesen, und ich darf sagen, daß ich ein großer Bewunderer von Ihnen bin.»

Im Sommer 1923 trat zu Poirots großer Überraschung eine Frau in Arthur Hastings' Leben. Auf der Heimreise von Paris, wo er «etwas Geschäftliches» erledigt hatte, verliebte sich Hastings Hals über Kopf in Dulcie Duveen, eine höchst unpassende junge Dame.

In Hastings' Abteil im Calais Expreß saß an jenem schicksalhaften Tag nur noch eine andere Person, ein sehr junges Mädchen mit

«einem hübschen, kecken Gesicht», das, als der Zug anfuhr, plötzlich den Kopf aus dem Fenster reckte und laut «Verdammt!» schrie. Hastings war schockiert. Auch noch, als die junge Dame ihm erklärte, ihre Schwester sei versehentlich auf dem Bahnsteig zurückgeblieben. Er musterte sie aufmerksam. «Diese junge Frau», stellte er fest, «verkörperte alles, was ich am wenigsten mochte.» Sie war klein und dunkel, sie war stark geschminkt, sie hatte offensichtlich nichts dagegen, sich im Zug mit fremden Männern zu unterhalten, und sie las ein Comic-Heft. Dennoch, überlegte er sich, «war das für mich kein Grund, mich durch meine Haltung lächerlich zu machen. Ich entschloß mich zur Toleranz. Sie war schließlich sehr hübsch.» Und schon bald erzählte sie Hastings:
«Ich bin Schauspielerin – nein, nicht so eine, wie Sie jetzt denken, die mit Schmuck behangen im Savoy diniert und deren Foto einen aus jeder Zeitung anstarrt und wo drunter steht, wie toll sie Madame Soundsos Gesichtscreme findet. Ich steh seit meinem sechsten Lebensjahr auf den Brettern. Ich bin Artistin.»
«Oh, ich verstehe.»
«Ich bin in Amerika geboren, aber ich habe die meiste Zeit in England gelebt. Wir haben jetzt eine neue Nummer –»
«Wir?»
«Meine Schwester und ich. Wir tanzen und singen, steppen ein bißchen und würzen das Ganze mit ein paar akrobatischen Kunststücken. Das zieht immer.»
Zu seiner eigenen Verwunderung begann nun Hastings diesem ungewöhnlichen Mädchen alles über sich und seinen Freund Poirot zu erzählen.
«. . . ein prachtvoller kleiner Bursche. Immer wieder hat er dort, wo die amtliche Polizei versagte, seine überlegenen Fähigkeiten gezeigt.»
Das Mädchen hörte mit großen Augen zu.
«Das ist ja wirklich interessant! Ich liebe Verbrechen. Ich seh mir alle Kriminalfilme im Kino an. Und wenn es irgendwo einen Mord gegeben hat, verschlinge ich die Zeitungen.»
Damit war Hastings' Schicksal besiegelt. «Das Mädchen schien intuitiv zu wissen, was mir durch den Kopf ging», schrieb er. Und später, als Dulcie – oder Cinderella, wie sie sich lieber nennen ließ – in *Mord auf dem Golfplatz* auf unerklärliche Weise wieder auftauchte und wieder verschwand, gestand er Poirot das neue Problem, das ihn beschäftigte:

«‹Ich mag altmodisch sein, aber ich halte nichts von Ehen zwischen Leuten ungleichen Standes. Das klappt nie.›
‹Da stimme ich Ihnen zu, *mon ami.* In neunundneunzig von hundert Fällen ist es so, wie Sie sagen. Aber es gibt immer den hundertsten Fall. Doch das ist ja nicht aktuell, da Sie nicht vorhaben, die Dame wiederzusehen.›
Seine letzten Worte klangen beinahe wie eine Frage, und ich bemerkte wohl den scharfen Blick, den er mir zuwarf.»
Armer Poirot! Ehe er sich's versah, waren *«la petite acrobate»* und ihr unwahrscheinlicher Prinz zu einer «Ranch über dem Meer» davongesegelt, gemeinsam mit Cinderellas Zwillingsschwester Bella und deren neuem Mann. Poirot machte, was blieb ihm anderes übrig, gute Miene zum bösen Spiel und behauptete sogar, recht halbherzig allerdings, daß er, indem er die abhanden gekommene Cinderella wiederaufgespürt hatte, nun doch noch eine Heirat für Hastings arrangiert habe. «*Mon ami! Vive l'amour!* Sie kann Wunder vollbringen», rief er. «Sie besiegt sogar Hercule Poirot.»
Argentinien? In *Das fehlende Glied in der Kette* hatte eine leidenschaftliche Bemerkung Mary Cavendishs – «Ich möchte frei sein!» – bei Hastings «eine plötzliche Vision weiter Räume, unberührter Wälder und Felder» ausgelöst. Genau diese Vorstellung hatten Engländer wie Hastings zu jener Zeit von Argentinien. Romantiker lockte die Pampas mit riesigen Rinderherden, materialistischere Gemüter fühlten sich eher zur Investition in argentinische Eisenbahnen und Banken verlockt, die gute Gewinne abwarfen. Es war also ein Land der Verheißung, das die unternehmungslustige Cinderella und ihr verliebter Hastings ansteuerten.
Zur Zeit ihrer Heirat schien Cinderella «kaum älter als siebzehn» zu sein. Hastings war ungefähr zwanzig Jahre älter, und es kann einem angst und bange werden, wenn man sich überlegt, daß die beiden von der Rinderzucht keine Ahnung gehabt haben können. Man darf annehmen, daß sie auch beide nicht viel Geld hatten; es wird also Jack Renauld gewesen sein, Cinderellas reicher Schwager, der ihnen die Ranch finanzierte.
Etwa anderthalb Jahre später mußte Cinderella zum erstenmal allein die Verantwortung für die Ranch übernehmen, da Hastings «infolge geschäftlicher Komplikationen» eilig nach England reisen mußte. In London trieb es ihn unverzüglich zur «alten Adresse», und statt wie geplant «einige Monate» blieb er fast ein Jahr. Es war das Jahr der Konfrontation mit den großen Vier, und

es liegt auf der Hand, daß Hastings sich einfach nicht losreißen konnte. «Sie sind ein unerschütterlich treuer Freund, Hastings. Nur um mir zu helfen, bleiben Sie hier», sagte Poirot. Ein- oder zweimal erkundigte er sich pflichtschuldig nach der «kleinen Cinderella», worauf Hastings ihm versicherte, sie hätte volles Verständnis dafür, daß er einen alten Freund nicht im Stich lassen könne.

Es stellte sich bald heraus, daß der lange Arm der großen Vier sogar bis zu einer Ranch im fernen Argentinien reichte. Ein Telegramm, das Hastings von seinem Verwalter erhielt, zeigte es:

«Mrs. Hastings gestern verschwunden. Befürchten Entführung durch Bande namens große Vier. Erbitte Instruktionen. Polizei ist alarmiert, aber bisher keine Hinweise.»

Zweifellos hatten Cinderella und Hastings eine Menge miteinander zu besprechen, als er endlich heimkehrte. Hastings hatte in *Die großen Vier* in der Tat Mut bewiesen und wurde vom dankbaren Vaterland angemessen belohnt: Man machte ihn, wie aus dem Theaterstück *Monsieur Poirot und der schwarze Kaffee* hervorgeht, zum Officer of the British Empire – eine hohe Ehre.

1932 kehrte er erneut nach England zurück und konnte augenblicklich Material für eine weitere Kurzgeschichte, *Poirot geht stehlen,* und ein neues Buch, *Das Haus an der Düne,* sammeln. «Ich wollte, ich wäre dabeigewesen», sagte er sehnsüchtig, als er von einem Fall hörte, der sich während seiner Abwesenheit zugetragen hatte.

«‹Ich auch›, sagte Poirot. ‹Ihre Erfahrung wäre mir von unschätzbarem Wert gewesen.›

Ich warf ihm einen Seitenblick zu. Ich mißtraue seinen Komplimenten aus Erfahrung, aber er schien völlig ernst. Und warum auch nicht? Ich bin schließlich mit seinen Methoden seit langem vertraut.

‹Besonders fehlte mir Ihre lebhafte Phantasie, Hastings›, fuhr er träumerisch fort. ‹Eine gewisse leichte Abwechslung tut manchmal not. Georges, mein Diener, ein ausgezeichneter Mann, mit dem ich ab und zu ein Detail besprach, hat überhaupt keine Phantasie.›»

Nicht immer war Poirot so subtil, und bald lagen er und Hastings sich wieder in den Haaren. In *Das Haus an der Düne* rief Hastings aufgebracht:

«Glauben Sie denn, ich hätte mit meiner Ranch drüben in Argentinien Erfolg gehabt, wenn ich der leichtgläubige Dummkopf wäre, als den Sie mich hinstellen?»

«Regen Sie sich nicht auf, *mon ami*. Sie haben es wirklich zu etwas gebracht – Sie und Ihre Frau.»
«Bella», sagte ich, «richtet sich stets nach meinem Urteil.»
«Sie ist so klug, wie sie charmant ist», sagte Poirot. (Und ihm fiel offenbar gar nicht auf, daß Hastings seiner Cinderella versehentlich den Namen ihrer Schwester gab. Was ging da wohl vor auf der Ranch?)
Trotz derartiger *contretemps* juckte es Hastings gleich wieder, den Watson zu spielen. Er blieb vom Jagdfieber gepackt, um Poirot bei seinem nächsten Fall, *Dreizehn bei Tisch,* beizustehen. Danach wurde er «plötzlich nach Argentinien zurückgerufen» und kam mehrere Jahre nicht wieder nach England. Die beiden letzten größeren Fälle noch frisch im Gedächtnis, schrieb er in dieser Zeit wahrscheinlich wie ein Wilder.
Es ist möglich, daß Hastings das Nebeneinkommen, das er sich mit der Schriftstellerei verdiente, gut gebrauchen konnte; auch in Argentinien gab es während der dreißiger Jahre, wie in den meisten anderen Ländern, wirtschaftliche Schwierigkeiten. Über seine nächste Reise schrieb er:
«Im Juni 1935 kehrte ich von meiner Ranch in Südamerika für etwa sechs Monate nach Hause zurück. Wir hatten da draußen schwere Zeiten hinter uns, hatten wir doch wie alle anderen die weltweite Depression zu spüren bekommen. Verschiedene geschäftliche Angelegenheiten, die meiner Ansicht nach nur persönlich erledigt werden konnten, riefen mich nach England. Meine Frau übernahm inzwischen die Leitung der Ranch.»
Wie zuvor scheint der Anlaß zu Hastings' Reise in Vergessenheit geraten zu sein, sobald er Poirots Salon betrat; die Jagd nach dem ABC-Mörder *(Die Morde des Herrn ABC)* war aber zugegebenermaßen auch besonders aufregend. 1936, ein halbes Jahr später, war Hastings schon wieder da, gerade rechtzeitig, um sich in einen interessanten Fall auf dem Land, über den in *Der ballspielende Hund* berichtet wird, einzuschalten.
Danach sollten aus Gründen, die nie erklärt wurden, viele Jahre vergehen, ehe der treue Hastings wieder einen von Poirots Fällen aufzeichnete. Es scheint, daß er endlich zur Ruhe gekommen war, und wir dürfen uns vorstellen, daß er manchen Abend wehmütig in dem neuesten Werk über Poirots Abenteuer blätterte, das er gerade aus England erhalten hatte.
Im Laufe der Jahre schienen diese innigen Freunde merkwürdigerweise von Zeit zu Zeit den Kontakt zu verlieren. «Es ist lange

her, daß ich von ihm gehört habe», sagte Poirot Anfang der sechziger Jahre in *Auf doppelter Spur.* «Wie absurd, sich ausgerechnet in Südamerika zu vergraben, wo es dauernd Revolutionen gibt.» Hastings fehlte ihm immer noch sehr – «Mein erster Freund in diesem Land – und mir immer noch der liebste Freund, den ich habe». In *Dreizehn bei Tisch* gestattete sich Hastings, über einen gefühlvollen Augenblick zu berichten:

«Als wir dann unseren Kaffee tranken, lächelte Poirot mich über den Tisch hinweg herzlich an. ‹Mein guter Freund›, sagte er, ‹ich brauche Sie mehr, als Sie ahnen.›

Ich war verwirrt und erfreut zugleich über diese unerwarteten Worte. Nie zuvor hatte er so etwas zu mir gesagt. Manchmal war ich insgeheim leicht gekränkt gewesen. Er schien es beinahe darauf anzulegen, meine geistigen Fähigkeiten verächtlich zu machen ...

Ich sah ihn über den Tisch hinweg an. Er rauchte eine seiner kleinen Zigaretten und betrachtete mich voller Güte.

‹*Ce cher* Hastings›, murmelte er. ‹Ich bringe Ihnen wahrhaftig große Zuneigung entgegen.›

Ich war erfreut, aber verlegen, und wechselte rasch das Thema.»

10

Der häusliche Poirot

Es war eine moderne Wohnung. Auch das Mobiliar des Zimmers war modern. Die Sessel waren eckig, die Stühle kantig. Ein moderner Schreibtisch stand quer vor dem Fenster, und an diesem Schreibtisch saß ein kleiner, alter Mann. Sein Kopf war praktisch das einzige im Raum, das nicht eckig war.

Auch Pünktlichkeit kann töten

Poirot war ein häuslicher Mensch; er liebte seine Bequemlichkeit und genoß es, in seinem eigenen kleinen Reich schalten und walten zu können. Immer war er zu Hause am glücklichsten, wo alles seine Ordnung hatte, der Schreibtisch genau am richtigen Platz stand, der Kleiderschrank sauber aufgeräumt war. Sollte die Welt zu ihm kommen. Nie scheint es ihm eingefallen zu sein, daß er seine Geschäfte als Privatdetektiv von einem anderen Ort als seinem Salon aus führen könnte. Dort empfing er seine Auftraggeber, von dort sandte er seine Mitarbeiter aus, dort hielt er hof. Dort saß er wie die Spinne im Netz.

Wir erinnern uns, daß Poirot während der ersten Jahre in England gemeinsam mit Hastings in Pensionen lebte, ein bequemes Arrangement, dem mehrere Generationen viktorianischer und edwardianischer Gentlemen die Weihe gegeben hatten. Jeder hatte sein eigenes Schlafzimmer, den Salon, wo die Mahlzeiten serviert und die Gäste empfangen wurden, teilte man sich.

Die ersten gemeinsamen Räume der Freunde waren, wie wir wissen, recht bescheiden, und die Wirtin hatte recht rüde Gewohnheiten. Dennoch verlebten Poirot und Hastings hier viele glückliche Stunden. In *Die Pralinenschachtel* liefert uns Hastings ein idyllisches Bild:

«Poirot und ich saßen vor dem Kamin, die Beine zum gemütlichen Feuer hin ausgestreckt. Zwischen uns stand ein kleiner Tisch, darauf auf meiner Seite ein Glas heißer Punsch, auf Poirots Seite eine

Tasse heiße Schokolade, die ich nicht um viel Geld getrunken hätte. Poirot schlürfte das dicke braune Gebräu aus der rosaroten Porzellantasse und seufzte zufrieden.»

Mindestens einmal – *Mord auf dem Siegesball* – wurden diese Räume zur kunstvollen Rekonstruktion eines Verbrechens genutzt. Hastings hat es beschrieben:

«Die Vorbereitungen faszinierten mich. Ein weißer Wandschirm, zu beiden Seiten von schweren Vorhängen flankiert, wurde auf der einen Seite des Zimmers aufgestellt. Als nächstes traf ein Mann mit irgendwelchen Beleuchtungsgeräten ein und schließlich eine Gruppe Schauspieler. Sie verschwanden in Poirots Schlafzimmer, das als provisorische Garderobe diente.»

Später wurde fünf nachdenklichen Gästen ein erlesenes kleines Abendessen serviert, das, darf man annehmen, nicht von der rüden Wirtin zubereitet worden war.

Als ihr Einkommen stieg, zogen Poirot und Hastings in die Farraway Street 14, eine nicht gerade «aristokratische» Adresse irgendwo im Zentrum von London. Die Räume waren besser ausgestattet, und die Wirtin, Mrs. Pearson, hatte mehr Sinn für gute Manieren und Ordnung.

In dieser Zeit begann Poirot von sich reden zu machen und stieg zum Modedetektiv auf. In *Die Augen der Gottheit* prahlte er mit seinem Ruhm: «‹*Comment?* sagt der eine zum anderen. Sie haben Ihr goldenes Schreibetui verloren? Sie müssen zu dem kleinen Belgier gehen. Er ist fabelhaft. Jeder geht zu ihm. *Courez!*› Und sie kommen. In Scharen, *mon ami.*»

Hastings stand mit Vorliebe am Salonfenster und beobachtete das Eintreffen neuer Auftraggeber. Erst läutete es unten, nach kurzer Pause waren auf der Treppe Schritte zu hören, dann ein Klopfen an der Tür zum Salon und die Stimme Mrs. Pearsons oder «des kleinen Dienstmädchens», die Besuch meldete. «Treten Sie ein», pflegte Poirot zu rufen, und wenn der Besucher der Aufforderung folgte, sah er sich in einem sehr ordentlich aufgeräumten Salon mit – bei drohender Kälte – fest geschlossenen Fenstern, einem offenen Kamin, in dem ein Feuer brannte, und zwei bequemen Sesseln, die nahe an das Feuer herangerückt waren. An der Wand neben dem Kamin hing ein Behälter für Streichhölzer, und auf dem Kaminsims stand die gerahmte Fotografie eines ehemaligen Premierministers mit der Widmung: «Meinem diskreten Freund Hercule Poirot – Alloway.» Vervollständigt wurde die Einrichtung des Zimmers durch einen Schreibtisch, ein Telefon, einen

Papierkorb, einen Bücherschrank und, beim Fenster, den Tisch samt Stühlen, an dem Poirot und Hastings ihre Mahlzeiten einnahmen. An einer Wand hing ein gerahmter Scheck über eine Guinee, das Honorar, mit dem Mrs. Todd in *Köchin gesucht* Poirot hatte abspeisen wollen, und an der Wand neben der Tür war ein Lichtschalter, den Poirot einmal, als er einen Anschlag der großen Vier fürchtete, mit einer alten Galosche betätigte.
Auch in der Farraway Street schloß Poirots Schlafzimmer an den Salon an. In *Poirot geht stehlen* postierte er Japp hinter der Tür, weil der ein Gespräch belauschen sollte, und in *Die großen Vier* kletterte durch eines der beiden Fenster ein aus einer Nervenheilanstalt Entsprungener, dem wenige Stunden später ein Killer folgte, der den armen Mann, während dieser auf dem Bett lag, umbrachte.
Dieses Zimmer scheint relativ groß gewesen zu sein, es mußte ja auch Poirots geräumiger Kleiderschrank hineinpassen. «Packpapier und Kartons», sagte er einmal zu Hastings, «stapelt man am besten oben auf dem Schrank. Ich mache das selbst so. Ordentlich aufgeräumt stören sie das Auge nicht.»
Ein Badezimmer und Hastings' Schlafzimmer befanden sich in derselben Etage. «Ich war gerade aus dem Bad gestiegen», erinnerte sich Hastings in *Die großen Vier,* «und dachte an ein gutes Frühstück, als ich im Salon Japps Stimme hörte. Ich schlüpfte in einen Bademantel und eilte hinein.»
Dies also war «die vertraute alte Umgebung», von der Hastings in späteren Jahren so wehmütig sprach. Nicht lange nach Hastings' Umzug nach Argentinien zog auch Poirot aus der Farraway Street fort, und man kann sich vorstellen, daß die gute Mrs. Pearson sich fragte, ob die beiden – der eine mit einer Akrobatin auf großer Fahrt nach Südamerika, der andere auf dem Weg aufs Land, um Eierkürbisse zu züchten – nicht völlig den Verstand verloren hatten.
Im Dorf King's Abbot lebte Poirot, wie wir wissen, fast ein Jahr lang in völliger Zurückgezogenheit und widmete sich ganz seiner skurrilen landwirtschaftlichen Mission. Am Ende dieses Jahres – etwa 1926 – tauchte er aus der Versenkung auf, um den Mord an Roger Ackroyd *(Alibi)* aufzuklären, und ermöglichte uns dadurch einen Blick auf das Haus, The Larches, das er sich in King's Abbot genommen hatte.
Neben den Eierkürbissen, die im ummauerten Garten still vor sich hin wuchsen, war das Originellste an dieser ländlichen Behausung die uralte bretonische Haushälterin, die offenbar kein

Wort Englisch sprach und stets eine «riesige bretonische Haube» trug. Man fragt sich, was für ein Leben sie führte, in einem fremden Land, in Stellung bei einem Einsiedler.
Die Tatsache, daß das kleine Wohnzimmer in The Larches mit «peinlicher Präzision» eingerichtet war, wird nicht überraschen. In *Alibi* schildert Dr. Sheppard einen Besuch:
«Poirot sprang mit offenkundiger Freude auf und kam mir entgegen. ‹Setzen Sie sich, mein Freund›, sagte er. ‹Den großen Sessel? Den kleinen? Ist Ihnen auch nicht zu heiß im Zimmer?›
Ich fand es erstickend, verkniff mir aber, das zu sagen. Die Fenster waren geschlossen, und im Kamin brannte ein großes Feuer.
‹Die Engländer, sie sind ganz verrückt auf frische Luft›, erklärte Poirot. ‹Frische Luft, die ist gut und schön draußen, wo sie hingehört. Warum sie ins Haus lassen?›»
Das Finale dieses berühmten Falls spielte sich in diesem Zimmer ab. Poirot hatte für das, was er «meine kleine Vorstellung» zu nennen pflegte, alles sorgfältig vorbereitet.
«Auf dem Tisch standen verschiedene *sirops* und Gläser. Außerdem ein Teller mit Keksen. Mehrere Stühle waren aus dem anderen Zimmer hereingebracht worden.
Poirot lief hin und her, um letzte Hand anzulegen. Er rückte hier einen Stuhl zurecht, stellte dort eine Lampe anders, bückte sich gelegentlich, um einen der Teppiche geradezuziehen, die den Boden bedeckten. Besonders genau nahm er es mit der Beleuchtung. Die Lampen waren so gruppiert, daß sie die eine Seite des Zimmers, wo die Stühle standen, in helles Licht tauchten, und die andere, wo, wie ich vermutete, Poirot selbst sitzen würde, im Halbdunkel ließen.»
Als Poirot nach Abschluß der Ackroyd-Affäre die Eierkürbisse aufgab und wieder ins Leben zurückkehrte, reiste er für einige Zeit an die französische Riviera. In dieser Zeit geruhte der unerschütterliche und «durch und durch englische» George, ehemals persönlicher Diener des verstorbenen Lord Edward Frampton, in seine Dienste zu treten, nachdem er in *Society Snippets* gelesen hatte, daß der kleine Detektiv im Buckingham-Palast huldvoll empfangen worden war. Von da an wurde Poirots Tür mit einem «gedämpften, förmlichen Gruß» geöffnet, heiße Schokolade erschien wie von Zauberhand, und seine Hosen waren stets tadellos gebügelt.
George – oder Georges, wie Poirot ihn oft nannte –, lakonisch, unemotional und unerhört tüchtig, begleitete Poirot bis zu dessen

Lebensende. Seinen Nachnamen erfahren wir nie, über sein Privatleben hören wir nur, daß er einen betagten Vater hatte, der in Eastbourne lebte.
George, der Poirot jeden Wunsch von den Augen ablas, die Tür öffnete, ans Telefon ging, die Gäste empfing, Besorgungen erledigte und ewig bügelte, hatte eine besondere Art, seinem Herrn Informationen zukommen zu lassen. In *Die vergeßliche Mörderin*:
«Herr und Diener sahen einander an. Die Kommunikation zwischen ihnen war nicht ganz einfach. Durch Intonation, eine Geste oder eine bestimmte Wortwahl pflegte George zu signalisieren, daß er eine Information auf Lager hatte, die man ihm entlocken konnte, wenn man die richtige Frage stellte.»
Häufig hatte die Information etwas mit dem gesellschaftlichen Rang einer Person zu tun. «Guten Abend, Sir», sagte George in *Vier Frauen und ein Mord* zu Poirot, «ein – Herr erwartet Sie.» Er nahm Poirot den Mantel ab.
«Ah ja?» Poirot hatte die kurze Pause vor dem Wort «Herr» sehr wohl wahrgenommen. George war ein unverbesserlicher Snob.
Im Gegensatz zu dem, was man vielleicht erwarten würde, war George auf seine steife Art gern der Diener eines berühmten Detektivs. Vielleicht lag es am Reiz des Neuen. In *Die Äpfel der Hesperiden* heißt es, daß es «Hercule Poirots Gewohnheit war, seine Fälle mit seinem fähigen Diener George zu besprechen», obwohl dieser doch Poirot zufolge «überhaupt keine Phantasie» besaß. Ja, George war sogar selbst kein schlechter Detektiv. In *Die Lernäische Schlange*:
Poirot sagte: «Haben Sie diese Puderdose schon einmal gesehen, George?»
«Ja, Sir. Ich beobachtete, wie diese Person sie am Freitag, dem achtzehnten, bei Woolworth kaufte. Ihren Anweisungen gemäß folgte ich der Dame stets, wenn sie ausging. Sie fuhr mit dem Bus nach Darnington und kaufte diese Puderdose. Sie nahm sie mit nach Hause. Später am selben Tag ging sie in das Haus, in dem Miss Moncrieffe wohnt. Ich befand mich, wie Sie angewiesen hatten, bereits in diesem Haus. Ich beobachtete, daß sie in Miss Moncrieffes Schlafzimmer ging und diese Puderdose hinten in deren Kommodenschublade versteckte. Ich hatte durch den Türspalt gute Sicht. Dann ging sie wieder in dem Glauben, nicht beobachtet worden zu sein.»
Als Poirot Ende der zwanziger Jahre von der Riviera nach London zurückkehrte, nahm er sich für kurze Zeit – ohne George – unter

dem Namen O'Connor eine abgeschlossene Wohnung im fünften Stock eines Mietshauses, eine auffallende Abweichung von seinen bisherigen häuslichen Arrangements. In dem nachfolgenden Abenteuer, *Tot im dritten Stock,* bekommen wir Poirots Wohnung mit «Blick auf London» allerdings nie zu sehen, und wenig später finden wir ihn zusammen mit George in neuer Umgebung, die Hastings bei einem Besuch im Jahr 1932 mit der altvertrauten Wendung «unsere Räume» beschrieb. Im Salon, heißt es, standen auf dem Kaminsims eine Uhr und Rosen, Poirots «angestammter Sessel» war da, sonst erfahren wir wenig.

Diese «Räume» gab Poirot offenbar auf, um es noch einmal mit dem Ruhestand zu versuchen, diesmal in Monte Carlo. In *Nikotin* nämlich, auf Besuch zurück in London, wohnt er in einer «etwas überladenen Suite im Ritz». Er scheint diesen Besuch, der eigentlich der Aufklärung einer Mordserie galt, auch zu ernsthafter Wohnungssuche genutzt zu haben; im Jahre 1935 jedenfalls, in *Der verräterische Garten,* hat er sich wieder als Privatdetektiv in London niedergelassen und sich die tüchtige Miss Lemon als Sekretärin zugelegt. Von seinem nächsten Besuch bei Poirot berichtet Hastings:

«Er hatte sich in einer Etagenwohnung mit Bedienung modernsten Stils eingerichtet. Ich beschuldigte ihn (und er gab es zu), dieses Haus einzig wegen seiner geometrischen Formen und Proportionen gewählt zu haben.»

Dieses ultramoderne Gebäude war Whitehaven Mansions. Man möchte natürlich gern wissen, wo in London das war. Einige Indizien scheinen auf Chelsea hinzudeuten. In *Mit offenen Karten* ging Poirot von Mrs. Lorrimers Haus in der Cheyne Lane 111 in Chelsea zu Fuß in Richtung King's Road und war «sofort wieder da», als er am folgenden Morgen erneut in die Cheyne Lane gerufen wurde. Handfestere Hinweise deuten auf Mayfair. In *Rätsel um Arlena* trug Poirot im Jolly Roger Hotel als Adresse «Whitehaven Mansions, London, W.1» ins Register ein, und in *Die Gefangennahme des Zerberus* stieg er nach der Heimfahrt mit der Untergrundbahn «zur Straße hinauf und trat in das betriebsame Leben am Piccadilly Circus hinaus». In *Vier Frauen und ein Mord* lesen wir: «Poirot bog in den Hof seines Wohnblocks ab. Wie stets schwoll ihm das Herz vor Genugtuung. Er war stolz auf sein Zuhause. Ein prachtvoller symmetrischer Bau. Der Aufzug brachte ihn in den dritten Stock hinauf, wo er eine große, komfortable Wohnung mit viel blitzendem Chrom, eckigen Sesseln und strengen rechtecki-

gen Schmuckgegenständen hatte. Man konnte ohne zu lügen sagen, daß es in der Wohnung nicht eine einzige Rundung gab.»
In dieser Wohnung hauste Poirot glücklich und zufrieden bis an sein Lebensende. Wie hätte ein Besuch bei ihm sich abgespielt?
Nach Ankunft des Aufzugs im dritten Stock hätte der Besucher bei Wohnung 203 geläutet und den «schrillen» Klang der Glocke vernommen. Er wäre von George empfangen und vielleicht mit einem flüchtigen Lächeln begrüßt worden, wäre er ihm bekannt gewesen. War man dem Diener nicht bekannt und hatte keinen Termin bei Poirot, so wäre man aufgefordert worden, im «quadratischen weißen Vorsaal» Platz zu nehmen, und George hätte sich zurückgezogen, um Poirot Meldung zu machen. Wäre Poirot geneigt gewesen, einen zu empfangen, so hätte George einem Hut und Mantel abgenommen und hätte einen durch einen «schmalen Flur» in den Salon geführt. Dort wäre man mit «ausgesuchter Höflichkeit» von Poirot begrüßt worden, wäre man ein Fremder oder gar ein Gegner gewesen, oder mit Freuden, so man ein Freund war. «In seinen blitzenden Lackschuhen kam er mit ausgestreckten Armen auf mich zu», schrieb Colin Lamb in *Auf doppelter Spur*. Nach der Begrüßung wäre man aufgefordert worden, doch bitte Platz zu nehmen.
«Hübsch haben Sie es hier, Monsieur Poirot», bemerkte Charles Arundell beifällig in *Der ballspielende Hund*. Charles war ein flotter junger Lebemann und dürfte überrascht gewesen sein, diesen ältlichen Detektiv in einer Art-déco-Wohnung vorzufinden. Der chromblitzende Salon wird in *Die Arbeiten des Herkules* beschrieben:
«Ein quadratischer Raum mit guten, modernen, eckigen Möbeln – sogar eine gute moderne Skulptur: zwei übereinander plazierte Würfel, gekrönt von einem geometrischen Arrangement aus Kupferdraht.»
Elektrische Heizkörper, die in die Wände eingelassen waren, vertrieben den leisesten Hauch von Kälte oder Feuchtigkeit. Der «quadratische Kamin» wurde selten benutzt, doch der verchromte Vorsatz machte sich gut.
Auf dem Kaminsims stand eine Uhr, darüber hing ein Spiegel, und zu beiden Seiten standen zwei kantige Sessel in genau gleichem Winkel. Ein Sofa und mehrere Stühle waren als zusätzliche Sitzgelegenheiten vorhanden.
Besonders liebte Poirot seinen «schönen modernen Schreibtisch», der am Fenster stand. «Seine glatte eckige Form war ihm angeneh-

mer als die weichen Konturen antiker Möbelstücke», bemerkte Hastings einmal. «Sein Inhalt», schrieb er ein andermal, «war, das brauche ich wohl kaum zu sagen, säuberlich geordnet in Fächern und Schubladen untergebracht . . .» Die Schubladen waren natürlich abgeschlossen.

In einem Alkoven stand ein Tisch, und weitere kleine eckige Tische waren an verschiedenen Stellen im Raum plaziert. Auf einem waren Telefon und Telefonbuch, auf einem anderen stand eine Dose mit Zigaretten.

An den Fenstern hingen Vorhänge (vielleicht aus dem rotgoldenen Stoff, den Poirot in *Der Tod auf dem Nil* in Assuan gekauft hatte), und an den Wänden hingen Stiche. «Die sind ja wirklich gut», sagte Anne Meredith in *Mit offenen Karten* und stand auf, um sie näher anzuschauen. In Anbetracht des übrigen Dekors hätte man bei diesen Bildern moderne Sachlichkeit erwartet; in *Der Traum* erfahren wir allerdings, daß Poirots Kunstgeschmack «immer einigermaßen bürgerlich» war und zum «Opulenten und Überladenen» neigte.

Außerdem stand im Salon ein großer Bücherschrank. Poirot konnte sich – wie in *Die Augen der Gottheit* – sehr aufregen, wenn ein Buch nicht wieder an seinen richtigen Platz gestellt wurde.

«‹Sehen Sie nicht, daß die größten Bücher auf das oberste Bord gehören, die zweitgrößten auf das darunter und so weiter. Auf diese Weise schaffen wir Ordnung, Methode, die mir, wie ich Ihnen oft gesagt habe, Hastings –›

‹Natürlich›, sagte ich hastig und stellte das Buch an seinen ihm gemäßen Platz.›»

Das Sortiment auf den Borden war eine kunterbunte Mischung und zeugte von Poirots intensiver Beschäftigung mit allem, was englisch war. Dazu kamen die Bibel, Bücher über Psychologie, ein «uraltes, abgegriffenes» Exemplar von *The Magic of the Egyptians and Chaldeans*, mehrere «Bände über das Mittelalter» (vermutlich nützlich, um Schwarzer Magie entgegenzuwirken), ein russisches Sprachlehrbuch (vermutlich nützlich, um die Gräfin Rossakoff zu verstehen), *Alice hinter den Spiegeln*, eine eselsohrige Sammlung englischer Kinderreime, Dickens' Romane, einiges von Trollope, *Under the Fig Tree* (Geschenk der Romanschriftstellerin Mrs. Otterbourne aus *Der Tod am Nil*), ein Band englische Lyrik, Tennysons und Wordsworth' gesammelte Werke und, Poirots Lieblingslektüre, die Stücke Shakespeares.

Es standen auch Akten in dem Bücherschrank (in *Die Äpfel der Hesperiden* nahm Poirot einen «mit dem Buchstaben D gekennzeichneten Ordner herunter und schlug ihn bei ‹Detekteien – zuverlässige› auf»), viele kriminologische Werke und eine bedeutende Sammlung von Kriminalromanen. («Ich schätze den amerikanischen Kriminalroman sehr. Ich finde, er ist origineller und phantasievoller als der englische.») Neben den Klassikern enthielt Poirots Sammlung Werke zeitgenössischer Autoren, z. B. auch seiner Freundin Ariadne Oliver und seines Fans Daniel Clancy, eines nervösen jungen Kriminalschriftstellers, dem wir in *Tod in den Wolken* begegnen. Diese umfassende Sammlung bildete die Grundlage zu Poirots eigenem Buch, seiner «Analyse großer Kriminalschriftsteller».

Neben dem Salon, der von zentraler Bedeutung war, hatte die Wohnung 203 sieben weitere Räume: ein «winziges» Eßzimmer, manchmal als «das andere Zimmer» bezeichnet, Miss Lemons Büro, Poirots Schlafzimmer, ein Gästezimmer, Georges Zimmer, ein Bad und eine Küche. Saubergehalten wurden diese Räume von einer Putzfrau, deren Namen wir nie erfahren.

Und wer hat gekocht? George konnte ein akzeptables *omelette fines herbes* zubereiten, einen ordentlichen Nachmittagstee mit «Teekuchen und symmetrischen Brötchen» auf den Tisch bringen, und er machte sicherlich Poirots Frühstück, aber größere Mahlzeiten – wenn Poirot einmal zu Hause aß – wurden zweifellos geliefert. Das eben war ja eine der Attraktionen von Whitehaven Mansions, daß die Mieter entweder im hauseigenen Restaurant essen oder sich ihre Mahlzeiten «kommen lassen» konnten.

Über Poirots «Geschäftstag» werden wir in einem späteren Kapitel einiges erfahren, sein Tag zu Hause begann damit, daß George seinem Herrn zum Aufwachen eine Tasse Kaffee ans Bett brachte. Nach dem Aufstehen machte Poirot gründlich Toilette, das dauerte ungefähr drei Viertelstunden, dann erschien er «frisch geschniegelt und gestriegelt» Punkt neun zum Frühstück. «Poirot hielt eisern am kontinentalen Frühstück fest», schrieb Hastings in *Das Haus an der Düne*, einem Fall, der in den dreißiger Jahren spielt, und das war gut so, da Poirot in der vorangegangenen Dekade mit dem englischen Frühstück offenbar ständig in Fehde lag. «Es ist wirklich unerträglich», beschwerte er sich in *Das Verschwinden Mr. Davenheims*, «daß die Hennen alle Eier unterschiedlicher Größe legen!» In *Mord auf dem Golfplatz* regte er sich über den Toast auf:

«Ah, *par exemple, c'est trop fort!*» rief er.

«Was ist denn?»

«Diese Scheibe Toast! Sehen Sie nicht?» Er riß die Scheibe des Anstoßes aus dem Gestell und hielt sie mir vor die Nase.
«Ist sie viereckig? Nein. Ist sie dreieckig? Wieder nein. Ist sie wenigstens rund? Nein. Hat sie überhaupt eine Form, die dem Auge nur im mindesten gefällig ist? Was für eine Symmetrie haben wir denn hier? Überhaupt keine.»
Beim vertrauteren *petit déjeuner* war er in seiner Kritik gemäßigter. In *Die vergeßliche Mörderin*:
«Hercule Poirot saß am Frühstückstisch. Zu seiner Rechten stand eine dampfende Tasse Schokolade ... Dazu gab es ein Brioche. Es paßte gut zur Schokolade. Er nickte beifällig. Das Gebäck stammte aus dem vierten Laden, bei dem er sein Glück versucht hatte. Es war eine dänische *pâtisserie,* aber der sogenannten französischen gleich in der Nähe weit überlegen. Diese Leute waren nichts als Betrüger.»
Während er seine Schokolade (oder gelegentlich Kaffee) trank, «schichtete Hercule Poirot seine Briefe zu einem ordentlichen Stapel. Er nahm den obersten Brief, studierte einen Moment die Adresse, schlitzte dann den Umschlag säuberlich mit dem kleinen Brieföffner auf, der eben zu diesem Zweck stets auf dem Frühstückstisch lag, und entnahm den Inhalt.»
Nach Durchsicht der Briefe wandte Poirot sich den Zeitungen zu. In den frühen Tagen der Wohngemeinschaft bekannten sich Poirot und Hastings «recht beschämt schuldig», regelmäßig die, wie Poirot sie nannte, «köstlichen englischen Skandalblätter» zu goutieren. Hastings las dann gewöhnlich beim Frühstück die sensationellen Schlagzeilen vor, die die verschiedenen Blätter zu bieten hatten. Später scheint Poirot eher die solideren Zeitungen bevorzugt zu haben, sagte aber in *Morphium* dennoch, «die Zeitungen, sie sind so ungenau, ich verlasse mich nie auf das, was sie berichten». In *Alibi* hatte er die *Daily Budget* abonniert, in *Die vergeßliche Mörderin* die *Morning News,* die *Daly Comet* und die *Times,* doch in *Die Ställe des Augias* gestand er, «leicht errötend», eine flüchtige Bekanntschaft mit einem Revolverblatt namens *X-Ray News.*
Hatte Poirot die Zeitungen ordentlich gefaltet beiseite gelegt, so begann sein Arbeitstag. Wenn er zu Hause blieb und die Termine Zeit dazu ließen, brachte George ihm häufig im Laufe des Vormittags eine Tasse Schokolade. Mittagessen gab es «um halb eins, wenn möglich, aber auf keinen Fall später als eins», und danach folgte oft ein geruhsames halbes Stündchen im Sessel bei einer Tasse reichlich gezuckertem Kaffee.

Neben Schokolade und Kaffee führte er sich im Laufe eines Tages auch immer wieder *tisanes* und *sirops* zu Gemüte, die er mit gleicher Begeisterung genoß. In den Zeiten vor George bereitete sich Poirot seine Kräutertees – meistens Kamille – auf einem Spirituskocher selbst zu. Hastings fand diese ganze Prozedur «ekelhaft». Er war nicht der einzige, der den *tisanes* nichts abgewinnen konnte. «Sie schmeckten scheußlich und rochen durchdringend», erklärte Colin Lamb in *Auf doppelter Spur*. Poirot waren sie Trost in jeder Lebenslage. In *Der Prügelknabe*:
«Eine Tasse *tisane*, George. Meine Nerven sind sehr strapaziert.»
Ein Glas *sirop* – vor allem *sirop de cassis* («schwarze Johannisbeere für uns einfache Leute», schrieb Colin Lamb) – war Poirots Lieblingsgetränk in Gesellschaft. Oft drängte er es seinen Gästen auf, die, wenn sie es schon früher probiert hatten, im allgemeinen ablehnten, wie zum Beispiel Inspektor Japp in *Die Gefangennahme des Zerberus*:
«Nein, danke, ich nehme lieber keinen von Ihren extravaganten *sirops*. Ich muß auf meinen Magen achten. Ist das da drüben Whisky? Das ist mehr mein Fall.»
Poirot bekam viel Besuch. Im Laufe eines typischen Tages mußte George unzählige Male zur Tür gehen, und kaum war er zurück in der Küche, wurde er per Glocke schon wieder in den Salon zitiert. In *Vier Frauen und ein Mord*:
«Poirot bedrängte den Gast mit Angeboten: Grenadine? Crème de Menthe? Benedictine? Crème de Cacao? ...
In diesem Moment trat George mit einem Tablett ein, auf dem Whiskyflasche und ein Siphon standen. ‹Oder ein Bier, wenn Sie das vorziehen, Sir?›
Superintendent Spence' Gesicht leuchtete auf. ‹Ja, ein Bier›, sagte er.»
Poirot hatte auch Sherry, Kognak und Portwein zu bieten, Dr. Burton in *Die Arbeiten des Herkules* bekam sogar ein Glas Château Mouton Rothschild, bei einer kurzfristig angesetzten Lagebesprechung in *Die Morde des Herrn ABC* wurde zu den belegten Brötchen Wein serviert. Dr. Sheppard *(Alibi)* dagegen hatte Pech:
«Poirot nahm mich gastfreundlich auf. Auf einem kleinen Tisch hatte er eine Flasche irischen Whisky (den ich verabscheue) bereitgestellt ...»
Obwohl Poirot schwarzen Tee absolut nicht mochte («euer englisches Gift», nannte er ihn) und stets aufatmete, wenn ein Gast ein anderes Getränk vorzog, wußte er, daß es Anlässe gab, wo nur

Tee in Frage kam. Zur Beruhigung einer nervösen Zeugin in *Das Geheimnis der Schnallenschuhe* zum Beispiel:

«Aus langjähriger Erfahrung im Umgang mit den Engländern schöpfend, schlug Poirot eine Tasse Tee vor. Miss Nevills Reaktion ließ nichts zu wünschen übrig.

‹Das ist wirklich sehr gütig von Ihnen, Monsieur Poirot. Auch wenn das Frühstück noch nicht lange her ist – eine Tasse Tee kann man immer vertragen, nicht wahr?›

Poirot, der Tee überhaupt nicht vertragen konnte, stimmte heuchlerisch zu.»

Später kapitulierte Poirot in seinem Kampf gegen den Tee. In *Schneewittchen-Party*, Ende der sechziger Jahre, heißt es:

«Obwohl er persönlich *le five o'clock* nicht schätzte, weil er die angemessene Würdigung der köstlichsten Mahlzeit des Tages, des Abendessens, verhinderte, hatte Poirot sich allmählich angewöhnt, ihn zu servieren.»

Gelegentlich hatte Poirot Gäste zum Abendessen. In *Tod in den Wolken* beispielsweise lud er zwei französische Kollegen und Inspektor Japp ein:

«In allgemeinem Einverständnis wurde während des ausgezeichneten Mahls, das der kleine Belgier seinen Freunden servieren ließ, nicht von dem Fall gesprochen.

‹Man kann also doch auch in England gut essen›, murmelte Fournier beifällig, während er diskret mit dem aufmerksam bereitgelegten Zahnstocher arbeitete.

‹Ein köstliches Essen, Monsieur Poirot›, sagte Thibault.

‹Bißchen französisch angehaucht, aber verdammt gut›, erklärte Japp.»

In abendlichen Mußestunden zu Hause las Poirot gern. In *Auf doppelter Spur* sehen wir ihn bequem in seinem Sessel sitzen:

«Zu seinen beiden Seiten türmten sich wohlgeordnete Bücherstapel auf dem Boden. Weitere Bücher lagen auf dem Tisch zu seiner Linken, rechts stand eine dampfende Tasse.»

Der Abend wird auch die Zeit gewesen sein, in der er schrieb. Poirot war nämlich nicht nur ein berühmter Detektiv, er hatte auch bescheidene Erfolge als Autor. In *Der Tod auf dem Nil* sagte ein Mitpassagier, Mr. Ferguson, vorlaut:

«Was ist denn los mit Ihnen, Monsieur Poirot? Sie scheinen tief in Gedanken zu sein.»

Poirot fuhr erschrocken zusammen. «Ich überlege, das ist alles. Ich überlege.»

«Meditation über den Tod. Der Tod, die wiederkehrende Dezimale, von Hercule Poirot. Eine seiner bekannten Monographien.»
«Monsieur Ferguson», sagte Poirot, «Sie sind ein sehr impertinenter junger Mann.»
In *Das Haus an der Düne* fragte Poirot Nick Buckley:
«Sie kennen meinen Namen, wie?»
«Oh! Ja.»
Poirot beobachtete sie scharf.
«Sie sind in Verlegenheit. Das bedeutet vermutlich, daß Sie meine Bücher nicht gelesen haben.»
«Äh – nein – nicht alle. Aber ich kenne natürlich den Namen.»
Im allgemeinen ging Poirot gegen Mitternacht zu Bett. Die Fenster mußten geschlossen sein, auf dem Nachttisch hatte eine Flasche Mineralwasser zu stehen. Er besaß in der Regel einen leichten Schlaf. Manchmal, wenn ein Fall ihn beschäftigte, schlief er schlecht. In *Der Wachsblumenstrauß* zum Beispiel:
«Flüchtige Gesprächsfetzen, Blicke, Bewegungen – alles schien in der Einsamkeit der Nacht von einer tiefen Bedeutung, die er nicht erfassen konnte. Er war an der Schwelle zum Schlaf, aber der Schlaf verweigerte sich ihm.»
Als er in dieser Nacht schließlich doch einschlief, träumte er von karminroter Farbe, von Wachsblumen und Nonnen und erwachte mit der Lösung des Rätsels.
Kurz nach Ende des Zweiten Weltkriegs kaufte Poirot ein Wochenendhaus, obwohl er, wie er sich in *Das Eulenhaus* selbst eingestand, das Landleben eigentlich gar nicht mochte:
«Das Wochenendhaus – so viele seiner Freunde schwärmten davon –, er war schwach geworden und hatte Resthaven gekauft, obwohl ihm nichts daran gefiel außer der Form. Es war so viereckig wie ein Kasten. Aus der umgebenden Landschaft machte er sich nichts, obwohl sie, wie er wußte, als besonders schön galt. Sie war zu asymmetrisch, um ihm gefallen zu können . . .
Das Beste an Resthaven war seiner Meinung nach der kleine Gemüsegarten, akkurat angelegt von seinem belgischen Gärtner Victor.»
Zu dieser Zeit waren Poirot offenbar die Ambitionen als Gemüsezüchter vergangen. Immer jedoch zog ein gut gepflegter Gemüse- oder Kräutergarten seinen Blick auf sich, und mit Blumen kannte er sich recht gut aus, auch wenn er immer so tat, als hätte er für die Natur nichts übrig. «Wissen Sie den Namen dieser Rose?» fragte er Peter Lord in *Morphium*. «Es ist eine Zephyrine Droughin, mein

Freund» – eine Feststellung, die in diesem Fall einen wichtigen Durchbruch brachte.
Tatsache ist jedoch, daß Poirot im Grunde ein Stadtmensch war. Resthaven mit seinen präzise gestutzten Hecken und seinem ordentlichen Wohnzimmer, in dem jedes Ding «immer zweimal» vorhanden war, wurde genau wie The Larches in King's Abbot bald aufgegeben, und Poirot zog wieder ganzjährig nach London. In den sechziger Jahren wurde Whitehaven Mansions, das von moderneren Nachbarn allmählich in den Hintergrund gedrängt worden war, restauriert. In *Auf doppelter Spur* schrieb Colin Lamb:
«Ich war lange nicht mehr in Whitehaven Mansions gewesen. Vor einigen Jahren noch war dieser moderne Bau einem sofort ins Auge gesprungen, jetzt standen zu seinen beiden Seiten viele andere, imposantere und modernere Gebäude. Drinnen fiel mir auf, daß es vor kurzem aufgemöbelt worden war. Man hatte es in Gelb- und Grüntönen neu gestrichen.»
Und in Wohnung 203 fand er einen Poirot vor, der ziemlich aus dem Häuschen war:
«Ich bin in Sorge. Ich bin in großer Sorge. Man will diese Wohnung renovieren und restaurieren und sogar bauliche Veränderungen vornehmen.»
«Aber das wird sie doch wohnlicher machen.»
«Ja, das wird sie wohnlicher machen – aber für mich wird es äußerst lästig werden. Es wird Unordnung geben und nach Farbe riechen!» Seine Miene zeigte Empörung.
Zum Glück scheinen die Renovierungen am Originalstil des Gebäudes nichts verändert zu haben. Einige Jahre später nämlich beschrieb Ariadne Oliver in *Schneewittchen-Party* Poirots Wohnung als «ultramodern, sehr abstrakt, nichts als Quadrate und Würfel». Vor diesen Ereignissen änderte das Gebäude aus unerfindlichen Gründen vorübergehend seinen Namen. In *Die Katze im Taubenschlag* hieß es plötzlich, Poirot wohne in Whitehouse Mansions. Vielleicht erklärt das Ariadne Olivers Verwirrung in den siebziger Jahren in *Elefanten vergessen nicht*, als sie auf dem Weg zu Poirot zu einem Freund sagte:
«Ich glaube, es heißt Whitefriars Mansion. Ich weiß den Namen nicht mehr, aber ich weiß, wo es ist.»
«Oh, so ein moderner Bau. Sehr geometrisch und quadratisch.»
«Richtig.»
Von diesem geometrischen Ort aus kämpfte Poirot tapfer mit einer Welt, in der bedauerlich viel schieflief.

11

Poirot unterwegs

Sie tauschten Bemerkungen aus über einen neuen
Gast, der soeben eingetroffen war, und versuchten,
seine Nationalität zu erraten. Harold meinte, mit einem
solchen Schnurrbart könne er nur Franzose sein
– Elsie sagte: Deutscher –, und Mrs. Rice
hielt ihn für einen Spanier.

Die Stymphaliden

Wenn man Poirots Klagen glauben darf, trieben ihn berufliche und gesellschaftliche Verpflichtungen viel zu oft aus seiner gemütlichen Wohnung. Manchmal geschah das zu seinem großen Verdruß gleich mehrmals am Tag. Seine Lust oder Unlust auszugehen, war allerdings stark vom Wetter abhängig. Wind und Regen, die nasse Füße und einen derangierten Schnurrbart verhießen, beobachtete er in düsterer Stimmung vom Salonfenster aus, während ein sonniger Tag seinen Unternehmungsgeist weckte.
Viel Zeit verbrachte Poirot in Taxis. Hin und wieder nahm er die Untergrundbahn. In *Die Gefangennahme des Zerberus*:
«Der Zug setzte sich mit einem Ruck in Bewegung. Poirot wurde gegen eine dicke Frau mit unförmigen Paketen geschleudert, sagte ‹Pardon›, prallte gegen einen großen knochigen Mann, dessen Aktenkoffer ihm ins Kreuz schlug, und sagte wieder ‹Pardon›. Er spürte, wie sein Schnurrbart welkte. *Quel enfer!*»
In *Mit offenen Karten* stieg er sogar einmal in einen Bus, und ab und zu mischte er sich auch unter die Fußgänger. In *Das Geheimnis der Schnallenschuhe* beschäftigten ihn Überlegungen «... auf seinem Heimweg, bis er den Regent's Park erreichte. Er beschloß, ein Stück durch den Park zu gehen, ehe er ein Taxi nahm. Er wußte aus Erfahrung auf den Moment genau, wann seine eleganten Lackschuhe anfangen würden zu drücken ...»
Poirot liebte London, und seine Ausflüge in die Stadt hatten nicht immer nur mit Verbrechen und Mord zu tun. In *Mit offenen Karten*

erfahren wir, daß er eine Ausstellung alter Schnupftabaksdosen besucht, in *Auf doppelter Spur* treffen wir ihn bei einer Versteigerung von Originalmanuskripten und in *Die Arbeiten des Herkules* auf einer Ausstellung in der Royal Academy.
Sehr gern ging er ins Theater und danach zum Essen ins Savoy. In *Der ballspielende Hund* allerdings erinnert Hastings sich an eine kritische Situation:
«Ich beging den Fehler, Poirot in ein Kriminalstück mitzunehmen. Ich kann danach nur allen meinen Lesern einen Rat geben: Gehen Sie niemals mit einem Soldaten in ein Kriegsstück, niemals mit einem Seemann in ein Stück, das mit der Seefahrt zu tun hat, niemals mit einem Schotten in ein Stück, das in Schottland spielt, und niemals mit einem Detektiv in einen Krimi ... Poirot schimpfte unaufhörlich über die mangelnde Psychologie, und die Schlamperei des Detektivs trieb ihn fast zum Wahnsinn.»
Bei Shakespeare hatte er nichts dergleichen zu bemängeln, wie eine Reihe seiner Fälle bezeugen, und wenn er den *Othello* sah, war er jedesmal wieder von Jagos Charakter fasziniert:
«Eifersucht», sagt er in *Das Haus an der Düne*, «gibt es nicht nur in einer Liebesbeziehung. Es gibt den Neid – Neid auf Besitz – auf Überlegenheit. Eine Art der Eifersucht wie sie den Jago Ihres großen Shakespeare zu einem der schlauesten Verbrechen trieb, das je verübt wurde.»
Poirot zog das Theater dem Kino bei weitem vor. Zu Beginn von *Vier Frauen und ein Mord* lesen wir:
«Er bog in die Shaftesbury Avenue ein. Sollte er weitergehen zum Leicester Square und den Abend in einem Kino verbringen? Stirnrunzelnd schüttelte er den Kopf. Meistens ärgerte er sich über Filme, die dürftige Handlung machte ihn wütend – der Mangel an logischer Kontinuität –, selbst die Fotografie, die manche begeistern konnte, schien Hercule Poirot häufig nicht mehr als verfremdende Abbildung, die Schauplätze und Objekte ganz anders darstellte, als sie in Wirklichkeit waren.»
An den meisten Abenden konnte Poirot, wenn er wollte, «tadellos gekleidet» am Londoner Gesellschaftsleben teilnehmen. Er pflegte zwar über gesellschaftliche Verpflichtungen zu jammern und zu behaupten, das Alleinsein sei ihm wichtig, tatsächlich aber genoß er den Rummel sehr, wie Hastings in *Poirot geht stehlen* berichtete. Nichts gefiel ihm besser, als wenn man recht viel Aufsehens von ihm machte und ihn wie einen Star behandelte.
Berühmt, wie er war, war er ein vielbegehrter Gast. Als er in *Auch*

Pünktlichkeit kann töten einen laufenden Fall mit einem bestimmten Freund besprechen wollte, brauchte er nur einen Stapel Einladungen von seinem Schreibtisch zu nehmen und – «sein Gesicht hellte sich auf. ‹*A la bonheur!* Genau das Richtige. Dort werde ich ihn sicher antreffen.›» Wenig später:
«Eine Herzogin begrüßte Hercule Poirot überschwenglich: ‹Sie konnten also doch kommen, Monsieur Poirot. Das ist ja wunderbar!›
‹Das Vergnügen ist ganz auf meiner Seite, Madame›, murmelte Poirot und verneigte sich.
Er entwischte mehreren wichtigen und glanzvollen Persönlichkeiten . . . und entdeckte endlich den Mann, den er suchte, diesen unweigerlich ‹ebenfalls anwesenden› Gast, Mr. Satterthwaite.»
Gelegentlich besuchte Poirot auch Nachtlokale – vor allem als die Gräfin Rossakoff selbst eines führte –, aber er tanzte nicht gern und vertrieb sich die Zeit lieber auf gesetztere Weise. In *Die großen Vier* wird erwähnt, daß er früher einmal Schach spielte, aber in England spielte er Bridge. In *Dreizehn bei Tisch* endete eine Partie mit «großem finanziellen Gewinn» für Poirot und Sir Montagu Corner, und in *Mit offenen Karten* besiegte er gemeinsam mit Colonel Race seine Freundin Ariadne Oliver und Superintendent Battle. Poirot spielte gut, aber vorsichtig: «Ich gebe zu, ich habe nicht den Nerv, auf einen Groß-Schlemm zu gehen. Ich begnüge mich mit dem einfachen Spiel.»
Poirots liebstes Vergnügen aber war es, zum Essen auszugehen. «Zuerst gehen wir essen, Hastings», erklärte er in *Dreizehn bei Tisch*, «und vor dem Kaffee sprechen wir kein weiteres Wort mehr über den Fall.» Das war sein *modus operandi.*
Natürlich ließ er sich auch gern zum Abendessen einladen, wie zum Beispiel in *Mit offenen Karten*, wo, wie wir uns erinnern, der Gastgeber der reiche und teuflische Mr. Shaitana war:
«Das Essen war köstlich und wurde perfekt serviert. Gedämpftes Licht, glänzendes Holz, der bläuliche Schimmer irischen Glases. Mr. Shaitana, der am Kopf der Tafel saß, sah im dämmrigen Licht diabolischer aus denn je.»
Nicht immer waren es die Reichen und Berühmten, bei denen Poirot zu Gast war. In *Die Kleptomanin* genoß er in einem Studentenheim, das von Mrs. Hubbard, Miss Lemons Schwester, geleitet wurde, ein vorzügliches Mahl.
Nach dem Abendessen oder bei einem Souper nach dem Theater ließ Poirot sich manchmal von den Gastgebern überreden, neben

Kaffee und Likör noch ein anderes Getränk zu probieren. In *Dreizehn bei Tisch* trank er Champagner – «möglicherweise ein Glas zuviel», nach Hastings' Meinung –, und hin und wieder nahm er auch einmal einen trockenen Martini, aber niemand konnte ihn dazu bewegen, «Ihr englisches Nationalgetränk», Whisky-Soda, zu versuchen. In *Nikotin* rief er:
«Den Sherry, den ziehe ich dem Cocktail und tausendmal dem Whisky vor. *Ah, quelle horreur,* dieser Whisky. Whiskytrinken ruiniert den Gaumen – absolut. Wenn man die feinen Weine Frankreichs würdigen will, darf man niemals – Ah, *qu'est-ce qu'il ya?*»
Das merkwürdige Geräusch, das ihn mitten in der Rede unterbrach, war der erstickte Schrei eines Gastes, der «schwankend, mit verzerrtem Gesicht dastand. Das Glas fiel ihm aus der Hand auf den Teppich; er torkelte blind ein paar Schritte, dann brach er zusammen.» So etwas kam auf den Gesellschaften, die Poirot besuchte, häufiger vor.
Mit Vergnügen speiste er in guten Restaurants. Zu Beginn von *Der Tod auf dem Nil* erleben wir ihn im eleganten kleinen Restaurant von Gaston Blondin:
«Nur höchst selten ließ M. Blondin sich huldvoll dazu herab, einen Gast persönlich zu begrüßen, ihn zu einem bevorzugten Tisch zu geleiten und einige passende Worte mit ihm zu wechseln.
An diesem Abend hatte er es dreimal getan – einmal für eine Herzogin, einmal für einen berühmten Parlamentarier und einmal für einen komischen kleinen Mann mit bombastischem schwarzem Schnurrbart, der, hätte der zufällige Beobachter geglaubt, dem Restaurant durch seine Anwesenheit gewiß keine Ehre machen konnte.
M. Blondin jedoch floß förmlich über vor Zuvorkommenheit. Obwohl neuen Gästen seit einer halben Stunde gesagt worden war, es gäbe keinen Tisch mehr, erschien jetzt auf geheimnisvolle Weise einer und noch dazu äußerst günstig plaziert. M. Blondin geleitete den Gast mit größter Beflissenheit zu ihm.
‹Aber selbstverständlich, Monsieur Poirot, für Sie haben wir immer einen Tisch. Ich wollte, Sie würden uns häufiger die Ehre geben.›»
Im Jardin des Cygnes, dem Vieille Grand'mère, dem Ritz, dem Savoy und vielen anderen Nobelrestaurants war Poirot wohlbekannt. War er mit einem Fall beschäftigt, der ihn sehr auf Trab hielt, so war ihm ein gutes Restaurant willkommener Zufluchts-

ort für eine Denkpause; gab es Flauten, wie in *Vier Frauen und ein Mord*, so verbrachte er «viel Zeit damit, mögliche Quellen neuartiger und köstlicher Gaumenfreuden ausfindig zu machen ...».
Escargots, consommé, omelette aux champignons, sole à la Normandie, poulet en casserole, baba au rhum, Brombeertörtchen, Apfelkuchen, diverse Käsesorten – was immer ihm auch vorgesetzt wurde, Poirot widmete sich allem mit kritischer Aufmerksamkeit und aß sich mit Genuß durch Soho, Mayfair und Chelsea.
Manchmal mußte er im Zusammenhang mit der Arbeit an einem Fall auch weniger elegante Etablissements aufsuchen. In *Die verlorene Mine* beispielsweise waren ihm die «seltsamen Speisen», die ihm in einer Opiumhöhle serviert wurden, gar nicht geheuer. In *Die vergeßliche Mörderin* bekam er im Merry Shamrock Café statt des bestellten Kaffees «eine Tasse mit blasser beigefarbener Flüssigkeit».
In London ließen sich solche unangenehmen Überraschungen im allgemeinen vermeiden, aber wer wußte, was einen fern von zu Hause erwartete, in obskuren Dorfgasthäusern oder unbekannten Hotels? Wenn Poirot für eine Reise packte, hatte er dabei oft einen «Ausdruck bewußten Heldentums» auf dem Gesicht.
Das Packen war natürlich – auch wenn die Zeit drängte – eine Sache, die mit Sorgfalt erledigt werden wollte. In *Der entführte Premierminister* schildert uns Hastings, wie Poirot «mit flinken, geschickten Händen einen kleinen Koffer» packte. Als Hastings in *Die Morde des Herrn ABC* ihm das Packen abnehmen wollte, erhielt er keinen Dank dafür:
«Ich packte einige Sachen, während Poirot noch einmal bei Scotland Yard anrief. Ein paar Minuten später kam er wieder ins Schlafzimmer und fragte: ‹*Mais qu'est-ce que vous faites là?*›
‹Ich wollte für Sie packen. Ich dachte, das spart Zeit.›
‹*Vous éprouvez trop d'émotion,* Hastings. Das wirkt sich auf Ihre Hände und Ihren Verstand aus. Faltet man so ein Jackett? Und sehen Sie doch, was Sie mit meinem Pyjama angestellt haben. Wenn die Flasche mit dem Haarwaschmittel zerbricht, was wird ihm dann passieren?›
‹Herrgott, Poirot›, rief ich, ‹es geht um Leben und Tod! Was spielt es da für eine Rolle, was mit unseren Kleidern geschieht?›
‹Sie haben kein Gefühl für das rechte Verhältnis, Hastings. Wir können einen Zug erst dann nehmen, wenn er abfährt, und dadurch, daß man seine Kleider ruiniert, kann man einen Mord auch nicht verhindern.›»

In späteren Jahren war George für das Packen zuständig. «In Mon Repos wartet ein Drama. Ein menschliches Drama, das ich höchst aufregend finde», rief Poirot in *Der Prügelknabe,* während er sich bereitmachte, einem Ruf aufs Land zu folgen. «Soll ich den Abendanzug einpacken, Sir?» fragte der unerschütterliche George.

In England, besonders in den hektischeren Zeiten mit Hastings, pflegte Poirot mit der Bahn zu reisen, einigermaßen komfortabel meist, einmal jedoch fuhren die beiden Freunde, wie Hastings sich in *Die großen Vier* erinnert, «in den frühen Morgenstunden mit einem Milchtransportzug» nach London zurück, eine «höchst ungemütliche Reise». Hatte Poirot ein Spesenkonto, so reiste er, wie in den späteren Jahren der Wohlhabenheit stets, erster Klasse. Er fuhr gern mit der Bahn, aber er brachte es fertig, einfach an der nächsten Station auszusteigen, wenn ihm plötzlich einfiel, daß er lieber woandershin wollte. Ab und zu versuchte Hastings, der meist die Fahrpläne ausarbeiten mußte, ihn in einen Bus zu lotsen. In *Die Doppelsünde* handelte er sich damit einen kleinen Vortrag ein:

«Woher diese Leidenschaft für Omnibusse, mein Freund? Die Bahn, das müssen Sie doch einsehen, ist zuverlässig. Die Reifen platzen nicht; es geschehen keine Unfälle. Man wird nicht durch zuviel frische Luft inkommodiert. Die Fenster können geschlossen werden, so daß keine Zugluft eindringt.»

Ähnliche Vorbehalte hatte er gegen Autos. In *Der ballspielende Hund,* nachdem er sich hatte überreden lassen, mit Hastings in seinem Austin aus zweiter Hand zu fahren:

«Auf der Fahrt nach London sprachen wir sehr wenig. Ich unterhalte mich nicht gern, wenn ich am Steuer sitze, und Poirot war so sehr damit beschäftigt, seinen Schnurrbart mit seinem Schal vor der katastrophalen Wirkung von Wind und Staub zu schützen, daß er gar nicht imstande war zu sprechen.»

Mit den Jahren freundete Poirot sich etwas mehr mit dem Auto an und hatte nichts dagegen, sich im Rolls-Royce eines reichen Auftraggebers aufs Land chauffieren zu lassen. Er verstieg sich zwar nie dazu, selbst zu fahren, aber ab und zu mietete er sich einen Wagen. In *Der Wachsblumenstrauß* sah Susan Banks:

«... ein großer Daimler, der gerade abfahren wollte. Am Steuer saß ein Chauffeur und hinten, dick vermummt, ein älterer Ausländer mit einem großen Schnurrbart.»

In den späten dreißiger Jahren war Poirot kurze Zeit sogar Eigen-

tümer eines Autos, aber er scheint es nach einem strapaziösen Erlebnis in *Die Arkadische Hirschkuh* wieder abgestoßen zu haben: «Er war verärgert. Sein Wagen – ein teurer Messarro Gratz – hatte nicht jene Perfektion gezeigt, die er von einem Automobil erwartete. Sein Chauffeur, ein junger Mann mit stattlichem Lohn, hatte es nicht geschafft, die Sache wieder in Ordnung zu bringen. Auf einer kleinen Straße, ungefähr anderthalb Meilen von der nächsten Behausung entfernt, hatte der Wagen, während es draußen zu schneien begann, endgültig den Dienst verweigert. Hercule Poirot, der wie immer seine eleganten Lackschuhe trug, hatte diese anderthalb Meilen zu Fuß marschieren müssen, um das am Fluß gelegene Dorf Hartly Dene zu erreichen . . .»
Die Mahlzeit, die dem gestrandeten Poirot danach im Black Swan von Hartly Dene serviert wurde, bestätigte all seine Vorurteile gegen Dorfgasthäuser, doch diesmal war er milde gestimmt, als er das zähe Steak, den wäßrigen Rosenkohl und die steinharten Kartoffeln verzehrte. Nach dem Marsch über verschneite Landstraßen war es einfach «paradiesisch», an einem warmen Feuer zu sitzen.
«Ich leide», rief Poirot garantiert voller Selbstmitleid, wenn er in einem Dorfgasthaus wohnte. Und es konnte da, wie in *Die Äpfel der Hesperiden,* manchmal wirklich sehr ungemütlich werden:
«Das Hotel entsprach nicht seinen Vorstellungen von einem anständigen Hotel. Sein Bett war ein Wrack, zwei Scheiben des Fensters in seinem Zimmer waren zerbrochen, so daß die kalte Nachtluft eindringen konnte, der Hercule Poirot so heftig mißtraute. Das heiße Wasser, das man ihm gebracht hatte, war nur lauwarm gewesen, und die Mahlzeit, die er zu sich genommen hatte, löste jetzt befremdliche und schmerzhafte Sensationen in seinen Eingeweiden aus.»
Der Kaffee auf dem Land – selbst in den großen Hotels in Brighton und an der Küste von Devon und Cornwall – erbitterte Poirot besonders. «Nur in England», schimpfte er in *Die großen Vier,* «ist der Kaffee so abscheulich . . . auf dem Kontinent weiß man, wie wichtig es für die Verdauung ist, daß er ordentlich gebrüht wird.» In *Der Todeswirbel,* während eines Aufenthalts im Stag Inn:
«Poirot wußte aus seiner Erfahrung mit Hotels auf dem Land, daß Kaffee dort einzig und mit einigem Widerwillen zum Frühstück serviert wurde und selbst dann größtenteils aus wäßriger heißer Milch bestand . . .»

Immer und überall drohte natürlich der Tee. In *Morphium*:
«Schwester Hopkins nahte gastfrei mit der Teekanne, und eine Minute später betrachtete Poirot recht unglücklich die Tasse mit dem tintenschwarzen Gebräu.
‹Ich habe ihn eben gemacht – schön stark›, sagte Schwester Hopkins.
Poirot rührte seinen Tee vorsichtig um und trank heldenhaft einen Schluck.»
Um sich den bitteren Kelch zu versüßen, verlangte er stets drei, vier und manchmal fünf Stück Zucker und aß dazu das süßeste Gebäck, das angeboten wurde. «Ein Brötchen, Monsieur Poirot?» fragte Miss Brewis in *Wiedersehen mit Mrs. Oliver*:
«Die sind mit Tomate und diese mit *pâté*. Aber vielleicht», sagte Miss Brewis, der vier Stück Zucker eingedenk, «möchten Sie lieber ein Sahnetörtchen?»
Poirot wollte lieber ein Sahnetörtchen und nahm sich ein besonders süßes und matschiges.
«Sie fallen auf dem Land richtig auf», sagte Inspektor Spence einmal zu ihm, und er hatte recht – das Land war einfach nicht Hercule Poirots Element. «Brrr!» beschwerte er sich bei einem Ausflug in *Das Haus an der Düne*. «Das Gras ist ganz naß. Ich werde gewiß eine Erkältung kriegen. Und keine Möglichkeit, einen anständigen *tisane* zu bekommen!» Wenn er bei solchen Exkursionen nicht umhin konnte, sich niederzulassen, setzte er sich stets auf einen Stein oder Baumstumpf – niemals auf den Boden – und breitete vorher immer ein Taschentuch darauf aus. Einzige zaghafte Konzession an das Landleben war ein gelegentlicher Spaziergang, und wenn eine Sache wirklich drängte, konnte Poirot, wie Hastings überrascht berichtet, sogar «in großem Tempo» über Land eilen.
Poirot verabscheute die Fuchsjagd, hatte für Pferderennen nichts übrig und einen Horror vor Golf. «Sie spielen nicht Golf, Monsieur Poirot?» wurde er in *Mord auf dem Golfplatz* gefragt:
«Ich? Niemals! So ein Sport!» Er wurde ganz aufgeregt. «Überlegen Sie doch einmal! Jede Bahn von Loch zu Loch ist von unterschiedlicher Länge. Die Hindernisse sind nicht nach mathematischen Grundsätzen angelegt. Sogar die Grüns sind häufig schief. Das einzig annehmbare sind die – wie nennt man sie? – die Abschlagplätze. Die sind wenigstens symmetrisch.»
Man hat ihn natürlich nie beim Schwimmen, Sonnenbaden oder in sportlicher Kleidung irgendwelcher Art gesehen, zu seiner

Ehre muß jedoch gesagt werden, daß er in *Rätsel um Arlena* ein sehr hübsches Picknick organisierte. Wäre Hastings zur Stelle gewesen, er hätte sicherlich augenblicklich Verdacht geschöpft, hätte er Poirot so schmeichlerisch sagen hören: «Ich bin sehr begierig, Dartmoor kennenzulernen.» Doch das Picknick an einem «idyllischen Platz im Heidekraut, wo es keinen Stechginster gab», war ein voller Erfolg.

Berühmter Detektiv, der er war, erhielt Poirot manch noble Einladung in manch nobles englisches Landhaus. Mindestens einmal erhielt er sogar eine königliche Einladung und besuchte in den frühen vierziger Jahren Schloß Sandringham. Leider sind uns Einzelheiten dieses Besuchs nicht überliefert.

Kamen solche Einladungen im Winter, führte Poirot zunächst einmal in eigener Sache private Nachforschungen durch, um festzustellen, ob das gastliche Haus Zentralheizung hatte. In der Regel jedoch konnte er sich bei diesen, oft beruflich bedingten Exkursionen aufs Land nicht über Mangel an Komfort beklagen, auch wenn manchmal ein unerklärlicher Todesfall und die Anwesenheit der Polizei die Atmosphäre etwas verdüsterten. In Exsham House in *Das Geheimnis der Schnallenschuhe*:

«Den großen Reichtum, der dahinterstand, verriet nur die Selbstverständlichkeit, mit der dieser Eindruck der Schlichtheit erzeugt wurde. Die Bedienung war vorzüglich – die Küche englisch, nicht kontinental – die Weine beim Abendessen fanden seinen leidenschaftlichen Beifall.»

Weihnachten verbrachte Poirot am liebsten in aller Ruhe in London, nahe seinen elektrischen Heizkörpern. «Ich bin kein Engländer», sagte er in *Ein diplomatischer Zwischenfall.* «In meiner Heimat ist Weihnachten etwas für die Kinder.» Schon bei der Vorstellung eines «großen, kalten, steinernen Landhauses» zu dieser Jahreszeit schauderte ihn. Dennoch nahm er wider besseres Wissen dreimal Einladungen zum Weihnachtsfest auf dem Land an. Das denkwürdigste dieser Feste verbrachte er bei den Laceys, einer äußerst gastfreundlichen Familie. Zum Glück war es im großen Wohnzimmer in Kings Lacey angenehm warm, und die Speisen, die auf den Tisch kamen, waren nach bester althergebrachter Art zubereitet. Nach dem Weihnachtsschmaus stattete Poirot, der wie immer an einem Fall arbeitete, der Küche einen Besuch ab, um der Köchin Informationen zu entlocken:

«Sie sind ein Genie, Mrs. Ross! Ein wahres Genie! Nie habe ich ein so köstliches Essen vorgesetzt bekommen. Die Austern-

suppe» – er schnalzte mit der Zunge – «und die Füllung! Diese Maronenfüllung in der Pute, die war einzigartig.»
«Interessant, daß Sie das sagen, Sir», erwiderte Mrs. Ross freundlich. «Das ist auch ein ganz besonderes Rezept. Ich habe es von einem österreichischen Koch, mit dem ich vor vielen Jahren zusammengearbeitet habe. Aber alles übrige», fügte sie hinzu, «ist ganz einfach gute, solide englische Küche . . .»
Als Poirot in *Rätsel um Arlena* in Devon Urlaub machte, sagte ein zu Scherzen aufgelegter Bekannter namens Horace Blatt zu ihm:
«‹Ich weiß immer, was ich von einem Mann zu halten habe. Ein Mann wie Sie gehört nach Deauville oder Le Touquet oder Juan les Pins. Das ist Ihre – wie sagt man gleich? – geistige Heimat.›
Poirot seufzte. Er sah zum Fenster hinaus. Es regnete, und Nebel hüllte die Insel ein. Er sagte: ‹Es ist möglich, daß Sie recht haben.›»
Horace Blatt hatte wirklich recht. Zwar führten manchmal Aufträge Poirot ins Ausland, die meisten seiner Reisen auf den Kontinent und in den Nahen Osten waren jedoch Fluchten. Er suchte Sonne und Genuß. In solchen Zeiten gab er sich gern als überzeugter Ruheständler. «Ich bin heutzutage nur noch im Urlaub», bemerkte er unbekümmert in *Nikotin.* «Ich habe alles erreicht. Ich bin reich. Ich ziehe mich zurück. Jetzt gehe ich auf Reisen und sehe mir die Welt an.»
Die Welt allerdings bestand für ihn nur aus solchen Gebieten, die per Bahn oder mit einer möglichst kurzen Schiffsreise auf dem Mittelmeer erreichbar waren. Er erwog zwar einmal eine Seereise nach Südamerika, aber nachdem er diesen Gedanken aufgegeben hatte, hielt er für immer an seiner Überzeugung fest, daß er mehr als vier Tage Seekrankheit nicht überleben könnte. Das Fliegen war für ihn keine Alternative. Ein, zwei Versuche reichten ihm. «Ich fliege nicht», sagte er mit Entschiedenheit in *Wiedersehen mit Mrs. Oliver.* «Da werde ich sterbenskrank.»
Die dreißiger Jahre waren Poirots große Reisezeit, und er reiste mit Stil in den Prunkzügen Europas – dem exklusiven «Millionärszug», dem Blauen Expreß, in dem die Passagiere auf der Fahrt von Calais nach Nizza in blau-goldenen Schlafwagenabteilen träumten, oder mit dem legendären Orientexpreß, dessen Wagen mit Holztäfelung, Samtpolsterung und Kristallüstern ausgestattet waren. Das Essen war natürlich vorzüglich, und Poirot ließ sich den Appetit durch die Morde, die so leicht geschahen, wenn er sich in einem dieser Luxuszüge befand, nicht verderben. Im Speisewagen des Blauen Expreß polierte Poirot in Erwartung kom-

mender Leckerbissen «flink eine der Gabeln» und in *Mord im Orientexpreß* stellte er fest, daß er äußerst günstig «an dem Tisch saß, der zuerst und mit den erlesensten Stücken bedient wurde».
Auf seinen Reisen kam er in viele Gegenden Europas, aber sein liebstes Ziel war die französische Riviera, wo er mehrmals in den besten Hotels abstieg. Dort kam, wenn er in Restaurants und auf Partys ging oder im Casino in Monte Carlo «vorsichtig den niedrigsten Einsatz auf *pair* setzte», endlich auch seine weltmännisch elegante weiße Garderobe zur Geltung.
In Paris wohnte er gern im Ritz und dinierte in Restaurants wie dem Samovar, dessen Eigentümer, Graf Alexis Pawlowitsch, «sich schmeichelte, über alles Bescheid zu wissen, was in der Künstlerwelt vorging».
Es gab aber auch Reisen, auf denen es nicht so komfortabel zuging. In *Der Erymanthische Eber* mußte Poirot, der unter Höhenangst litt und sogar vor einer Leiter zurückschreckte, ausgerechnet in einem Berghotel wohnen, das nur mit der Drahtseilbahn zu erreichen war, da dort eine Gangsterbande untergeschlüpft war, die sämtliche Gäste zu ermorden drohte, und wo es keinen anständigen Kaffee gab. In *Eine Tür fällt ins Schloß* litt er auf einer Kreuzfahrt auf dem Mittelmeer wieder einmal schrecklich unter der Seekrankheit, und in *Das Abenteuer des Ägyptischen Grabes* konnte Hastings nur bekümmert schreiben:
«Ich unterbrach sein Lamentieren mit dem Vorschlag, zum Lager aufzubrechen. Die Kamele, auf denen wir reiten sollten, warteten schon geduldig kniend darauf, daß wir uns in den Sattel schwingen würden . . .
Über den Anblick Poirots auf einem Kamel will ich den Mantel des Schweigens decken. Zu Beginn stöhnte und klagte er, am Ende wechselten schrille Schreie mit Beschwörungen der Heiligen Jungfrau und sämtlicher Heiliger. Schließlich stieg er ab und setzte die Reise auf einem kleinen Eselchen fort.»
Vier von Poirots bedeutenderen Fällen in den dreißiger Jahren – *Mord in Mesopotamien, Mord im Orientexpreß, Der Tod auf dem Nil* und *Der Tod wartet* – fielen mit Aufträgen oder Urlauben im Nahen Osten zusammen. Poirot genoß diese Exkursionen und erweiterte seine Sprachkenntnisse durch einige arabische Brocken. In *Der ballspielende Hund* stellte Hastings allerdings bissig fest:
«Poirots Reisen in den Osten bestanden meines Wissens aus einer einzigen Reise nach Syrien, die dann auf den Irak ausgedehnt wurde, und vielleicht ein paar Wochen dauerte. Wenn man

ihn jetzt reden hörte, hätte man schwören mögen, er hätte den Großteil seines Lebens in Dschungeln und Basaren im vertrauten Gespräch mit Fakiren, Derwischen und Mahatmas verbracht.»
In *Der Tod auf dem Nil* und *Der Tod wartet* floh er den englischen Winter, um in Ägypten und Palästina Urlaub zu machen. Voll froher Erwartung sagte er zuversichtlich: «Ich glaube, man kann heute sogar den ganzen Weg, abgesehen von der Kanalüberfahrt, mit der Bahn reisen.» In Assuan stieg er im Cataract Hotel ab und in Jerusalem im berühmten Solomon, und natürlich vermerkte die Lokalzeitung die Ankunft dieses Prominenten pflichtgemäß. In beiden Hotels kreisten die Gespräche in erster Linie um kürzlich verübte Morde.
«Wohin ich auch gehe, immer ist etwas da, das mich an Verbrechen erinnert!» rief Poirot einmal, und es ist nicht zu leugnen, daß dort, wo er sich zeigte, die Mordrate sprunghaft in die Höhe schnellte. Dieses Phänomen blieb nicht unbemerkt. In *Rätsel um Arlena* beispielsweise wußte Mrs. Gardener, eine Amerikanerin, die im Jolly Roger Hotel wohnte, durch ihre Verbindungen zum internationalen Touristenset, daß man überall dort, wo Poirot auftauchte, mit einem ruinierten Urlaub rechnen mußte:

> «Ich muß Ihnen etwas gestehen, Monsieur Poirot. Ich bekam einen richtigen Schrecken, als ich Sie hier sah – ich meine, ich fand es natürlich auch sehr aufregend. Mein Mann weiß das. Aber mir kam der Gedanke, Sie könnten – nun ja, beruflich hier sein. Verstehen Sie, was ich meine? Wo ich doch so sensibel bin. Das kann mein Mann Ihnen bestätigen. Ich könnte es nicht ertragen, in ein Verbrechen hineingezogen zu werden. Wissen Sie –»
> Mr. Gardener räusperte sich und sagte: «Verstehen Sie, Monsieur Poirot, meine Frau ist sehr sensibel.»
> Hercule Poirot warf die Arme hoch. «Aber glauben Sie mir, Madame, ich bin aus den gleichen Gründen hier wie Sie – um mich zu vergnügen – um Urlaub zu machen.»

Eitle Hoffnung. Mrs. Gardeners Befürchtungen bewahrheiteten sich natürlich nur zu bald.
«Manchmal», sagte Poirot in *Das Geheimnis der Schnallenschuhe*, «kehre ich für kurze Zeit in meine Heimat zurück – nach Belgien.» Er flüchtete sich dort in eine «abgelegene weiße Villa», als er mit den großen Vier im Kampf lag, aber ansonsten ist von Belgien nie

wieder die Rede. Zweifellos entfernte er sich im Laufe der Jahre immer weiter von der Familie und den Freunden, die er dort zurückgelassen hatte, denn wenn es Zeit war, an zu Hause zu denken, wandten sich Poirots Gedanken seinem geliebten Whitehaven Mansions und den Freunden in England zu.

12

«Mein Freund Poirot»

«Poirot hat einen großen und vielfältigen Freundeskreis, in dem vom Holzhacker bis zum Herzog alles vertreten ist.»

Arthur Hastings in *Die Doppelsünde*

Bis zum Ende seines Lebens war Poirot ein geselliger und gastfreundlicher Mensch, und sein Salon, der Freunden und Hilfesuchenden immer offenstand, war stets ein interessanter Aufenthaltsort – besonders wenn man ein guter Zuhörer war und sich für Verbrechen interessierte. Es gibt im Laufe der Jahre immer wieder Hinweise auf *aficionados* wie Dr. Hawker, Poirots Nachbarn in *Das Abenteuer des italienischen Edelmanns*, der «manchmal abends hereinschaute, um mit Poirot zu schwatzen, dessen Genialität er heftig bewunderte»; oder Solly Levy (*Schneewittchen-Party*), mit dem er manch vergnügliche Stunde in «nie endender Kontroverse darüber zubrachte, wer denn nun im Mordfall in der Canning-Road-Badeanstalt der wahre Schuldige gewesen sei».
War man Gast, so konnte man sich mit Glück den Schwarzen Johannisbeersirup vom Leibe halten, bis George mit dem Whisky kam, und mit noch mehr Glück war man vielleicht gerade zur Stelle, wenn sich in einem laufenden Fall neue Entwicklungen zeigten – das konnte die Ankunft eines Auftraggebers vom Land sein, der von bestürzenden Ereignissen in der Familie zu berichten hatte, oder das Erscheinen eines Polizeiinspektors, den vorgeblich alte Freundschaft hergetrieben hatte, in Wirklichkeit jedoch das Bedürfnis, Poirots Rat einzuholen. War man ein guter Freund, so konnte es geschehen, daß Poirot, der, wie wir wissen, gern auswärts aß, einen in irgendein schickes kleines Restaurant schleppte.

Aber all dieser *bonhomie* zum Trotz war Poirot im Grunde ein Einzelgänger. Der einzig wirklich nahe Freund, den er offenbar hatte – zumindest in England –, war Hastings, und dennoch machte er auch ihn nie wirklich zu seinem Vertrauten, wie Hastings häufig bekümmert vermerkte. Poirot hatte immer seine Geheimnisse.
Das wußte keiner besser als der «wieselgesichtige» kleine Inspektor Jimmy Japp von Scotland Yard, von den Tagen in Styles bis zum Vorabend des Zweiten Weltkriegs Poirots Kampfgefährte und Rivale. Das heißt, tatsächlich reichte ihre Bekanntschaft noch weiter zurück. Schon 1904 nämlich hatte Japp mit Hilfe Poirots, der damals noch bei der belgischen Polizei war, den berühmten Fälscher Abercrombie in Brüssel zur Strecke gebracht, und später hatten sie in Antwerpen gemeinsam den «Baron» Altara geschnappt, einen Verbrecher, der «der gesamten europäischen Polizei durch die Finger geschlüpft war».
Japp muß ganz schön verdattert gewesen sein, als er den Kollegen von der belgischen Polizei plötzlich als Privatdetektiv im eigenen Revier wiedertraf, und für Poirot muß es schwierig gewesen sein, plötzlich ohne die Hilfsmittel seines eigenen Polizeiapparates dazustehen. Aber beide Männer machten das Beste aus der Situation. Japp lernte Poirots Eingreifen in manchen Scotland-Yard-Fall tolerieren und erhielt dafür die beste fachmännische Beratung in Europa. Im allgemeinen heimste Japp das Lob für die Ergebnisse dieser unorthodoxen Zusammenarbeit ein, was Hastings stets von neuem verdroß. «Er war immer schon ein widerwärtiger Bursche», sagte er in *Die Morde des Herrn ABC* von Japp, und in *Dreizehn bei Tisch* schrieb er:
«Ich brachte für Japp nicht die gleiche Nachsicht auf wie Poirot. Es ärgerte mich weniger, daß er Poirot immer die Würmer aus der Nase zog. Das machte Poirot ja Spaß, er fühlte sich dadurch geschmeichelt. Was mich aber ärgerte, war die Heuchelei Japps, der sich verhielt, als tue er nichts dergleichen. Ich legte Wert auf Ehrlichkeit bei den Menschen. Als ich Poirot das sagte, lachte er.
‹Sie sind eine richtige Bulldogge, wie, Hastings? Aber Sie dürfen nicht vergessen, daß der arme Japp sein Gesicht wahren muß. Darum schwindelt er ein bißchen. Das ist ganz natürlich.›»
Zum Dank für soviel untypische Bescheidenheit durfte sich Poirot fast ein Vierteljahrhundert lang uneingeschränkter Zusammenarbeit mit Scotland Yard erfreuen. Könnten diese fettverschmierten Fingerabdrücke von Bedeutung sein? – «Wir schicken Sie an unseren guten Freund, Inspektor Japp von Scotland Yard.»

Wie war es Poirot gelungen, sich Zutritt zu einem völlig fremden Haus zu verschaffen? – «Ganz einfach. Ich sprach vor, präsentierte eine fiktive Karte und eine von Inspektor Japps Amtskarten.» Neigte ein Inspektor der zuständigen Regionaldienststelle zur Zurückhaltung? – «Ich versichere Ihnen, wenn Sie Scotland Yard erreichen können, werden Sie alle Vollmachten erhalten.»
Aber wenn Poirot den Inspektor auch auf seine nachsichtige Art gern hatte, hörte er doch nie auf, seine Methoden zu beklagen. In *Das Geheimnis des Plymouth-Expreß*:
«Der gute Inspektor ist von einem übertriebenen Tatendrang», bemerkte Poirot, als Japp gegangen war. «Er reist; er mißt Fußabdrücke; er sammelt Staub und Zigarettenasche. Er ist ungeheuer geschäftig. Er ist eifrig über alle Maßen. Und wenn ich ihm von Psychologie spräche, wissen Sie, was er dann tun würde, mein Freund? Er würde lächeln. ‹Der arme alte Poirot›, würde er sich sagen. ‹Er wird alt. Er wird senil.› Japp ist ‹die jüngere Generation, die an die Tür klopft›. Und *ma foi!* Vor lauter Klopfen merken sie nicht, daß die Tür offen ist.»
Daß Poirot ihn jedesmal übertrumpfte, konnte Japp in seiner Überzeugung, der schlauere Fuchs zu sein, nicht erschüttern. In *Das Geheimnis des Plymouth-Expreß* schrieb Hastings:
«Japp ... begrüßte Poirot mit einer Art liebevoller Geringschätzung. ‹Und wie geht es Ihnen, Monsieur? Nichts für ungut, hm, auch wenn wir die Dinge aus verschiedenen Perspektiven sehen. Was machen die kleinen grauen Zellen? Immer auf Draht?›
Poirot strahlte ihn an. ‹Sie funktionieren, mein guter Japp; ganz ausgezeichnet.›»
So «lebhaft und munter» er im Umgang mit seinen Freunden war, wenn er in einem Fall ermittelte, «legte sich», sehr zu Poirots Erheiterung, «eine steinerne Maske amtlicher Strenge über Japps ausdrucksvolles Gesicht». Bei Gericht machte er seine Aussagen «kurz und präzise», hinter den Kulissen neigte er dazu, voreilige Schlüsse zu ziehen und Verdächtige zu tyrannisieren.
Obwohl Japp in zweiundzwanzig von Poirots Fällen mitmischte, sprach er selten von sich und seinem Privatleben. In *Stille vor dem Sturm* erleben wir ihn einmal kurz in seiner Freizeit:
«‹Es geht doch nichts über einen Tag auf dem Land›, sagte Inspektor Japp, während er, wie es sich gehörte, kräftig durch die Nase einatmete und die Luft durch den Mund wieder herausließ.
Poirot und ich stimmten zu. Der Einfall, übers Wochenende in das kleine Landstädtchen Market Basing zu fahren, stammte von

Japp. Er war in seiner Freizeit leidenschaftlicher Botaniker und konnte mit einer Begeisterung, die selbst jene, die er für seine Fälle aufbrachte, übertraf, über winzige Blümchen mit endlos langen lateinischen Namen (die er etwas seltsam aussprach) reden.»
Japp war ein geselliger Mensch und besuchte Poirot während dessen frühen Jahren in England regelmäßig. «Ah, das ist Japp. Ich erkenne sein Klopfen», konnte Poirot sagen, und schon polterte Japp mit irgendeinem plumpen Scherz herein: «Ah, Sie wollen gerade frühstücken, wie ich sehe», lautete seine Begrüßung in *Dreizehn bei Tisch.* «Haben Sie die Hühner immer noch nicht dazu gebracht, daß sie viereckige Eier legen, Monsieur Poirot?»
Eine nette Frühstücksszene während des Wochenendes in Market Basing hat Hastings uns beschrieben:
«... am Sonntag morgen setzten wir uns im Dorfgasthaus zum Frühstück. Die Sonne schien, die Ranken des Jelängerjeliebers schlängelten sich zum Fenster herein, wir waren alle bester Stimmung. Schinken und Ei waren vorzüglich, der Kaffee weniger gut, aber passabel und kochendheiß.
‹Das ist ein Leben›, sagte Japp. ‹Wenn ich in den Ruhestand gehe, ziehe ich aufs Land. Weit weg von Mord und Totschlag.›»
Zu gegebener Zeit trat Japp offenbar tatsächlich in den Ruhestand – vermutlich um sich seinen botanischen Leidenschaften zu widmen –, während Poirot noch drei weitere Jahrzehnte ein Verbrechen nach dem anderen aufdeckte, eine Ironie in Anbetracht der Bemerkungen, die Japp im Laufe der Jahre immer wieder über Poirots fortgeschrittenes Alter machte. «Ein alter Freund von mir», erklärte er einem Kollegen in *Poirot riecht den Braten.* «Aber Vorsicht, nicht halb so meschugge, wie er aussieht. Kommt allerdings langsam in die Jahre.»
In *Das Haus an der Düne* berichtete Hastings von einem reifer gewordenen Japp:

> «Ich habe Ihnen in den alten Tagen ein paar gute Fälle zukommen lassen, nicht?»
> Dies war, wie ich erkannte, Japps Weise, seine Dankesschuld gegenüber Poirot anzuerkennen, der so manchen Fall gelöst hatte, der dem Inspektor Rätsel aufgegeben hatte.
> «Das waren gute Zeiten – ja.»
> «Ich hätte nichts dagegen, auch jetzt noch hin und wieder eine Runde mit Ihnen zu plauschen. Ihre Methoden sind vielleicht altmodisch, aber Sie haben Köpfchen, Monsieur Poirot.»

Noch einen guten Freund hatte Poirot bei Scotland Yard: Superintendent Battle, ein «großer, stämmiger Mann, dessen Gesicht wie aus Holz geschnitzt wirkte», wie es in *Dreizehn bei Tisch* heißt, und der immer «gleichmütig und etwas dumm» wirkte.

Dieser «kräftige Mann mit einem breiten roten Gesicht und einem großen prachtvollen Schnurrbart» (den selbst Poirot mit Neid beäugte), der da in Mr. Shaitanas Salon trat, hatte sich bereits unabhängig von Poirot einen Ruf geschaffen. Zwei seiner Fälle sind in *Die Memoiren des Grafen* und in *Der letzte Joker* aufgezeichnet; nach seiner Zusammenarbeit mit Poirot in *Mit offenen Karten* begegnen wir ihm wiederum in *Das Sterben in Wychwood* und *Kurz vor Mitternacht.*

Von allen Polizeibeamten, denen Poirot im Laufe seiner langen Karriere begegnete, bewunderte er Battle wahrscheinlich am meisten. «Was ist Ihr Stil, Superintendent?» fragte er ihn einmal und erhielt zur Antwort:

«Ein offener, ehrlicher, fleißiger Beamter, der hart arbeitet – das ist mein Stil. Keine Mätzchen. Keine raffinierten Schnörkel. Schlichter, ehrlicher Schweiß. Hartnäckig und ein bißchen dumm – das ist mein Stil.»

Gerade dank seiner täuschenden Einfalt gehörte Battle zu Scotland Yards erfolgreichsten Beamten. Ihm wurden die heiklen Fälle übertragen. Besonders gut verstand er sich in seiner ruhigen, besänftigenden Art auf den Umgang mit dem Adel. In *Der letzte Joker* beispielsweise nahm er die Tatsache, daß ein Mordverdächtiger sich bei Harrod's eine Pistole gekauft hatte, mit stoischem Gleichmut hin. In *Die Memoiren des Grafen* erklärte er:

«Ja, sehen Sie ... ich hatte in meiner Arbeit fast immer in diesen Kreisen zu tun. Ich meine, mit den Leuten, die zur sogenannten guten Gesellschaft gehören. Sie wissen ja, die meisten Leute haben ständig Sorge, was die Nachbarn von ihnen denken werden. Aber Landstreicher und den Adel kümmert das nicht – sie tun einfach, was ihnen gerade in den Kopf kommt ...»

In Poirots Welt waren praktisch alle Detektive und Polizeibeamten unverheiratet. Nur Superintendent Battle machte da eine Ausnahme. Er und seine Frau hatten fünf Kinder. Ihre jüngste Tochter, Sylvia, spielte eine kleine, aber wichtige Rolle in *Kurz vor Mitternacht,* und Colin Lamb, der brillante junge Geheimagent, der in *Auf doppelter Spur* mit Poirot zusammenarbeitete, war beinahe mit Sicherheit ein Sohn der beiden, der unter angenommenem Namen operierte. Zweifellos diente Superintendent Battle

auch seinem Neffen James Leach, der Polizeiinspektor in der Provinz wurde, als Vorbild.
«Nur nicht lockerlassen. Das ist mein Motto», erklärte er einmal.
«Der gute schlichte Superintendent Battle», pflegte Poirot mit Bewunderung von ihm zu sagen. Battle seinerseits hatte große Achtung vor Poirot. «Ich möchte gern wissen, warum mir dauernd Hercule Poirot in den Kopf kommt», meinte er, als die Ereignisse in *Kurz vor Mitternacht* eine verblüffende Wendung nahmen. «Du meinst diesen alten Knaben, den Belgier, den komischen kleinen Burschen?» fragte sein Neffe.
«Von wegen komisch!» antwortete Superintendent Battle. «Ungefähr so gefährlich wie eine schwarze Mamba und eine Leopardenmutter zusammen ist er, wenn er den Komischen spielt.»
Zu gegebener Zeit trat auch Superintendent Battle in den Ruhestand. «Und wie geht es meinem guten Freund, Ihrem Vater?» erkundigte sich Poirot in *Auf doppelter Spur* bei Colin Lamb:
«Dem alten Herrn geht es gut», antwortete dieser. «Er ist sehr beschäftigt mit seinen Malven – oder sind es Chrysanthemen? Die Jahreszeiten vergehen so rasch, daß ich nie weiß, wo wir gerade stehen.»
«Er beschäftigt sich also mit der Gärtnerei?»
«Darauf scheint am Ende jeder zurückzukommen», sagte Colin.
«Ich nicht», erklärte Hercule Poirot. «Einmal die Eierkürbisse – aber nie wieder.»
Auch Colonel Johnny Race, den Poirot bei Mr. Shaitana persönlich kennenlernte, war, wenn man so will, Detektiv:
«Poirot war Colonel Race noch nie begegnet, aber er hatte von ihm gehört. Er war ein dunkler, gutaussehender Mann mit tief gebräuntem Gesicht, etwa fünfzig Jahre alt, und hielt sich im allgemeinen an irgendeinem Außenposten des Empire auf, besonders wenn dort Unruhen brodelten. Geheimdienst klingt dramatisch, aber das Wort beschreibt Art und Umfang der Aktivitäten von Colonel Race ziemlich genau.»
Wenn auch Poirot Colonel Race noch nie begegnet war – Außenposten des Empire gehörten nicht gerade zu seinem Wirkungsbereich –, hatten doch viele Agatha-Christie-Leser ihn bereits kennengelernt. In *Der Mann im braunen Anzug* hatte Anne Beddingfeld, auf der Reise nach Südafrika, ihn praktisch von der ersten Begegnung an heimlich bewundert:
«... ein hochgewachsener, militärisch wirkender Mann mit dunklem Haar und gebräuntem Gesicht, den ich bereits früher an

Deck bemerkt hatte ... Er war ungefähr vierzig, das Haar an den Schläfen leicht ergraut, und er war eindeutig der bestaussehende Mann an Bord.»

Colonel Race verliebte sich rettungslos in Anne, nahm jedoch ihre abschlägige Antwort auf seinen Heiratsantrag tapfer hin. «Ich habe immer noch meine Arbeit», sagte er. Jahre später, auf Heimaturlaub, kam er zu Mr. Shaitanas Abendgesellschaft. Er und Poirot waren einander auf Anhieb sympathisch, entdeckten bald, daß sie beide hervorragend Bridge spielten, und zementierten ihre Freundschaft durch die Zusammenarbeit in dem Vierer-Team, das die geheimnisvollen Vorgänge in *Mit offenen Karten* aufklärte.

Ein Jahr später, in *Der Tod auf dem Nil*, trafen sich die beiden Männer wieder und saßen bald auf dem Aussichtsdeck der «Karnak» bei Whisky und Orangeade zusammen. Colonel Race erzählte, daß er einem «der schlauesten bezahlten Agitatoren, der je existierte», auf der Spur sei, und Poirot erzählte, daß er Urlaub mache. Die Fahrt auf dem Nil wurde zur Jagd auf einen Mörder, der entschlossen schien, sämtliche Passagiere der «Karnak» umzubringen, und somit blieb weder Zeit für den Agitator noch für Poirots Urlaub, noch auch für Colonel Race, sich wieder einmal rettungslos zu verlieben.

«Mein Freund, es ist wunderbar, wie wir uns verstehen», erklärte Poirot dem Colonel im Zuge ihrer Ermittlungen, konnte aber dennoch der Versuchung nicht widerstehen, ihn, wie so viele andere Mitarbeiter im Laufe der Jahre, völlig im dunkeln zu lassen – eine beachtliche Leistung, wenn man bedenkt, daß Race es später immerhin zum Leiter der Spionageabwehr brachte. Es gibt keine Aufzeichnungen darüber, ob die beiden später noch einmal zusammengearbeitet haben, wir können aber beinahe sicher sein, daß sie in Verbindung blieben. In den vierziger Jahren, in *Blausäure*, klärte Colonel Race einen Mordfall auf, der mit einem von Poirots Fällen aus den dreißiger Jahren (*Laßt Blumen sprechen*) außergewöhnliche Ähnlichkeit hatte. Man kann nicht umhin zu vermuten, daß die Sache in Whitehaven Mansions diskret, aber ausführlich diskutiert worden war.

Ein Freund ganz anderer Art war der zierliche Gesellschaftslöwe Mr. Satterthwaite, der Poirot in *Nikotin* zur Hand ging und ihn in *Auch Pünktlichkeit kann töten* mit aufschlußreichen Klatschgeschichten versorgte. Wie Superintendent Battle und Colonel Race hat er seinen eigenen Platz in der Christie-Literatur; 1930 erschien *Der seltsame Mr. Quin*, eine Sammlung von zwölf Kurzgeschich-

ten, die Mr. Satterthwaite und dem mysteriösen Harley Quin gewidmet waren, der ihn von Zeit zu Zeit besuchte. Zwei weitere Geschichten, die an anderer Stelle veröffentlicht wurden, *Die Uhr war Zeuge* und *The Harlequin Tea Set,* berichten mehr über diese seltsame Zeit in Mr. Satterthwaites Leben, als er zur hilflosen Marionette Quins wurde, der entschlossen war, die Rätsel des Todes zu erforschen und das Unglück Liebender zum Guten zu wenden. Doch diese Zeit lag längst hinter Mr. Satterthwaite, als er der Freund des rationalen Poirot wurde, der vermutlich die Augenbrauen sehr, sehr hoch gezogen hätte, wenn ihm von diesen merkwürdigen Heimsuchungen und Vorgängen etwas zu Ohren gekommen wäre. Zu der Zeit, als Mr. Satterthwaite in *Nikotin* bei Sir Charles Cartwright zu Gast war, hatte er sich schon seit einigen Jahren wieder seiner natürlichen Berufung zugewandt:
«Immer hatte er den Eindruck, in der Loge zu sitzen und das Spiel zu beobachten; niemals auf der Bühne zu stehen und mitzuspielen. In Wahrheit aber gefiel ihm die Rolle des Zuschauers sehr gut.»
Mr. Satterthwaite, ein wohlhabender Sechziger, war ein unverbesserlicher Snob, aber ein sympathischer, der den vielen Millionärinnen, Herzoginnen und Feinschmeckern, die er zu seinen Freunden zählte, sehr teuer war. Er hatte ein schönes Haus in Chelsea, eine berühmte Kunstsammlung und einen blitzenden Rolls-Royce, in dem er seine Runden machte, um den Gesellschaftsklatsch zu sammeln. Er liebte die Oper, war ein begeisterter Amateurfotograf und Autor eines prätentiösen Buches mit dem Titel «Die Häuser meiner Freunde». In *Der seltsame Mr. Quin* wird beschrieben, was für ein Leben er führte:
«Am zweiten Sonntag im Januar reiste Mr. Satterthwaite regelmäßig an die Riviera ab. Er war pünktlicher als jede Schwalbe. Im April kehrte er nach England zurück, Mai und Juni verbrachte er in London und hatte, soweit bekannt, Ascot nicht ein einziges Mal versäumt. Nach dem Spiel Eton gegen Harrow verließ er die Stadt, um diverse Freunde auf dem Land zu besuchen, ehe er dann nach Deauville oder Le Touquet reiste. Der größte Teil der Monate September und Oktober war der Jagd gewidmet, und die letzten beiden Monate des Jahres verbrachte er für gewöhnlich wieder in der Stadt. Er kannte jeden, und man darf ruhig behaupten, daß jeder ihn kannte.»
«Mein guter Freund, Mr. Satterthwaite», nannte Poirot ihn, und die Gespräche dieser beiden gescheiten kleinen Männer sind in-

teressant zu lesen. Wahrscheinlich weil Mr. Satterthwaite ein so einfühlsamer Zuhörer war, der «instinktiv wußte, wann es dramatisch wurde», vertraute Poirot ihm über sein vergangenes Leben mehr an als jedem anderen – einschließlich Hastings.
Im Laufe seiner Karriere schloß Poirot eine Reihe loserer Freundschaften, die sich oft bei späterer Gelegenheit als für seine Arbeit nützlich erwiesen. Drei dieser eher oberflächlichen Bekannten – Mr. Entwhistle, Mr. Endicott und Mr. Enderby – waren Rechtsanwälte mit zum Verwechseln ähnlichen Namen.
Ein anderer solcher Freund war Colonel Johnson, «ein großer, rotgesichtiger Mann mit Feldwebelstimme und rauher, aber herzlicher Art». Er und seine Frau waren gastfreundliche Leute. In *Nikotin* fungierte er als jovialer Chief Constable von Yorkshire, und etwa vier Jahre später, als er Chief Constable von Middleshire war, lud er Poirot zu Weihnachten in sein Haus ein. Andere Bekannte, die nur zeitweilig eine Rolle in Poirots Leben spielten, waren Alexander Simpson, Eigentümer einer Kunstgalerie in Mayfair, für den Poirot ein berühmtes Gemälde wiederbeschaffte, und Dr. Burton vom All Souls College in Oxford, der Poirot durch eine beiläufige Bemerkung dazu anregte, die Arbeiten des Herkules nachzuahmen. Ein trauriger Freund war John Harrison, der auf dem Land lebte und den Poirot in *Das Wespennest* vor einer schrecklichen Tat bewahrte. Ein übermütiger Freund war der junge Tony Chapell in *Laßt Blumen sprechen*, der Poirot seinen flatterhaften Freunden als «Poirot, der Polizeihund» vorstellte:
«Er hat, glaube ich, eine Verabredung mit einer Leiche. Oder handelt es sich um einen getürmten Finanzier? Oder um den großen Rubin des Radschas von Borriobulagah?»
«Aber mein Freund, glauben Sie denn, ich sei nie außer Dienst? Darf ich denn nicht ausnahmsweise einmal schlicht auf mein Privatvergnügen aus sein?»
«Vielleicht sind Sie ja auch mit Carter hier verabredet. Das Neueste aus Genf. Internationale Lage kritisch zugespitzt. Die gestohlenen Pläne müssen gefunden werden, sonst wird morgen der Krieg erklärt.»
Ein ebenfalls respektloser Freund und großer Bewunderer Poirots war ein sympathischer junger Arzt namens John Stillingfleet. In *Der Traum* begrüßte er Poirot «mit einem bemerkenswerten Mangel an ärztlicher Etikette» als «alten Gaul»; in *Blausäure* wurde Poirot auf sein energisches Insistieren hin zugezogen; und in *Die vergeßliche Mörderin* flog er dank den ehestifterischen Bemühungen

Poirots als glücklicher Verlobter nach Australien. «Ich möchte wissen, ob Sie mal ein Verbrechen begehen werden, Poirot», sagte Stillingfleet einmal. «Ich wette, Sie könnten ohne weiteres ungeschoren davonkommen. Aber eigentlich wäre es viel zu einfach für Sie – ich meine, es wäre überhaupt keine sportliche Herausforderung dabei.»
«Das», sagte Poirot, «ist eine typisch englische Vorstellung.»
Von Zeit zu Zeit frischte Poirot alte Freundschaften aus der belgischen Vergangenheit auf. Einer dieser alten Freunde war Pierre Combeau aus Paris, der in *Die großen Vier* entgegenkommenderweise im Zug die Notbremse zog und «eine Szene machte», so daß Hastings und Poirot, als «Herumtreiber in schmutzigen blauen Kitteln» verkleidet, abspringen konnten. In *Der Erymanthische Eber* tat Poirot einem alten Freund, Commissaire Lementeuil von der Schweizer Polizei, einen großen Gefallen, indem er auf einer Bergeshöhe eine Diebesbande schnappte. In *Der blaue Expreß* becircte Poirot während eines Aufenthalts an der Riviera seinen «guten Freund», M. Papoplous, Juwelenhändler von höchster Diskretion, ihm wichtige Informationen zu liefern. Und in *Mord im Orientexpreß* feierte er freudiges Wiedersehen mit einem alten belgischen Freund, M. Bouc, einem «kleinen, dicken alten Mann, der sein Haar mit Bürstenschnitt trug». Da der Zug voll war, verzichtete M. Bouc, Direktor bei der Compagnie Internationale des Wagons Lits großzügig zu Poirots Gunsten auf sein Schlafwagenabteil.
In Poirots späteren Jahren war sein treuester und hilfreichster Freund zweifellos Superintendent Albert Spence. Ein freundliches Schicksal fügte es, daß Spence etwa zu der Zeit in Poirots Leben trat, als Inspektor Japp in den Ruhestand ging, und fast zwanzig Jahre lang versorgte er Poirot mit wertvollen Polizeikontakten und -informationen. Er war zwar bei der Polizei von Oastshire, als Poirot in *Der Todeswirbel* das erste Mal mit ihm zusammenarbeitete, hatte jedoch früher einmal zu Scotland Yard gehört. In Charakter und Arbeitsweise unterschied er sich deutlich von Japp. Er war ein methodischer, skeptischer und gerechter Mann mit gedämpfter Stimme und einem beruhigenden Lächeln, Zeugen gegenüber freundlich. Er hatte das Gesicht eines Bauern, «verschlossen, ohne Ausdruck, mit scharfen, aber ehrlichen Augen. Es war das Gesicht eines Mannes mit festen Überzeugungen, den Selbstzweifel oder Zweifel darüber, was recht oder unrecht war, niemals quälen würden.»

Wir erinnern uns, daß Poirot ihm in *Vier Frauen und ein Mord* auf seine Bitte hin half, einen Justizirrtum zu verhindern, und dafür war er Poirot immer dankbar. «Sie haben mir damals einen großen Gefallen getan, Poirot. Ich bat Sie um Hilfe, und Sie haben mich nicht abgewiesen», sagte er Jahre später in *Schneewittchen-Party* zu ihm. Poirot konnte danach jederzeit auf seine Hilfe zählen. Selbst nach seiner Pensionierung verfügte er noch über einen gewissen Einfluß. In *Schneewittchen-Party* sah der Seniorpartner einer altmodischen Anwaltskanzlei zu seinem Erstaunen «einen Dandy, einen Stutzer, einen Ausländer» mit «höchst unpassenden Lackschuhen» an den Füßen vor sich, der ihm ein Empfehlungsschreiben von Superintendent Spence, ehemals Scotland Yard, überreichte.
Wie so viele von Poirots Freunden war auch Spence den leiblichen Genüssen nicht abgeneigt. Er hatte allerdings einen völlig anderen Geschmack als Poirot und für die Feinheiten der französischen Küche wenig Sinn. In *Schneewittchen-Party* sagte Poirot zu Ariadne Oliver: «Um sechs Uhr gehe ich zu meinem Freund Spence und seiner Schwester, wir trinken Tee und essen Wurst, und wir diskutieren.»
So gern er Poirot hatte, bei solchen Diskussionen pflegte Superintendent Spence, der immer den geraden Weg ging, häufig über Poirots gewundene Wege den Kopf zu schütteln. «Das Motiv», sagte Poirot in *Der Todeswirbel*, «hat uns auf Abwege geführt»:
«Wenn A ein Motiv hat, C zu töten, und B ein Motiv hat, D zu töten – nun, dann ist doch nicht einzusehen, warum A D töten sollte und B C, nicht wahr?»
Spence stöhnte. «Machen Sie es doch nicht so kompliziert, Monsieur Poirot. Ich habe nicht die leiseste Ahnung, was Sie mit Ihren As und Bs und Cs wollen.»
Soweit Inspektor Japp, Superintendent Battle, Colonel Race, Mr. Satterthwaite, Superintendent Spence und die anderen. Aber damit der Leser nicht glaubt, Poirot hätte nur männliche Freunde gehabt, werden wir uns jetzt zwei Personen zuwenden, die entschieden keine Männer waren: der Gräfin Vera Rossakoff und Ariadne Oliver.

13

Gräfin Rossakoff und Mrs. Oliver

«Mein lieber, lieber Freund!
Welch eine Freude, Sie wiederzusehen!»

Gräfin Vera Rossakoff in
Die Gefangennahme des Zerberus

Zwei Frauen lernte Poirot in England kennen, die für ihn sehr wichtig waren: die abenteuerliche Gräfin Vera Rossakoff und die Schriftstellerin Ariadne Oliver. Da keiner der Fälle Poirots, die aufgezeichnet wurden, die beiden Frauen zusammenführte, ist es unwahrscheinlich, daß sie, die in jeder Hinsicht so unterschiedlich waren, einander überhaupt je begegnet sind. Man kann sich die Gräfin Rossakoff schwer auf einem Literatentreff vorstellen oder Mrs. Oliver in einem Nachtlokal, aber wenn man sich unbedingt eine Begegnung der beiden vorstellen möchte, käme dafür höchstens eine kurze Zeitspanne Ende der dreißiger Jahre in Betracht, als die Gräfin Rossakoff vorübergehend in London lebte, und ein möglicher Ort wäre einer der Frisiersalons in Mayfair. Beide nämlich nahmen ihr Haar sehr wichtig. Man könnte sich also vorstellen, daß die beiden eines Morgens Seite an Seite beim Friseur saßen, die Gräfin, um sich das «üppige hennarote» Haar auffrischen zu lassen, Mrs. Oliver, um sich das unordentliche graue Haar in Form bringen zu lassen. Und wenn die beiden ins Gespräch gekommen wären, so hätte die Gräfin wahrscheinlich in dramatischen Tönen über ihre derzeitigen Mißverständnisse mit der Polizei geklagt, und Mrs. Oliver hätte dazu energisch genickt und erklärt: «Ja, wenn eine Frau die Leitung von Scotland Yard hätte!»

Poirot begegnete der Gräfin Rossakoff das erste Mal, als er Anfang der zwanziger Jahre in *Ein Indiz zuviel* einen Juwelendiebstahl bearbeitete. Die Gräfin war Flüchtling wie Poirot. «Die Gräfin Rossakoff ist eine äußerst charmante Russin, Angehörige des alten Regimes», lautete die Beschreibung, die Poirots Auftraggeber von ihr gab, als er die Gäste durchging, die auf dem Fest, bei dem seine antike Schmucksammlung verschwunden war, anwesend gewesen waren. Zunächst war Poirot skeptisch. *«Parbleu!* . . . Jede Frau kann sich eine russische Gräfin nennen», sagte er zu Hastings, aber als er sie persönlich kennenlernte, war er so hingerissen, daß alle Zweifel sich in Luft auflösten. Hastings hat ihre unangemeldete Ankunft in Poirots Salon sehr lebendig beschrieben:

«Ohne jede Vorwarnung flog die Tür auf, und ein wahrer Wirbelwind in Menschengestalt stürmte herein, angetan mit wehenden Zobelpelzen (es war so kalt, wie nur ein englischer Junitag sein kann) und einem Hut voll gemordeter Reiher.»

Im Zuge weiterer Ermittlungen suchten Poirot und Hastings sie am folgenden Morgen in ihrer Suite im Carlton Hotel auf, und schon nach wenigen Minuten gab die geistesgegenwärtige Gräfin, die «ein prächtiges Negligé von barbarischem Schnitt» trug, alle Bemühungen auf, Poirot hinters Licht zu führen. «Ach, was sind Sie doch für ein kluger kleiner Mann! Superb!» rief sie und händigte ihm den Schmuck aus. Er war wie gebannt.

«Welch eine Frau!» rief Poirot begeistert, als er mit Hastings die Treppe hinunterging. *«Mon Dieu, quelle femme!* Nicht ein Wort der Widerrede – des Protests, des Bluffs. Ein rascher Blick, und sie hatte die Situation erfaßt. Ich sage Ihnen, Hastings, eine Frau, die eine Niederlage auf diese Weise einstecken kann – mit einem unbekümmerten Lächeln –, wird es weit bringen!»

Von diesem Moment an galt der Gräfin Rossakoff Poirots ganze hoffnungslose Leidenschaft. «Eine Frau unter tausend – unter einer Million!» rief er, sie aus der Ferne anschwärmend. Wozu Hastings trocken bemerkte: «Kleine Männer bewundern immer mächtige, auffallende Frauen . . .»

Nach der kitzligen Geschichte mit dem Schmuck verschwand die Gräfin aus dem Carlton, und Poirot sah sie erst einige Jahre später in Paris wieder (*Die großen Vier*). «Daß sie auf seiten unserer erbittertsten Feinde gegen uns stand, schien für ihn überhaupt keine Bedeutung zu haben», schrieb Hastings erschüttert. Die Gräfin spielte, wie sich herausstellte, auf eigene Faust ein verzweifeltes Spiel. In der entscheidenden Schlacht mit den großen Vier rettete sie Poirot und Hastings vor der Vernichtung, und zum Dank

führte Poirot sie mit ihrem kleinen Sohn zusammen, den sie tot geglaubt hatte.
Die Gräfin Rossakoff Mutter? «Was?» schrie Hastings, worauf Poirot lässig erwiderte:
«Aber ja! Sie kennen mein Motto – allzeit bereit! Sobald ich dahinterkam, daß die Gräfin Rossakoff mit den großen Vier zu tun hatte, ließ ich alle erdenklichen Nachforschungen über ihre Vergangenheit anstellen. Ich erfuhr, daß sie ein Kind gehabt hatte, das angeblich getötet worden war, und ich stellte fest, daß die Geschichte Diskrepanzen aufwies, die mich fragen ließen, ob das Kind nicht vielleicht doch noch am Leben sein könnte. Schließlich gelang es mir, den Jungen aufzuspüren und für eine große Summe Geldes freizukaufen. Der arme kleine Kerl war halb verhungert. Ich brachte ihn bei freundlichen Menschen in Sicherheit und machte ein Foto, das ihn in seiner neuen Umgebung zeigt. Und so hatte ich, als der Moment gekommen war, meinen kleinen *coup de théâtre* fertig.»
Auf den letzten Seiten von *Die großen Vier* wird angedeutet, daß Poirot seinen Mut zusammenzuraffen suchte, um der Gräfin einen Heiratsantrag zu machen; ob er den Mut dann in letzter Minute verlor oder die Gräfin ihm einen Korb gab, werden wir nie erfahren. Fest steht, daß er kurz danach aufs Land floh, um Kürbisse zu züchten, und die Gräfin erst Ende der dreißiger Jahre wiedersah, als er sie zu seiner Überraschung in der Londoner Untergrundbahn auf einer Rolltreppe entdeckte. Aber sein Herz hatte ihr immer gehört, und in seinen Augen konnte keine Frau ihr das Wasser reichen:
«Ach, diese jungen Frauen um ihn herum – sie waren einander alle so ähnlich, es fehlte ihnen an Charme, an üppiger, lockender Weiblichkeit. Er verlangte verschwenderische Reize. Ah, eine *femme du monde* zu sehen, schick, *spirituelle* – eine Frau mit fülligen Kurven, eine übertrieben und extravagant gekleidete Frau!»
In *Die Gefangennahme des Zerberus*, auf der Rolltreppe am Untergrundbahnhof Piccadilly Circus, verliebte Poirot sich von neuem in die Gräfin Rossakoff:
«Obwohl etwa zwanzig Jahre vergangen waren, seit er sie das letzte Mal gesehen hatte, wirkte der Zauber immer noch. Ihr Make-up glich jetzt dem Sonnenuntergang eines Landschaftsmalers und verbarg die Frau darunter, doch für Hercule Poirot verkörperte sie noch immer üppige und lockende Sinnlichkeit.»
Sie hatte sich, wie Poirot herausfand, als er sie endlich aufstö-

berte, eine neue Karriere als Geschäftsführerin eines spektakulären Nachtlokals aufgebaut, dessen Eingangstür von einem bedrohlichen Tier namens Zerberus bewacht wurde, «dem größten, häßlichsten und schwärzesten Hund, den Poirot je gesehen hatte».
Die Gräfin, ganz in Scharlachrot, war überglücklich, Poirot wiederzusehen, und als er sich nach Niki erkundigte, dem einst halbverhungerten Söhnchen, da strahlte das Gesicht der Gräfin vor mütterlichem Stolz.»
«Der kleine Engel! So groß geworden, so breite Schultern und so gut aussehend. Er ist in Amerika. Er baut dort – Brücken, Banken, Hotels, Warenhäuser, Eisenbahnen – alles, was die Amerikaner wollen.»
Poirot war etwas verwirrt. «Dann ist er also Ingenieur? Oder Architekt?»
«Was spielt das für eine Rolle?» meinte die Gräfin. «Er ist einfach hinreißend . . .»
Bei seinen Besuchen im Nachtlokal Hell – in der «Hölle» – merkte Poirot bald, daß die Gräfin von zwei Seiten bedroht wurde: Sie sollte zum Sündenbock eines Drogensyndikats gemacht werden, und sie sollte die Schwiegermutter von Alice Cunningham werden, einer höchst unsympathischen jungen Frau, die mit dem fernen Niki verlobt war. «Ich schreibe an einem Buch über die Psychologie des Verbrechens», erklärte Miss Cunningham Poirot: «Ich finde das Nachtleben hier sehr aufschlußreich. Wir haben mehrere Typen von Verbrechern, die regelmäßig hierherkommen. Mit einigen von ihnen habe ich über ihre Kindheit gesprochen. Von Veras kriminellen Tendenzen wissen Sie natürlich – ich meine, daß sie stiehlt?»
«Äh – ja – das weiß ich», antwortete Poirot etwas verdattert.
«Ich persönlich nenne das den Elsterkomplex. Sie wissen ja, sie nimmt nur glitzernde Dinge. Niemals Geld. Immer Schmuck. Ich weiß, daß sie als Kind sehr verwöhnt, aber auch streng behütet wurde. Ihr Leben war unerträglich langweilig – langweilig und sicher. Ihr Wesen aber lechzte nach Dramatik – nach Bestrafung. Das ist die Wurzel ihrer Neigung zum Diebstahl. Sie möchte Anerkennung über die Bestrafung.»
«So sicher und langweilig», wandte Poirot ein, «kann ihr Leben als Angehörige des *ancien régime* in Rußland während der Revolution nicht gewesen sein.»
Leichte Erheiterung zeigte sich in Miss Cunninghams blaßblauen

Augen. «Ach», sagte sie, «Angehörige des *ancien régime?* Das hat sie Ihnen erzählt?»
«Sie ist zweifellos von Adel», meinte Poirot tapfer und kämpfte unbehagliche Erinnerungen an die divergierenden Lebensgeschichten nieder, die die Gräfin selbst ihm erzählt hatte.
«Man glaubt, was man glauben möchte», bemerkte Miss Cunningham . . .
Aus all diesen Bedrängnissen rettete der ritterliche Poirot die Gräfin und erhielt überschwenglichen Dank dafür. Im Gedanken an ihren Sohn rief die Gräfin:
«‹Wären Sie nicht gewesen, so säße seine Mutter jetzt im Gefängnis – mit geschorenem Kopf – in einer Zelle – nach Desinfektionsmittel riechend . . .›
Sie ging auf Poirot zu und umarmte ihn mit slawischem Feuer . . . Der Hund Zerberus klopfte mit dem Schwanz auf den Boden.»
Kurz nach dieser Episode verschwand die Gräfin wieder, vermutlich nach Amerika, wo Niki, wie Poirot hörte, sich schließlich mit der Tochter eines Stahlmagnaten verlobte. Sie tauchte nicht wieder in Poirots Leben auf, aber seine Bewunderung für sie ließ niemals nach:
«. . . wer konnte der Gräfin Vera Rossakoff das Wasser reichen? Eine echte russische Aristokratin, Aristokratin bis in die Fingerspitzen! Und dazu, fiel ihm ein, eine äußerst geschickte Diebin – eine geniale Person . . .»

Wenn auch nicht dazu geschaffen, romantische Phantasien zu nähren, war die gestandene Ariadne Oliver doch gewiß die Interessanteste unter Poirots Freunden und Mitarbeitern. Nicht nur lieferte sie ihm alle möglichen erfrischenden Theorien über das Verbrechen, sie gibt dem Leser auch Einblick in die Qualen des Schreibens.
«Störe ich?» fragte ein Besucher in *Mit offenen Karten.*
«Ja und nein», antwortete Mrs. Oliver. «Gewiß, ich arbeite, wie Sie sehen. Aber mein gräßlicher Finne hat sich fürchterlich verheddert. Erst hat er anhand einer Schüssel voll grüner Bohnen eine brillante Schlußfolgerung gezogen, und jetzt hat er gerade in der Füllung der Martinsgans ein tödliches Gift aufgestöbert, und mir ist eben eingefallen, daß es zu Sankt Martin ja gar keine grünen Bohnen mehr gibt.»
Poirot begegnete Mrs. Oliver zum erstenmal bei einem Literatenessen, aber erst auf Mr. Shaitanas Abendgesellschaft im Jahr

1937 lernte er sie näher kennen. «Darf ich Sie bekannt machen – Sie kennen Mrs. Oliver?» sagte der diabolische Gastgeber und «freute sich an dem überraschten Zusammenzucken Poirots», denn Mrs. Oliver war eine sehr bekannte Autorin von Kriminalromanen, also selbst eine Berühmtheit:
«Sie war nicht über Gebühr bescheiden. Sie fand, die Kriminalgeschichten, die sie schrieb, in ihrer Art recht gut. Manche waren nicht so gut, manche waren besser als andere. Aber es bestand ihrer Ansicht nach kein Grund vorzugeben, sie sei etwas Besonderes. Sie hatte nur das Glück, auf den richtigen Dreh gekommen zu sein und genau das zu schreiben, was viele Leute lesen wollten.»
Über ihre Jugend wissen wir, daß sie nach Paris geschickt wurde, um «den letzten Schliff» zu erhalten, und daß sie, mit ihren eigenen Worten, «fest entschlossen war, Nonne zu werden», und später Krankenschwester werden wollte. In der Christie-Literatur tauchte sie zum erstenmal Anfang der dreißiger Jahre auf, bereits mittleren Alters, verwitwet, eine «weltberühmte Romanautorin». Zu dieser Zeit gehörte sie zum Stab des außergewöhnlichen Parker Pyne, eines pensionierten Beamten, der sich nun als eine Art Detektiv-Therapeut der Aufgabe verschrieben hatte, anderen aus Notsituationen zu helfen. Unter der Rubrik «Verschiedenes» erschien in den Morgenzeitungen regelmäßig seine Anzeige:
«Sind Sie glücklich? Wenn nicht, wenden Sie sich an Mr. Parker Pyne, 17 Richmond Street.»
In der Richmond Street 17 saß Mrs. Oliver in einem Zimmer ganz oben im Haus «an einem Tisch mit einer Schreibmaschine, mehreren Notizblöcken, einem Durcheinander loser handschriftlicher Aufzeichnungen und einer großen Tüte Äpfel» und dachte sich für Mr. Pynes Klienten Happy-Ends aus – ein Kinderspiel für jemanden, der «sechsundvierzig erfolgreiche Romane» geschrieben hatte, «alle Bestseller in England und Amerika» und in viele Sprachen übersetzt. Mrs. Olivers Zusammenarbeit mit Parker Pyne war jedoch nur ein Zwischenspiel; sie nahm bald ihre Arbeit als freiberufliche Autorin wieder auf.
Wie Poirot und so viele seiner Freunde war auch Mrs. Oliver gegen das Alter gefeit. Vierzig Jahre lang veränderte sich nichts an ihr außer ihrer Haartracht. In *Elefanten vergessen nicht*:
«Mrs. Oliver betrachtete sich im Spiegel ... Ihr Problem war – und sie gab das freimütig zu –, daß ihre Frisur ständig wechselte. Sie hatte fast jede Frisur ausprobiert. Einmal hatte sie es mit einem

strengen Knoten versucht, dann mit einer Windstoßfrisur, bei der die Locken aus dem Gesicht gebürstet wurden, um die Denkerstirn zur Geltung kommen zu lassen, zumindest hoffte sie, daß sie eine Denkerstirn hatte. Sie hatte kleine Löckchen getragen, und sie hatte es mit einer zerzausten Künstlermähne versucht ...»

Mrs. Oliver war groß und kräftig, hatte eine «angenehme Baßstimme», «schöne Augen» (die manchmal hinter einer großen Brille verborgen waren), und war «auf eine ziemlich unordentliche Art eine gutaussehende Frau». Mindestens einmal mußte Poirot sie aus ihrem kleinen Zweisitzer herausbugsieren, wonach sie sich schüttelte wie «ein großer Neufundländer». Hinsichtlich ihrer Kleidung war sie oft unsicher und das mit Recht. Bei einem großen Diner in *Wiedersehen mit Mrs. Oliver* heißt es von ihr, daß sie «eisengrauen Satin» trug und aussah wie ein «ausrangiertes Schlachtschiff».

Wenn nötig, konnte Mrs. Oliver einen «geschäftsmäßigen Ton wie bei einer Ausschußsitzung» anschlagen, aber Reden zu halten weigerte sie sich. «Ich weiß, was ich kann und was ich nicht kann. Und ich kann keine Reden halten. Ich bin nervös und aufgeregt und würde wahrscheinlich stottern oder zweimal das gleiche sagen.» Machte man ihr Komplimente über ihre Arbeit, lief sie unweigerlich rot an vor Verlegenheit. «Ich schreibe nur ganz simple Mordgeschichten», pflegte sie dann entschuldigend zu sagen. Da sie zur Prominenz gehörte, versuchte man ständig, sie «über solche Dinge wie Studentenunruhen, den Sozialismus, die Mode, sexuelle Freiheit und vieles andere» zu interviewen. Obwohl ihr «die Politik immer verhaßt» war, gab es ein Thema – die Gleichberechtigung der Frau –, zu dem Mrs. Oliver jederzeit bereit war sich zu äußern. «Aber ich hatte nicht die Absicht mich zurückzuziehen und diesen drei Männern den ganzen Spaß zu lassen», erklärte sie in bezug auf die Ermittlungen in *Mit offenen Karten*, und die nachsichtige Erheiterung über ihre Behauptung, es sei Zeit, daß eine Frau die Leitung von Scotland Yard übernähme, machte ihr überhaupt nichts aus.

Obwohl sie viele Freunde hatte und so viele Patenkinder, daß sie sie kaum alle im Kopf behalten konnte, war Mrs. Oliver am glücklichsten zu Hause mit «einem Holztisch, ihrer Schreibmaschine, schwarzem Kaffee und vielen, vielen Äpfeln ... Welche Wonne, welche Wonne herrlichen Alleinseins! Welch ein Fehler für eine Schriftstellerin, sich aus ihrer geheimen Festung herauszuwagen. Schriftsteller waren scheue, ungesellige Wesen, die ihren Mangel

an Kontaktfähigkeit dadurch wettmachten, daß sie sich ihre eigenen Freunde und Gespräche erfanden.»
Als Poirot Mrs. Oliver kennenlernte, wohnte sie in der Harley Street im obersten Stockwerk eines eleganten Mietshauses «mitten unter lauter Pflegeheimen», wie sie mit leichtem Spott sagte. Später scheint sie in ein Haus in Eaton Terrace umgezogen zu sein. Wo immer sie auch wohnte, ihr Wohn- und ihr Arbeitszimmer hatten immer exotische Tapeten. Einmal war es ein «Gewirr von Vögeln und Pflanzen», ein andermal ein Muster mit Früchten, bei dem Poirot den Eindruck hatte, sich in «einem Kirschgarten» zu befinden. Zweifellos war Poirot manches Mal auch bestürzt über die Unordnung in Mrs. Olivers Wohnzimmer, die daher rührte, daß sie die Gewohnheit hatte, Apfelbutzen und Papiere liegenzulassen, wo sie ging und stand. Dagegen kamen auch die diversen fürsorglichen ältlichen Dienstmädchen nicht an – Milly in *Das fahle Pferd*, «ein resoluter Drache, die ihre Herrin vor dem Ansturm der Außenwelt schützte», Edith in *Die vergeßliche Mörderin*, die längst überfällige Manuskripte zur Post trug; und Maria in *Elefanten vergessen nicht*, die «immer Beifall und Lob spendete».
Mrs. Oliver hatte auch mehrere Sekretärinnen. Eine von ihnen, in *Mit offenen Karten*, war «so tüchtig, daß es mich deprimierte ... Dann versuchte ich es mit einer richtig untüchtigen Sekretärin, aber das ging natürlich auch nicht gut». Jahre später, in *Elefanten vergessen nicht*, beklagte sie den Verlust einer Sekretärin, die genau ihren Vorstellungen entsprochen hatte («Wenn ich Sedgwick nicht zurückbekomme, werde ich noch verrückt, dachte Mrs. Oliver bei sich»), und betrachtete ihre neue Sekretärin, Miss Livingstone, mit Unbehagen: «Jeder Zug in ihrem Gesicht sagte: Ich bin sehr tüchtig. Aber in Wirklichkeit, fand Mrs. Oliver, war sie es nicht.»
Ihrem Beruf war die erfolgreiche Mrs. Oliver mit einer Haßliebe verbunden. «Ich leide Qualen», pflegte sie zu stöhnen und sich das Haar zu raufen, aber kaum hatte sie ein Buch fertig, nahm sie schon das nächste in Angriff. «Man muß tatsächlich nachdenken, wissen Sie», erklärte sie in *Mit offenen Karten*:
«An manchen Tagen kann ich nur dabeibleiben, indem ich mir immer wieder vorsage, wieviel Geld ich vielleicht für meine nächsten Serienrechte bekomme. Das spornt einen an, wissen Sie. Und das Bankkonto auch, wenn man sieht, wie weit man es überzogen hat.»

In *Vier Frauen und ein Mord* gibt es eine interessante Szene, in der Mrs. Oliver einigen ihrer Werke in einem Schaufenster begegnet: «‹Das Geheimnis des zweiten Goldfischs›», überlegte sie, «das ist recht gut. ‹Der Tod der Katze› – da habe ich ein Blasrohr dreißig Zentimeter lang gemacht, dabei mißt es in Wirklichkeit einen Meter achtzig. Lächerlich, sich vorzustellen, daß so ein Ding so lang ist, aber mir hat extra jemand aus einem Museum geschrieben, um mich aufzuklären. Manchmal glaube ich, daß manche Leute nur Bücher lesen, weil sie hoffen, Fehler darin zu finden. Und was ist das da? Ach, ‹Tod einer Debütantin› – schrecklicher Quatsch! Da habe ich Sulfonal in Wasser löslich gemacht, dabei ist es das gar nicht, und die ganze Geschichte ist von A bis Z höchst unwahrscheinlich. Mindestens acht Leute sterben, ehe Sven Hjerson endlich seine Erleuchtung hat.»
Poirot wird vielleicht ein wenig mulmig geworden sein, wenn Mrs. Oliver in zornige Schimpftiraden gegen ihren berühmten Detektiv Sven Hjerson ausbrach:
«Warum ausgerechnet ein Finne, wenn ich von Finnland keine Ahnung habe? Warum ein Vegetarier? Warum diese ganzen idiotischen Manierismen, die er hat? Das passiert einfach. Man versucht etwas – die Leute scheinen es zu mögen –, und dann macht man weiter, und ehe man weiß, wie einem geschieht, steht man da und ist sein Leben lang an so einen verrückten Sven Hjerson gefesselt. Und dann schreiben einem die Leute auch noch, wie gern man ihn haben müsse. Gern haben? Den? Wenn ich diesem knochigen, schlaksigen, gemüsefressenden Finnen in Wirklichkeit begegnen würde, würde ich einen besseren Mord begehen, als ich ihn je erfunden habe.»
Manchmal jedoch nahm sie ihn auch in Schutz. In *Vier Frauen und ein Mord* stritt sie hitzig mit einem Bühnenautor, der eines ihrer Bücher für das Theater bearbeiten wollte und vorschlug, aus Sven Hjerson einen norwegischen Widerstandskämpfer zu machen:
«Aber, Darling, wenn er sechzig ist, dann ist doch diese Spannung zwischen ihm und dem Mädchen – wie heißt es gleich? Ingrid, ja – nicht glaubhaft. Ich meine, da würde er ja als fieser alter Lustmolch dastehen.»
«Das ist wahr.»
«Also *muß* er fünfunddreißig sein», sagte Robin triumphierend.
«Dann kann es aber nicht Sven Hjerson sein. Dann machen Sie einfach einen jungen Mann daraus, der beim norwegischen Widerstand ist.»

«Aber liebste Ariadne, der ganze Witz an dem Stück ist doch Sven Hjerson. Sie haben eine riesige Leserschaft, die diesen Sven Hjerson hinreißend findet und in Scharen kommen wird, um ihn auf der Bühne zu sehen. Er ist ein Kassenmagnet, Darling.»
«Aber die Leute, die meine Bücher lesen, kennen ihn doch. Sie können nicht einen völlig neuen jungen Mann in der norwegischen Widerstandsbewegung erfinden und ihn einfach Sven Hjerson nennen.»
«Ariadne, Schätzchen, das habe ich doch alles schon erklärt. Es handelt sich nicht um ein Buch, sondern um ein Theaterstück. Und da brauchen wir den Glamour. Und wenn wir diese Spannung, diesen Antagonismus zwischen Sven Hjerson und dieser – wie heißt sie gleich? – ach ja, Karen – herausbringen – Sie wissen schon, diese Feindseligkeit, hinter der in Wirklichkeit eine starke Anziehung steht –«
«Sven Hjerson hat sich aus Frauen nie was gemacht», sagte Mrs. Oliver kalt.
«Aber er darf doch kein Schwuler sein, Darling. In so einem Stück nicht ... da geht es doch um Mord und Spannung und frische saubere Unterhaltung.»
Poirot, der immer strenge Kritiker, gab Mrs. Oliver in seinem eigenen Buch eine mittelmäßige Note, trotz ihrer langen Freundschaft. «Ich kann ihren Büchern nicht meinen ungeteilten Beifall zollen», sagte er in *Auf doppelter Spur* zu Colin Lamb:
«Zu unbekümmert wird da der lange Arm des Zufalls bemüht. Und in ihrer jugendlichen Torheit hat sie damals aus ihrem Detektiv einen Finnen gemacht, dabei liegt auf der Hand, daß sie die Finnen und Finnland überhaupt nicht kennt, abgesehen vielleicht von den Werken Sibelius'. Dennoch hat sie originelle Gedanken, zieht hin und wieder gescheite Schlußfolgerungen und hat in späteren Jahren eine Menge über Dinge gelernt, von denen sie zuvor keine Ahnung hatte.»
Es wird nicht unbemerkt geblieben sein, daß sowohl Poirots als auch Mrs. Olivers Vorname der griechischen Mythologie entnommen ist. Ariadne, die Tochter des Königs Minos, gab ihrem grausamen Helden Theseus ein Fadenknäuel, das ihn, nachdem er den Minotaurus getötet hatte, aus dem Labyrinth herausführen sollte. Manche Leute sehen in dieser Geschichte eine Parallele zu der Rolle, die Mrs. Oliver in den sechs Fällen spielte, in denen sie mit Poirot zusammenarbeitete. Mrs. Oliver hätte eine solche Idee sicherlich weit von sich gewiesen. «Ja, es ist ein griechischer

Name», sagte sie in *Schneewittchen-Party*, «aber mir ist nie etwas Ariadne-artiges passiert. Ich wurde nie von meinem Geliebten auf einer griechischen Insel sitzengelassen oder so was.» Ein Liebespaar waren sie und Poirot gewiß nicht, aber treue Freunde:
«Wenn meine Freundin, Mrs. Oliver, mich um etwas bittet, tue ich es immer», sagte Poirot.
«So ein Unsinn», meinte Mrs. Oliver.
Ihre Freundschaft war derart, daß jeder beim anderen genau die richtige Art von Ermutigung und die richtigen Trostpflästerchen finden konnte. In *Elefanten vergessen nicht*:
«Kaffee», sagte Poirot. «Lassen Sie Kaffee machen und einige *petit fours* herrichten. Ich glaube, ich habe erst neulich welche bei Fortnum and Mason bestellt.»
«Einen Likör vielleicht, Sir?»
«Nein, ich denke nicht. Ich selbst nehme einen *sirop de cassis*.»
«Ja, Sir.»
Mrs. Oliver kam auf die Minute. Poirot begrüßte sie mit allen Anzeichen von Freude.
Poirots Zuneigung zu Mrs. Oliver ging so weit, daß er für sie sogar eine seiner Kardinalregeln brach. Sie hatte die Ehre, als einzige Erwachsene – abgesehen von den Dienstboten – beim Vornamen genannt zu werden. «Und wer sind Sie?» fragte er eine höchst verwirrte Anruferin in *Schneewittchen-Party*.
«Die Stimme der Frau verriet Überraschung. ‹Das wissen Sie nicht?› fragte sie ungläubig.
‹Doch, ich weiß es›, sagte Hercule Poirot. ‹Sie sind meine Freundin Ariadne.›»
Ein großer Teil ihrer gemeinsamen Detektivarbeit entsprang Mrs. Olivers Talent, geheimnisvolle Mordfälle aufzuspüren, die mit denen, an denen sie gerade schrieb, nichts zu tun hatten. Sie brachte dadurch viel Leben in Poirots Alter, wenn er auch mit ihren Methoden und ihren Schlußfolgerungen selten zufrieden war. Er mußte dennoch eingestehen, daß ihre originelle, wenn auch schlampige Denkweise ihn manchmal inspirierte. In *Der Todeswirbel*:
«Es ist unglaublich», sagte Poirot mit Hochachtung. «Immer bringen Sie mich auf Gedanken. Genau wie mein Freund Hastings, den ich seit vielen, vielen Jahren nicht mehr gesehen habe. Sie haben mir jetzt den Hinweis gegeben, der mich der Lösung meines Problems wieder ein Stück näherbringen wird.»
In einem höchst interessanten Buch, *Das fahle Pferd* (1961), betä-

tigte Mrs. Oliver sich auf eigene Faust als Detektivin. Neben anderen Geheimnissen deckte sie darin auch das Geheimnis ihres Erfolges auf:
«Ach, Chelsea!» sagte Mrs. Oliver. «Alles spielt sich hier ab, glaube ich. Beatniks und Sputniks und Spießer und die Beat-Generation. Ich schreibe selten über sie, weil ich solche Angst habe, den Jargon falsch zu verwenden. Ich finde, es ist sicherer, bei dem zu bleiben, was man kennt.»
«Zum Beispiel?»
«Leute auf Kreuzfahrten und in Hotels, wie es in Krankenhäusern und im Gemeinderat zugeht . . . Musikfeste und Verkäuferinnen, und alle Arten von Komitees und Tageshilfen und junge Männer und Frauen, die im Interesse der Wissenschaft die Welt bereisen, und Ladenhilfen –»
«Sie finden das Leben schön, nicht wahr?» fragte jemand sie einmal. «Ja», antwortete sie. «Es liegt wahrscheinlich an dem Gefühl, daß man nie weiß, was als nächstes geschieht.»
Ach, Mrs. Oliver, seligen Angedenkens!

14

Der stets verfügbare Poirot

«Aber Sie sind doch ganz oben an der Spitze, nicht wahr, Monsieur Poirot? ... Ich meine, Sie sind doch jemand, der von Mitgliedern der königlichen Familie zugezogen wird oder vom Innenministerium, oder von Herzoginnen.»

Gladys Nevill in *Das Geheimnis der Schnallenschuhe*

Spätestens im Moment seiner Ankunft in England muß Poirot schmerzlich zu Bewußtsein gekommen sein, daß ihm nichts anderes übrigbleiben würde, als wieder zu arbeiten. Das behagliche Leben in Brüssel mit Aussicht auf die unmittelbar bevorstehende Pensionierung und finanzielle Sicherheit war dahin. Statt dessen mußte er nun, wie er Hastings später sagte, «von der Wohltätigkeit eines fremden Landes leben».

Wir wissen, daß Poirot nach kurzem Zwischenaufenthalt in Styles mit Bravour den Mord an seiner Wohltäterin aufklärte und sich danach als Privatdetektiv in London niederließ. Es spricht ebensosehr für seinen Geschäftssinn wie für seine detektivischen Fähigkeiten, daß er nach bescheidenen Anfängen innerhalb weniger Jahre zum gesuchtesten – und teuersten Privatdetektiv Londons wurde. Er hatte solchen Erfolg, daß er nie auch nur an eine Rückkehr nach Belgien gedacht zu haben scheint, und er war so neugierig, daß er viele Fälle übernahm, die ihm keinen Penny einbrachten. In *Die Doppelsünde* schildert Hastings diese frühen Jahre:

«Mein kleiner Freund war eine merkwürdige Mischung aus flämischer Sparsamkeit und künstlerischer Leidenschaft. Dieser erste Instinkt bewog ihn oft, Fälle zu übernehmen, die ihn kaum interessierten. Er übernahm aber auch Fälle, die kein Geld einbrachten, nur weil das Problem dabei ihn interessierte.»

Mitte der zwanziger Jahre hatte Poirot genug verdient, um sagen zu können – wie er das im Laufe seines Lebens immer wieder tat –, er hätte es nicht nötig, je wieder einen Fall zu übernehmen. Er war offensichtlich ein Meister in der Kunst, zahlungskräftige Klienten anzulocken, hohe Honorare zu verlangen und sein Geld klug zu verwalten. Wie stellte er es an?

Es gibt ein, zwei Hinweise darauf, daß Poirot in den frühen Tagen seiner Privatdetektei annonciert hat, aber binnen kurzem kamen die Leute auf persönliche Empfehlung zu ihm. In *Mord in Mesopotamien* zum Beispiel zog Dr. Leidner, der Archäologe, Poirot hinzu, weil er einmal gehört hatte, wie «ein Mr. van Aldin sich sehr lobend über ihn äußerte». Zehn Jahre später, in *Der Tod auf dem Nil,* blieb die alte Miss van Schuyler, die «majestätisch bettwärts schritt», noch einmal stehen und sagte: «Mir ist eben klargeworden, wer Sie sind, Monsieur Poirot. Ich darf Ihnen sagen, daß ich durch meinen alten Freund Rufus van Aldin schon von Ihnen gehört habe.»

Das klappte natürlich nur so gut, weil Poirot die in ihn gesetzten Erwartungen auch erfüllte. Er klärte schwierige und peinliche Kriminalfälle effizienter auf als jeder andere, er war diskreter als die Polizei – das hofften die Auftraggeber jedenfalls. «Überlassen Sie es Hercule Poirot», pflegte er beruhigend zu sagen. «Haben Sie keine Angst. Ich werde die Wahrheit aufdecken.» Und das tat er auch, und manchmal war niemand überraschter und erschrockener als der Auftraggeber selbst.

Nachdem er durch seinen Ruf einmal Zutritt zu den inneren Kreisen der Macht gewonnen hatte, kamen auch von dort lukrative Aufträge. Im Laufe der Jahre stellte er seine Dienste Premierministern, dem Innenministerium, ausländischen Regierungen und großen Wirtschaftsunternehmen zur Verfügung, doch mit der Zeit haben ihn diese Politiker und Versicherungsgesellschaften offenbar angeödet. In *Das Haus an der Düne* lehnte er einen dringenden Ruf aus Whitehall rundweg ab.

«Ich sage mit aller Großzügigkeit: Gebt den jungen Leuten eine Chance ... Für diese zweifellos langweilige Affäre des Innenministers werden sie gut genug sein.»

Zu seinen interessantesten und befriedigendsten Fällen gehörten die, die er auf eigene Initiative und ohne Aussicht auf ein Honorar übernahm. *«Pas un sou!»* rief er gebieterisch in *Dreizehn bei Tisch.* «Wenn ein Fall mich interessiert, rühre ich kein Geld an.»

Ein ebensolcher Fall ergab sich in *Das Haus an der Düne.* Poirot bot galant einer schelmischen und selbständigen jungen Dame seine

Dienste an, auf die ein unbekannter Angreifer aus unerklärlichen Gründen geschossen hatte. Hastings hat die Szene beschrieben:

> «Beunruhigen Sie sich nicht, Miss Buckley. Wir werden Sie beschützen.»
> «Wie schrecklich nett von Ihnen», sagte Nick. «Ich finde die ganze Geschichte absolut fabelhaft. Einfach spannend.»
> Sie gab sich weiterhin unbekümmert, als ginge das alles sie nichts an, doch in ihren Augen meinte ich Beunruhigung zu sehen.
> «Und als erstes», sagte Poirot, «halten wir die Konsultation ab.»

Diese Konsultationen fanden im allgemeinen in Poirots Salon statt. Es kam vor, daß ein verzweifelter Klient einfach unangemeldet hereinplatzte, im allgemeinen jedoch vereinbarte man vorher einen Termin und erzählte dann, wenn man nach angemessener Wartezeit im Salon Platz genommen hatte, seine Geschichte. Klar, daß bei so einem Erstgespräch jeder der beiden Partner versuchte, sich vom andern ein Bild zu machen. «Sie versuchen, sich darüber klarzuwerden – nicht wahr? –, ob ich ein bloßer Scharlatan bin oder der Mann, den Sie suchen», sagte Poirot in *Das unvollendete Bildnis* zu Carla Lemarchant.
«Hm, ja – so ungefähr. Wissen Sie, Monsieur Poirot, Sie – Sie sehen eigentlich nicht so aus, wie ich Sie mir vorgestellt hatte.»
«Und ich bin alt, nicht wahr? Älter als Sie erwarteten?»
«Ja, das auch ... Ich will ganz offen sein. Ich möchte – ich brauche – den Besten.»
«Keine Sorge», sagte Hercule Poirot. «Ich bin der Beste.»
Poirot seinerseits nahm längst nicht jeden Fall an, schon gar nicht, nachdem er einmal etabliert war. In *Die großen Vier* stellte Hastings fest:
«Die Zeiten, als seine Fälle ihn von einem Ende Englands ans andere führten, waren vorbei. Er war berühmt, und er ließ nicht mehr zu, daß ein einziger Fall seine gesamte Zeit in Anspruch nahm. Es wurde mehr und mehr sein Ziel, als ‹beratender Detektiv› betrachtet zu werden – als Spezialist nach Art der Ärzte in der Harley Street.»
Die Sonderstellung, die er aufgrund seiner Berühmtheit genoß, gestattete es Poirot, bei Absagen recht von oben herab zu sein. «Ich muß den Fall ablehnen», erklärte er einem amerikanischen Großindustriellen in *Das Geheimnis des Plymouth-Expreß*, «Sie wa-

ren nicht offen zu mir.» In *Mord im Orientexpreß* pfiff er auf ein hohes Honorar: «Verzeihen Sie mir, wenn ich persönlich werde – mir gefällt Ihr Gesicht nicht, M. Ratchett.»
Nahm er einen Fall an, so neigte er dazu, Bedingungen zu stellen, die für den Auftraggeber manchmal zum Bumerang wurden. «Ich übernehme den Fall», sagte er in *Hercule Poirots Weihnachten* zu Mr. Alfred Lee, «aber Sie verstehen, Mr. Lee, daß es ein Zurück nicht geben kann. Ich bin kein Hund, den man auf eine Fährte setzt und dann zurückpfeift, weil einem das Wild nicht paßt, das er aufgestöbert hat.»
Und was hat Poirot nun verlangt, wenn er einen Fall übernahm? «Ich frage mich lediglich, ist diese Sache so interessant, daß ich sie übernehmen möchte?» konnte er großartig sagen, doch es bleibt die Tatsache bestehen, daß Poirots Wohnung in Mayfair, seine teure Garderobe, die Gehälter von George und Miss Lemon, die ereignisreichen Urlaubsreisen ans Mittelmeer und gelegentliche Extravaganzen wie Messarro Gratzs und Wochenendhäuser bezahlt werden wollten.
«Sie wissen, daß meine Honorare hoch sind?» warnte er mehr als einmal, doch über die tatsächliche Höhe wurde niemals offen gesprochen. Ein lachhaft geringes Honorar wie die Guinee, die Mrs. Todd ihm in *Köchin gesucht* bezahlte, oder ein beeindruckend hohes wie die zwanzigtausend Dollar, die ihm in *Mord im Orientexpreß* geboten wurden, durften wegen ihrer Außergewöhnlichkeit beim Namen genannt werden, ansonsten wurden finanzielle Vereinbarungen auf emotionaler, aber nicht auf sachlicher Ebene abgehandelt. «Geld spielt keine Rolle!» sagte da wohl jemand. «Mein armer Vater – ermordet – brutal ermordet! Sie müssen herausfinden, wer das getan hat, Monsieur Poirot!» Oder: «Das ganze Vermögen habe ich für mein kleines Mädchen verdient – jetzt, wo sie tot ist, werde ich meinen letzten Cent ausgeben, um den gemeinen Schurken zu schnappen, der es getan hat.» Ja, Poirot genoß einen so hervorragenden Ruf, daß ihm im allgemeinen *carte blanche* gegeben wurde. Wenn solche Fälle erledigt waren, folgte zweifellos bald eine auf Poirots «teurem» Briefpapier fein säuberlich getippte dicke Rechnung. «Mit einer vornehmen Gesinnung, *chère madame*», sagte er einmal zu einer Klientin, die feilschen wollte, «lassen sich die Kosten für Schiffs-, Eisenbahn- und Flugreisen nicht bezahlen. Ebensowenig die Ausgaben für lange Telegramme und die Einvernahme von Zeugen.»
Kurz und gut, Poirot verdiente eine Menge Geld. «Sie müssen in-

zwischen Millionär sein», bemerkte Japp in *Dreizehn bei Tisch.* «Was tun Sie mit dem Geld? Sparen Sie es?» – «Selbstverständlich übe ich mich in Sparsamkeit», antwortete Poirot. Er lebte gut, aber er wußte auch genau, wofür das Geld ausgegeben wurde. In *Der ballspielende Hund* gibt es eine Szene, in der er, nachdem er einen eben geschriebenen Brief zerrissen hatte, «die angefeuchtete Briefmarke sorgfältig mit der Vorderseite nach unten zum Trocknen auf das Löschpapier» legte.

In *Die Doppelsünde* beschuldigte Hastings ihn des Geizes, als er versuchte, einen verbilligten Eisenbahntarif zu erhandeln. «Mein Freund», erklärte Poirot, «das ist kein Geiz. Das ist Geschäftssinn.» Er sparte sein Geld und legte es vorsichtig an. In *Die verlorene Mine* überliefert uns Hastings folgendes Gespräch:

> «Es ist verrückt», bemerkte ich, «aber der Fehlbetrag auf meinem Konto scheint nie zu schrumpfen.»
> «Und das beunruhigt Sie nicht? Wenn mein Konto überzogen wäre, könnte ich die ganze Nacht kein Auge zutun», erklärte Poirot.
> «Sie haben wohl immer ein komfortables Polster», gab ich zurück.
> «Vierhundertvierundvierzig Pfund und vierundvierzig Pence», sagte Poirot selbstgefällig. «Eine schöne, saubere Zahl, nicht wahr?»
> «Der Leiter Ihrer Bank scheint ein verständnisvoller Mann zu sein. Er weiß offensichtlich von Ihrer Leidenschaft für Symmetrie in den kleinsten Dingen. Wie wäre es, wenn Sie, sagen wir, dreihundert davon bei der Porcupine-Ölgesellschaft investierten? Aus deren Anzeige, die heute in der Zeitung veröffentlicht ist, geht hervor, daß sie im nächsten Jahr hundert Prozent Dividende zahlen.»
> «Das ist nichts für mich.» Poirot schüttelte den Kopf. «Das Sensationelle mag ich nicht. Ich bin für sichere, vorsichtige Anlage – Renten, Staatsanleihen und – wie nennt man sie? – Konvertierungsanleihen.»
> «Haben Sie nie spekuliert?»
> «Nein, *mon ami*», antwortete Poirot streng. «Nie.»

Poirots Geschäftsunkosten umfaßten neben kleinen Auslagen (ein «knisternder Schein», der einem mitteilsamen Dienstboten in die Hand gedrückt wurde, oder der Kauf von «zwei Postkarten, einem Heftchen Briefmarken und einem Keramikobjekt aus der Werkstatt eines ortsansässigen Künstlers», um das Vertrauen der Postbeamtin zu gewinnen) durchaus auch größere Ausgaben. «Es gibt Momente», sagte er einmal, «wo man die Sparsamkeit über Bord werfen sollte.» Obwohl er Unkosten sparte, indem er seine Geschäfte von seinem Salon aus führte, war er bei den Honoraren, die er freiberuflichen Mitarbeitern bezahlte, niemals kleinlich. «Es ist nicht Hercule Poirots Sache, wie ein streunender Hund durch die übelriechenden Straßen von Limehouse zu laufen. Seien Sie ruhig. Meine Leute sind an der Arbeit», sagte er in *Die verlorene Mine* mit Würde. Im Laufe der Jahre engagierte er die merkwürdigsten Leute – einen Schauspieler, der einen Fensterputzer mimen mußte, um gewisse Vorgänge beobachten zu können, oder einen Landstreicher, der mit Hunden umzugehen verstand und den schauderhaften schwarzen Köter der Gräfin Rossakoff entführen sollte. Gelegentlich verzichtete er sogar auf George, wenn er meinte, einen Spezialisten zu brauchen. In *Die Morde des Herrn ABC* sagte er zu einem Besucher:

«Sie werden vielleicht bemerkt haben, daß ich heute einen neuen Diener habe – ein Freund von mir –, ein brillanter Taschendieb. Er hat Ihnen die Pistole aus der Tasche geholt, sie entladen und Ihnen wieder in die Tasche gesteckt, ohne daß Sie etwas davon merkten.»

Zwei von Poirot sehr geschätzte, aber auch teure Mitarbeiter waren Joseph Aarons und Mr. Goby. Joseph Aarons war eigentlich Theateragent von Beruf, aber er war immer bereit, Aufträge für Poirot zu übernehmen. «Er wird uns zweifellos ermöglichen, das herauszufinden, was wir wissen möchten», sagte Poirot einmal zuversichtlich zu Hastings. Aarons war in den Kämpfen mit den großen Vier einer von Poirots Agenten, und in *Mord auf dem Golfplatz* löste er das Geheimnis um das Verschwinden von Hastings' geliebter Cinderella. In *Die Doppelsünde* unterbrach Poirot einen Urlaub, um ihm zu Hilfe zu eilen.

«*Eh bien,* Hastings, Joseph Aarons ist in Charlock Bay. Es geht ihm nicht gut, und es gibt da eine kleine Geschichte, die ihn zu beunruhigen scheint. Er hat mich gebeten zu kommen. Ich denke, *mon ami,* ich muß dieser Bitte entsprechen. Er ist ein treuer Freund, der gute Joseph Aarons, und hat mir in der Vergangenheit viel geholfen.»

Den rätselhaften Mr. Goby, «einen kleinen, verschrumpelten Mann, so unscheinbar, daß er überhaupt nicht auffiel», haben wir bereits kennengelernt. Sein Informationsdienst war eine sehr teure Angelegenheit, aber dafür umfaßte das Netz seiner Informanten auch ganz England und den Kontinent, und er brachte stets befriedigende Resultate.

Nach der Ära Hastings war Poirots konstanteste Mitarbeiterin Felicity Lemon, seine beeindruckend tüchtige Sekretärin.

Miss Lemon war ausgesprochen unromantisch und irrte sich selten. Sie war außerdem der einzige Mensch, der Poirot einschüchtern konnte. Obwohl die beiden einander oft auf die Nerven gingen, vertraute er ihr rückhaltlos:

«Sie war eine Frau ohne Phantasie, aber sie hatte Instinkt. Alles, was sie für der Erwägung wert hielt, war im allgemeinen der Erwägung wert.»

Wie Ariadne Oliver hatte Miss Lemon früher einmal für den bemerkenswerten Detektiv Parker Pyne gearbeitet – «eine grimmig dreinblickende junge Frau mit Brille» –, doch seit 1935 (*Der verräterische Garten*) war sie Poirots Sekretärin – eine Frau von «achtundvierzig und wenig einnehmender Erscheinung». Sehr unfair gegenüber der armen Miss Lemon, dieser Alterssprung.

Über die private Miss Lemon erfahren wir wenig. An einer Stelle wird einmal erwähnt, daß ihre Familie früher in Croydon Heath lebte, und in *Die Kleptomanin* begegnen wir ihrer sympathischen Schwester, Mrs. Hubbard. Abgesehen davon erfahren wir nichts über ihr Leben außerhalb ihres kleinen Büros. Aber vielleicht gehörte eben ihre ganze Leidenschaft ihrer Arbeit. «Es war bekannt, daß Miss Lemon, wenn sie nicht im Dienst war, Herz und Verstand ganz der Perfektionierung eines neuen Ablagesystems widmete, das patentiert und nach ihr benannt werden sollte.»

Miss Lemon war eine Perle. «Sie war niemals müde, niemals außer Fassung, niemals ungenau ... Sie wußte alles, sie wurde mit allem fertig. Sie organisierte Hercule Poirots Leben.» Sie erledigte seine Anrufe, nahm Diktat auf, zahlte seine Rechnungen, beantwortete viele seiner Briefe und kümmerte sich um seine Termine. «Sie haben die nötigen Recherchen angestellt, die Termine vereinbart, die notwendigen Kontakte hergestellt?» fragte er sie in *Die vergeßliche Mörderin*. «Gewiß», sagte Miss Lemon. «Es ist alles hier», und reichte ihm eine kleine Mappe.

Von Zeit zu Zeit lotste Poirot Miss Lemon von ihrer Schreibmaschine weg, weil sie für ihn Detektiv spielen sollte. «Von Natur aus nicht im geringsten neugierig», hielt sie nicht viel von diesen Aufträgen. Sie betrachtete sie als Zeitverschwendung. Wie zu erwarten, erledigte sie jedoch solche außerordentlichen Missionen mit gewohnter Tüchtigkeit.

In den frühen siebziger Jahren, als Poirot in *Elefanten vergessen nicht* seinen vorletzten Fall bearbeitete, tippte Miss Lemon immer noch seine Briefe, und das so perfekt wie eh und je, obwohl sie mittlerweile gut über hundert sein mußte.

Ein typischer Arbeitstag Poirots begann «Punkt zehn», wenn er das Zimmer betrat, in dem Miss Lemon bereits auf seine Anweisungen wartete, Block und Bleistift zum Diktat bereit, Terminkalender vor sich. Wenn ein Fall es erforderte, wurden «vorsichtig formulierte» Anzeigen aufgesetzt, in denen Informanten oder abhanden gekommene Angehörige gebeten wurden, sich mit Poirots Anwalt in Verbindung zu setzen, oder es wurden Telegramme abgefaßt, manchmal verschlüsselt. Poirot telegrafierte mit Begeisterung. «Wir haben Monsieur Poirot heute nicht gesehen», bemerkte Pater Lavigny in *Mord in Mesopotamien.* «Ich berichtete ihm, daß Poirot gesagt hatte, er würde den ganzen Morgen mit Telegrafieren beschäftigt sein», schrieb Schwester Leatheran in ihren Erinnerungen.

Auch das Telefon mochte er. «Allô . . . Allô! Ah, guten Morgen – Ja, ich bin es selbst, Hercule Poirot.» Eine besondere Vorliebe hatte er für Ferngespräche. «Es ist so romantisch, über den Atlantik zu telefonieren. So mühelos mit jemandem zu sprechen, der praktisch auf der anderen Seite der Erde ist.»

Waren diese Dinge erledigt, nahm Poirot die Hauptarbeit des Tages in Angriff, und an den meisten Tagen hatte er sehr viel zu tun. «Ich bin immer pünktlich», betonte er gern. «Die Genauigkeit – ich beachte sie immer.» In *Dreizehn bei Tisch* zum Beispiel nahm er gemeinsam mit Hastings an einem nützlichen Mittagessen im Claridge's teil, aber «Poirot mußte früher gehen, da er eine Verabredung hatte. Er stellte Ermittlungen über das seltsame Verschwinden der Stiefel eines Botschafters an und hatte für halb drei einen Termin vereinbart.» Um zwanzig vor fünf kehrte er nach Hause zurück, nachdem er das Geheimnis der verschwundenen Stiefel aufgeklärt und rasch noch eine Visite bei einem Friseur angehängt hatte, von dem er sich Informationen erhoffte. Kaum war er in seinem Salon, läutete das Telefon. «Wenige Minuten später sprangen wir in ein Taxi.» Bei ihrer Ankunft am Bestimmungsort lag der Anrufer tot über dem Speisetisch. Es folgten «die Ankunft der Polizei, die Verhöre der anderen Leute im Haus, der ganze schreckliche Ablauf der Dinge nach einem Mord».

Wieder zu Hause, marschierte Poirot im Salon auf und ab. «Ich konnte die Schwingungen verbissener Konzentration beinahe fühlen», schrieb Hastings. Dann nickte Hastings ein und wurde gegen neun von einem Schrei geweckt. Poirots grüne Augen blitzten: «Ich war dumm. Ich war blind. Aber jetzt – jetzt kommen wir vorwärts.» Und schon jagten sie im Taxi neuen Hinweisen nach. Nach diesem Unternehmen fanden sie sich in der Euston Road wieder und waren gerade dabei, sie zu überqueren, als die zufällige Bemerkung eines Vorübergehenden Poirot wie ein Blitz traf.
«Auf der anderen Seite angekommen», schrieb Hastings, «drehte ich mich um und sah Poirot mitten auf der Straße stehen, rechts und links von heranbrausenden Bussen bedroht. Instinktiv drückte ich die Hände auf die Augen. Ich hörte das Quietschen von Bremsen und das Schimpfen der Busfahrer. Sehr würdevoll schritt Poirot zum Bürgersteig. Er sah aus wie ein Schlafwandler.»
Zu Hause angekommen, eilte Poirot zum Telefon, um eine weitere Zeugin herbeizuzitieren. Erst als sie gegangen war, machte er für diesen Tag Schluß: «Heute abend nichts mehr, mein Freund. Morgen rufen wir in aller Frühe Japp an.»
In *Schneewittchen-Party*, etwa 36 Jahre später, hatte Poirot noch den gleichen vollen Arbeitstag:
«Heute nachmittag vereinbart mein Freund Spence für mich einen Termin mit dem zuständigen Inspektor. Ich würde mich auch gern mit dem hiesigen Arzt unterhalten. Und vielleicht mit der Schulleiterin . . .»
«Wissen Sie, wie Sie sich anhören?» sagte Mrs. Oliver. «Wie ein Computer. Sie programmieren sich selbst. So nennt man das doch, nicht wahr? Ich meine, Sie speisen sich den ganzen Tag diese Dinge ein, und dann warten Sie, was herauskommt.»
Aber es gab auch Zeiten, da schien Poirot überhaupt nicht zu arbeiten. Klienten und Mitarbeiter gerieten gleichermaßen in Erbitterung oder Panik, wenn sie zusehen mußten, wie ihr großartiger Detektiv Kartenhäuser baute oder tatenlos im Lehnstuhl saß. In *Der entführte Premierminister* konnte Hastings es kaum aushalten:
«Fünf endlose Stunden lang saß der kleine Mann reglos da, zwinkerte ab und zu wie eine Katze, während seine grünen Augen blitzten und immer grüner wurden. Der Mann von Scotland Yard zeigte offene Geringschätzung. Major Norman langweilte sich und war ungeduldig, und mir verging die Zeit zermürbend langsam.»
In *Der Prügelknabe* machte Poirots Anblick seine Klientin Lily Margrave nervös:

«Sie fand sein Verhalten in diesem Moment besonders kindisch. Er stapelte kleine bunte Holzklötzchen aufeinander und schien sich mehr dafür zu interessieren als für ihre Geschichte.»
Im Gegensatz zu diesen Momenten inneren Rückzugs, die er brauchte, um die Fäden eines Falls zusammenzuführen, konnte Poirot, wenn er im Licht der Öffentlichkeit stand, sehr professionell sein. Er stand natürlich häufig als Zeuge im Gerichtssaal:
«Hercule Poirot trat in den Stand, leistete den Eid, zwirbelte seinen Schnurrbart und wartete, den Kopf ein wenig zur Seite geneigt. Er nannte seinen Namen, seine Adresse und seinen Beruf. ‹M. Poirot, erkennen Sie dieses Dokument?› – ‹Gewiß.›»
Und manchen Abend opferte er Vorträgen über seine Arbeit. In *Die vergeßliche Mörderin* rief Ariadne Oliver an:
«Ich wollte Sie um eine Gefallen bitten.»
«Ja?»
«Unsere Vereinigung der Kriminalschriftsteller hat demnächst ihre Jahresversammlung. Ich wollte Sie fragen, ob Sie dieses Jahr unser Gastreferent sein möchten. Es wäre sehr, sehr lieb von Ihnen, wenn Sie zusagen würden.»
«Wann denn?»
«Nächsten Monat am dreiundzwanzigsten.»
Bei der Heimkehr von solchen Verpflichtungen fand er auf seinem Schreibtisch sicher einen kleinen Stapel tadellos getippter Briefe vor, die seiner Unterschrift harrten, und dazu weitere eingegangene Briefe, die gelesen werden mußten. «Die Abendpost kam gegen zehn Uhr», vermerkte Hastings in *Die Morde des Herrn ABC*, aber häufig war der Tag des stets verfügbaren Hercule Poirot damit noch nicht beendet. Manchmal kam Japp spät abends noch auf einen Schwatz vorbei, oder es läutete wieder einmal das Telefon. In *Laßt Blumen sprechen*:
«Poirot stand auf und sah dabei auf die Uhr. Es war fast halb elf. Er fragte sich, wer ihn um diese Zeit noch anrief. Es konnte natürlich sein, daß jemand sich verwählt hatte.
‹Und es könnte auch›, murmelte er vor sich hin ... ‹ein millionenschwerer Zeitungsverleger sein, der tot in der Bibliothek seines Landhauses gefunden wurde, in der linken Hand eine Orchidee und auf der Brust, mit einer Stecknadel befestigt, eine aus einem Kochbuch herausgerissene Seite.›»

15

Der Detektiv Poirot

«. . . und doch nehme ich Sie alle nur auf eine Reise mit – meine Reise zur Wahrheit.»

Hercule Poirot in *Mord in Mesopotamien*

«Ihre Herrin ist tot, und wir müssen die Wahrheit wissen», sagte Poirot in *Das fehlende Glied in der Kette* zu einem der Dienstboten in Styles. «Nichts kann sie ins Leben zurückbringen, aber wir hoffen, daß wir, wenn ein Verbrechen vorliegt, den Mörder seiner gerechten Strafe zuführen können.»

Bei diesen feierlichen Worten aus dem Mund eines kleinen Mannes im Gewand eines Zauberers wird der Leser plötzlich hellwach. Die Jagd kann beginnen, und sie verheißt Spannung und Geheimnis. «Die Hunde jagen Kaninchen. Hercule Poirot jagt Mörder» – in über 80 Fällen führte er uns allen sein Können vor. Das Wichtigste an Poirot und das Vergnüglichste bei der Lektüre seiner Heldentaten ist zweifellos, daß er ein brillanter Detektiv war.

Der Ermittlung ging natürlich das Verbrechen voraus. Die Poirot-Bücher bieten alles: Entführung, Erpressung, Raub, Spionage, Drogenhandel, Unterschlagung, Betrug, Fälschung, Hochstapelei und so weiter, aber im Mittelpunkt stehen immer die Morde – und die Mörder. Plumpen Mördern zollte Poirot selten Aufmerksamkeit. Nur schlaue Mörder qualifizierten sich, von ihm verfolgt zu werden. Diesen Auserwählten war es bisher dank ihrer Tücke gelungen, den Behörden zwischen den Fingern hindurchzuschlüpfen, oder sie waren gar so durchtrieben gewesen, daß ihr Verbrechen überhaupt nicht als Verbrechen erkannt worden war. Sich mit diesen Könnern zu messen, war Poirot reinste Freude.

«Woher wissen Sie, daß es sich um einen Mörder erster Güte handelt?» fragte Amy Leatheran in *Mord in Mesopotamien*. «Wenn es nicht so wäre», antwortete Poirot, «wüßte ich bereits in diesem Moment die ganze Wahrheit – und das ist nicht der Fall.»
Gelegentlich verübten Poirots Mörder ihre Tat – besonders einen zweiten oder dritten Mord – in der Hitze des Augenblicks, aber in der Regel waren ihre Verbrechen sorgfältig geplant, und ihre Opfer – gewöhnlich Freunde oder Verwandte – wurden, um mit Poirot zu sprechen, «aus Gewinnsucht, aus Angst oder aus Liebe» ins Jenseits befördert. Manchmal wurden diese Opfer aufrichtig betrauert (in einigen späteren Fällen waren Kinder die Opfer), aber häufiger wurde ihr plötzliches Ableben, da sie unangenehme Zeitgenossen gewesen waren, mit Seufzern der Erleichterung aufgenommen. Ob Opfer, Mörder oder Zeugen, alle Beteiligten waren meist Mitglieder oder Bedienstete der guten Gesellschaft.
Innerhalb dieses geschlossenen und scheinbar sicheren Bereichs schlugen die Mörder auf vielfältige Weise zu. Manchmal boten das Abendessen oder eine Schachtel Pralinen gute Gelegenheit. Unzählige Vergiftungen untersuchte Poirot im Laufe der Jahre – durch Arsen, Blausäure, Strychnin, Morphium, Nikotin, um nur einige zu nennen. Manche Opfer wurden mit Messern, Stiletten und Dolchen beseitigt, andere mit Schals, Gürteln und Wäscheleinen. Es gab mehrere Todesfälle durch Sturz oder Ertrinken, manches bedauernswerte Opfer starb an den Folgen eines Schlags mit einem schweren Gegenstand, viele wurden erschossen. Diese Greueltaten wurden häufig äußerst geschickt getarnt. Selbstmorde sahen wie Morde aus, Morde wie Selbstmorde, und Unschuldige wurden zu Sündenböcken gemacht. Aber, wie Poirot sagte: «Motiv und Gelegenheit sind nicht genug ... es muß auch noch die verbrecherische Veranlagung da sein.» Und das Glück. «Ich sage Ihnen, meine Freunde», erklärte er in *Die Morde des Herrn ABC*, «ein Verbrechen kann noch so gut geplant sein, es gelingt nicht ohne Glück.»
Wenn Poirot Mord witterte, ließ er im allgemeinen nichts unversucht, um ihn zu verhindern; aber wenn es schon Mörder geben mußte, dann sollten sie es wenigstens wert sein, daß er sich mit ihnen befaßte. «Dies ist ein durchdachtes Verbrechen – ein gescheites Verbrechen», bemerkte er mit Respekt in *Der Tod wartet*, während er sich in *Mord auf dem Golfplatz* beschwerte: «Dies ist kein ordentliches und vernünftiges Verbrechen, wie es einen Detektiv begeistert.»

Zum Mörderfang bediente Poirot sich, wie Hastings in *Mord auf dem Golfplatz* darlegte, zweier wichtiger Waffen:
«‹Ordnung› und ‹Methode› waren seine Göttinnen. Greifbare Indizien wie Fußabdrücke und Zigarettenasche betrachtete er mit einer gewissen Geringschätzung und behauptete, daß sie für sich genommen einen Detektiv niemals zur Lösung des Problems führen würden. Er pflegte sich dann mit absurder Selbstgefälligkeit an seinen Eierkopf zu tippen und mit Befriedigung zu sagen: ‹Die wahre Arbeit wird hier drinnen getan. Von den kleinen grauen Zellen – vergessen Sie nie die kleinen grauen Zellen, *mon ami.*›»
Diese kleinen grauen Zellen, Sitz von Ordnung und Methode, brachte Poirot das erste Mal in *Das fehlende Glied in der Kette* ins Spiel und berief sich danach in den frühen Jahren seiner Karriere so häufig auf sie, daß Hastings es nicht mehr hören konnte, wie er in *Dreizehn bei Tisch* gestand.
Vielleicht merkte Poirot das. In späteren Jahren jedenfalls hören wir immer seltener von den grauen Zellen.
So unerschütterlich wie sein Vorgänger Sherlock Holmes glaubte Poirot daran, daß bei strikter Anwendung von «Vernunft, Logik, Ordnung und Methode» kein Mörder entkommen könne. Im Gegensatz zu dem aggressiven Holmes vermied Poirot eher den direkten Kampf mit dem Gegner. Er zog es vor, einen Verdächtigen mit einem sorgfältig geknüpften Netz einzuspinnen und selbst in der Mitte zu sitzen und auf die Zuckungen zu lauern.
Und damit sind wir bei der Psychologie. Genau wie über die grauen Zellen hören wir über die Psychologie vor allem in den zwanziger und dreißiger Jahren, später weit seltener. Solange Poirot jedoch ein Gläubiger war, würzte er jeden Fall ausgiebig damit.
Er war felsenfest überzeugt davon, daß der Schlüssel zur Identität des Mörders im Verbrechen selbst läge – («Nicht der bloße Akt des Tötens, das, was dahinter steht, reizt den Fachmann») – und im Charakter des Opfers – («Weil das Opfer der Mensch war, der er war, wurde es ermordet!»). Hatten die kleinen grauen Zellen einmal das unvermeidliche Muster von psychologischer Ursache und Wirkung in einem Fall ausgemacht, galt es nur noch, den passenden Verdächtigen dem Verbrechen zuzuordnen, ohne Rücksicht auf scheinbar widersprechende Indizien. Das Entscheidende war nach Poirots Auffassung, konsequent an dieser Methode festzuhalten, und daher basierten seine Schlußfolgerungen weniger auf greifbaren Hinweisen – einem Zigarettenstummel oder

einem Schuhabdruck etwa –, als vielmehr auf flüchtigen Eindrükken und Vorstellungen, die vielleicht durch eine beiläufige Bemerkung in einem Gespräch oder den Ausdruck der Überraschung auf einem Gesicht ausgelöst wurden. «Frauen», sagte er in *Alibi*, «beobachten unbewußt tausend kleine Details, ohne zu wissen, daß sie es tun. Ihr Unbewußtes fügt diese kleinen Dinge zusammen – und das Resultat nennen sie Intuition. Ich! – ich kenne mich in der Psychologie sehr gut aus. Ich weiß Bescheid.»
Auf Hastings' Vorhaltung, daß aber doch gewiß auch die sichtbaren Spuren zur Aufdeckung eines Verbrechens wichtig seien, sagte er in *Mord auf dem Golfplatz*:
«Aber natürlich. Etwas anderes habe ich nie behauptet. Der geschulte Beobachter, der Experte, ist nützlich. Aber die Hercule Poirots stehen über den Experten ... Ihre Sache ist ... vor allem die Psychologie eines Falls. Sie waren doch schon einmal auf der Fuchsjagd, nicht wahr?»
«Hin und wieder, ja ... Warum?»
«*Eh bien*, bei der Fuchsjagd braucht man Hunde, nicht?»
«Ja.»
«Aber – Sie sind nicht von Ihrem Pferd abgestiegen und mit lautem Wau-wau und eifrigem Schnüffeln durch die Gegend gerannt?»
Wie Hastings und zahllose Leser im Laufe der Jahre erfuhren, hatte Poirot seine eigene Art, einen Fall zu bearbeiten, und hatte er einmal angefangen, ließ er nicht mehr locker. «Guten Morgen, Mademoiselle», begrüßte er in *Auch Pünktlichkeit kann töten* eine überraschte Beobachterin, die eben einen dick vermummten kleinen Mann entdeckt hatte, der um das Blumenbeet unter ihrem Fenster herumspazierte. «Sie sehen hier einen Detektiv – einen großen Detektiv, darf ich sagen – bei seiner Arbeit.»
Wie sah diese Arbeit des großen Detektivs aus? Sehr anschaulich hat uns das Dr. James Sheppard geschildert, der Erzähler in *Alibi*, wo Poirot sich mit einem äußerst komplizierten Fall herumschlagen mußte.
Verheißungsvolle Kulisse ist das Dorf King's Abbot. «Unsere Hobbys und Freizeitbeschäftigungen», schrieb Dr. Sheppard, «lassen sich mit einem Wort zusammenfassen: ‹Klatsch›.» In diesem ländlichen Idyll wird eines Tages Roger Ackroyd ermordet, der prominenteste Bewohner des Dorfes. Auftritt Poirot:

«Miss Ackroyd», sagte ich, «möchte, daß Sie – Sie –»

«– den Mörder fassen», sagte Flora mit klarer Stimme.
«Ich verstehe», sagte der kleine Mann. «Aber das wird doch die Polizei tun, oder nicht?»
«Sie könnte einen Fehler machen», erwiderte Flora. «Sie ist schon auf dem besten Weg, einen Fehler zu machen, glaube ich. Bitte, Monsieur Poirot, möchten Sie uns nicht helfen?»

Auf der Polizeidienststelle wurde Poirots Erscheinen weniger erfreut aufgenommen:
«Mr. Ackroyds Angehörige können selbstverständlich tun, was sie für richtig halten ... Aber die amtlichen Ermittlungen dürfen in keiner Weise behindert werden.»
Der Umgang mit der Polizei war damals, relativ früh in Poirots englischer Karriere, noch eine heikle Angelegenheit. Später fraßen ihm die meisten Polizeipräsidenten in England praktisch aus der Hand, und sein Salon wurde zu einer Art Außenstelle von Scotland Yard, aber in den zwanziger Jahren in King's Abbot mußte er noch vorsichtig sein. Bei dieser Gelegenheit sagte er diplomatisch:
«Vor allem habe ich einen Horror vor öffentlichem Aufsehen. Ich bitte Sie daher, sollte es mir möglich sein, zur Aufklärung dieses Verbrechens beizutragen, erwähnen Sie meinen Namen auf keinen Fall.»
Die Jagd konnte also beginnen. Wie so häufig in den Zeiten nach Hastings suchte Poirot sich zunächst einmal einen Mitarbeiter, der mit den lokalen Verhältnissen vertraut war, und wählte den eifrigen Dr. Sheppard, von dem er sich gründlich unterrichten ließ. Dann folgte eine kritische Bewertung der Spuren – «wo lag der blaue Brief, von dem Sie sprachen, als Sie aus dem Zimmer gingen?» ... «würden Sie mir bitte die genaue Position des Dolchs zeigen?» ... «was war mit dem Feuer? War es heruntergebrannt?» – «So, mit den falschen Spuren hätten wir aufgeräumt», sagte Poirot dann wohl in dieser Phase. «Jetzt zu den echten.»
Beim Aufspüren dieser echten Hinweise war seine Geduld unerschöpflich, und wenn es dann Poirot selbst war, der irgendwo auf allen vieren herumrobbte oder in einem Goldfischteich wühlte, war diese von ihm sonst so geringgeschätzte Arbeitsweise plötzlich legitimer Teil der «Methode».
Nun begannen auch die Tête-à-têtes, die ihm dazu dienten, sich ein Bild von den Beteiligten zu machen, die «kleinen Schwätzchen», auf die er sich so gut verstand. «Um es sportlich auszu-

drücken», sagte er in *Mord in Mesopotamien,* «ich sehe mir erst einmal die möglichen Starter an.»
Häufig schlüpfte er dabei in die, wie Japp es nannte, «Beichtvaterrolle». Entwaffnend die «gewinnende Aufrichtigkeit», der einschmeichelnde, beinahe «zärtliche» Ton Poirots beim Zeugenverhör. «Schauen Sie, Mademoiselle», sagte er beruhigend zu Flora Ackroyd, «es ist Papa Poirot, der Ihnen diese Frage stellt. Der alte Papa Poirot, der viel weiß und viel Erfahrung hat.» Oder: «Man nennt das Rekonstruktion eines Verbrechens, nicht wahr?» fragte Parker, Ackroyds Butler. «Ah! Er weiß Bescheid, der gute Parker», rief Poirot voll Bewunderung. «Er hat über diese Dinge gelesen.» Oder: «Monsieur Poirot! Monsieur Poirot! Bitte glauben Sie mir», rief Miss Russell, Ackroyds Haushälterin, einem Zusammenbruch nahe. Poirot stand auf und ging zu ihr. Er tätschelte ihr beruhigend die Schulter. «Aber ja – ja, ich glaube Ihnen. Ich mußte Sie zum Sprechen bringen, verstehen Sie.» – «Das zeigt», sagte er Jahre später in *Der Wachsblumenstrauß,* «die Gefahren des Gesprächs. Ich glaube fest, wenn man einen Menschen dazu bringen kann, lange genug mit einem zu sprechen, ganz gleich, über welches Thema, wird er sich früher oder später verraten.»
Er hatte auch aggressivere Methoden auf Lager. Vor der Befragung eines Zeugen sagte er zu Dr. Sheppard: «Wir werden ihm solche Angst einjagen, daß die Wahrheit herauskommen *muß.*» Bei einer, wie er es nannte, «kleinen Zusammenkunft», saß er «wie der Vorsitzende bei irgendeiner gräßlichen Aufsichtsratssitzung am Kopf des Tisches» und sagte streng:
«Ich bin entschlossen, der Wahrheit auf den Grund zu gehen. So häßlich die Wahrheit an sich auch sein mag, für den, der sie zu ergründen sucht, ist sie stets eigenartig und schön . . . ich will wissen, und ich werde wissen – Ihnen allen zum Trotz.»
Und so schritt Poirot in diesem Fall, wie in vielen anderen vorher und nachher, erbarmungslos, wenn auch gelegentlich auf dunklen Wegen, der Wahrheit entgegen. Es ist faszinierend, paradoxerweise einlullend und ungeheuer spannend zugleich, Poirot dabei zu beobachten, wie er mitten in der dichtesten Wirrnis eines Falls schlau und auf geheimnisvolle Weise das Feuer schürt. In King's Abbot gab es in jenem Sommer viele Widersprüchlichkeiten aufzudecken, viele Zweifel und Beschuldigungen anzuheizen. Der dörfliche Nachrichtendienst mußte auf Hochtouren gebracht, die Polizei möglichst außen vor gehalten werden. «Ich begann langsam, Poirots Methoden zu begreifen», schrieb Dr.

Sheppard optimistisch. «Auch die kleinste Belanglosigkeit war für das Ganze von Bedeutung.» Wenn Hastings im fernen Südamerika *Alibi* gelesen hat, wird er sich an dieser Stelle gewiß Dr. Sheppard verständnisvoll verbunden gefühlt haben.
In dieser Phase eines Falles gab sich Poirot, der im Einsatz mehr einem Grashüpfer glich als einem Spürhund, gern besonders inkompetent und verschroben. «Er schüttelte den Kopf, warf sich in die Brust und sah uns zwinkernd an», schrieb Dr. Sheppard. «Bißchen plemplem», meinte Inspektor Raglan und tippte sich an die Stirn. «Hab ich schon seit einiger Zeit vermutet. Armer, alter Kerl, darum also mußte er aufgeben und hierherkommen.»
Von Furcht oder Schuldbewußtsein getrieben, beginnen die Leute allmählich, sich zu öffnen. Erste Aussagen werden geändert. Verborgene Konflikte gelangen an die Oberfläche. Manchmal geschieht ein zweiter oder gar ein dritter Mord. Plötzlich stehen wir auf unsicherem Boden. Nichts ist so, wie wir zuerst dachten, jeder scheint plötzlich verdächtig.
Wenn ein Fall dieses Stadium erreicht hatte, spielte Poirot gern mit verdeckten Karten, was seine Mitarbeiter meist sehr verdroß. Dr. Sheppard erklärte er:
«Und, wie Sie wissen, mein Freund, liebe ich es gar nicht, meine kleinen Ideen zu erklären, bevor der Moment dafür gekommen ist . . . Mein Freund Hastings, von dem ich Ihnen erzählt habe, sagte immer, ich sei eine menschliche Auster. Aber da war er ungerecht. Von den Fakten behalte ich keines für mich. Aber jedem seine eigene Interpretation dieser Fakten.»
In intensiver Konzentration auf diese Fakten pflegte sich Poirot im Endstadium eines Falls häufig völlig zurückzuziehen. «Ich möchte nachdenken», sagte er in *Nikotin.* «Ich brauche vierundzwanzig Stunden, um nachzudenken.»
Obwohl es in unserem Beispielfall *Alibi* nicht ausdrücklich gesagt wird, können wir sicher sein, daß Poirot gegen Ende sorgfältig alle Fenster seines Salons schloß, im Kamin Feuer machen ließ und in einen Zustand völliger Unbeweglichkeit verfiel. Das notwendige Futter für die kleinen grauen Zellen wird er bei sich gehabt haben: sein Notizbuch, seine säuberlich geschriebenen Listen mit Fragen und scheinbaren Belanglosigkeiten und, in seinem Kopf, ein Gewirr an Hinweisen, Nuancen, fallengelassenen Bemerkungen, Zufällen, Fakten, die nichts miteinander zu tun hatten, dämmernden Erkenntnissen, Merkwürdigkeiten, psychologischen Ahnungen und «kleinen Ideen». Was hatten ein

Stück Batist und ein Gänsekiel im Gartenhaus zu suchen? Wer hatte sich an dem silbernen Tisch zu schaffen gemacht? Warum war eine Heirat geheimgehalten worden? Um solche Fragen drehten sich Poirots Meditationen, während er Kartenhäuser baute und sich mit heißer Schokolade stärkte.
Wie eine Wühlmaus ackerte er sich durch diesen Berg von Fakten und Überlegungen, legte diese hier zu näherer Betrachtung auf die Seite, wies jene dort zurück, klopfte eine dritte auf ihren Klang ab. Darin lag seine Genialität, daß er aus den Dingen, die alle anderen genauso gesehen hatten, neue Muster und Verbindungen knüpfen konnte. «Ordnen Sie Ihre Fakten. Ordnen Sie Ihre Vorstellungen», riet er Hastings einmal. «Und wenn eine Tatsache nicht paßt – verwerfen Sie sie nicht, sondern nehmen Sie sie genau in Augenschein. Auch wenn Ihnen ihre Bedeutsamkeit unklar ist, können Sie sicher sein, daß sie von Bedeutung ist.»
Immer hatte Poirot es natürlich mit Mördern zu tun, die mit List und Tücke falsche Spuren gelegt hatten. Er war zwar stolz auf seinen logischen Verstand, doch es gehörte zu seinen besonderen Kniffen, in einem kritischen Moment die Logik über Bord zu werfen – eine Taktik, auf die kein Mörder gefaßt war. In *Elefanten vergessen nicht* beschrieb Poirot einen solchen kühnen Sprung:
«Die Beweise sind vorhanden, das Motiv, die Gelegenheit, die Hinweise, die Inszenierung – es ist alles da. Das ganze Bild, könnte man sagen. Dennoch läßt sich der Professionelle nicht täuschen. Er weiß, daß es von vorn bis hinten nicht stimmt, genau wie ein Kunstkritiker es weiß, wenn ein Bild nicht stimmt.»
Plötzlich wurde dann das entscheidende Täuschungsmanöver, das bisher unsichtbare Glied in der Kette sichtbar, und Poirot wußte, wer der Mörder war. In *Mord im Orientexpreß*:
«Seine Augenbrauen begannen zu zucken. Er seufzte ein wenig. Er brummelte vor sich hin. ‹Aber warum eigentlich nicht? Und wenn ja – wenn ja, dann ist alles erklärt.›
Er öffnete die Augen. Sie waren so grün wie die einer Katze. Leise sagte er: *‹Eh bien.›*»
Um die Richtigkeit einer Theorie beweisen zu können, mußte er manchmal Fallen stellen. Das ist in vielen Poirot- Geschichten der spannendste Moment, besonders weil unter den Eingeweihten (die Leser eingeschlossen) unterschiedliche Vorstellungen darüber bestehen, wer in der Falle gefangen werden soll. Bei solcher Gelegenheit konnte Poirot sein ganzes dramatisches Talent ausspielen. Je raffinierter die Falle, desto mehr genoß er das Spiel.

Einmal ließ er sogar einen Gast sich totstellen, um den Mörder aus der Reserve zu locken. Ein andermal engagierte er einen Schauspieler, der als Gespenst herumgeistern mußte.
Manchmal schnappte die Falle während der Paradeszene zu – wenn der große Meister endlich die Katze aus dem Sack ließ. Zu diesem dramatischen Höhepunkt lud Poirot gern das gesamte Ensemble. «Und dann», wie er in *Der Wachsblumenstrauß* erklärte, «halte ich meinen kleinen Vortrag. Und lehne mich zurück und warte, was geschieht . . .» In *Alibi* schildert Dr. Sheppard den Beginn von Poirots «kleiner Vorstellung»:
«‹Wir sind vollzählig›, sagte Poirot. ‹Es sind alle da.› In seinem Ton schwang Befriedigung. Und gleichzeitig sah ich einen Schatten des Unbehagens über die Gesichter auf der anderen Seite des Raumes fliegen.»
Unter diesen «kontrollierten Masken» befand sich der Mörder, der im Vertrauen darauf, allen Verdacht von sich abgelenkt zu haben, mit einer Miene dasaß, die einem Salonverhör angemessen war. Poirot, Ankläger und Verteidiger zugleich, führte nun seine gefesselten Zuhörer Schritt für Schritt der Lösung des Rätsels entgegen, um genau im richtigen Moment – und manchmal mit beträchtlichem Risiko, wenn ihm für seine Hypothese noch die Beweise fehlten – seinen Trumpf auszuspielen. «Ein neuer Ton wurde in seiner Stimme vernehmbar», heißt es in einem Fall. «Er war nicht mehr der lächerliche kleine Mann mit dem albernen Schnurrbart und dem gefärbten Haar, er war ein Jäger, der seinem Wild dicht auf den Fersen war.» – «Nachdem ich ihn in Sicherheit gewiegt hatte», berichtete Poirot einmal von einem Mörder, «griff ich ihn an und tat mein Äußerstes, um ihn aus der Fassung zu bringen.»
Ja, und dann schnappte die Falle zu. «Sie gottverdammter, wichtigtuerischer, mieser kleiner Wurm!» schrie ein Killer in einem solchen Moment und stürzte sich «blind vor Wut» auf Poirot.
Doch Poirot war seinem Motto gemäß allzeit bereit. In den Kulissen warteten weitere Mitspieler nur auf ihr Stichwort. Während der entlarvte Mörder tobte und im Salon alles drunter und drüber ging, «traten aus dem Nebenzimmer zwei Beamte von Scotland Yard».
Manchmal jedoch gestaltete Poirot das Finale auch ganz anders, und der berühmte Satz – «Ich mache Sie darauf aufmerksam, daß alles, was Sie von jetzt an sagen, gegen Sie verwendet werden kann» – wurde überhaupt nie geäußert. In mehreren Fällen nahm

er das Gesetz ohne die geringsten Skrupel selbst in die Hand und übernahm die Rollen von Richter und Geschworenen. Gelegentlich ließ er einen Mörder, der seiner Meinung nach berechtigt gehandelt hatte, sogar laufen. Manchmal folgte einem Gespräch unter vier Augen mit Poirot ein Selbstmord. «Ich sehe die Dinge auf meine eigene Art», sagte er in *Tod in den Wolken*:
«Was ist Ihrer Meinung nach das Wichtigste, wenn man versucht einen Mord aufzuklären?»
«Den Mörder zu finden», sagte Jane.
«Gerechtigkeit», sagte Norman Gale.
Poirot schüttelte den Kopf. «Es gibt Wichtigeres, als den Mörder zu finden. Und Gerechtigkeit ist ein großes Wort, aber es ist manchmal schwer zu sagen, was damit gemeint ist. Das Wichtigste ist es meiner Meinung nach, dafür zu sorgen, daß keine Unschuldigen zu leiden haben.»
Im Rückblick auf den Fall Ackroyd schrieb Dr. Sheppard:
«Jeder hatte an der Aufdeckung des Geheimnisses Anteil gehabt. Es war wie ein Puzzle, zu dem jeder sein eigenes kleines Stückchen Wissen oder Erkenntnis beitrug. Aber damit war es getan. Poirot allein gebührt die Anerkennung dafür, diese Einzelstücke richtig geordnet zu haben.»

16

Der Vorhang fällt

«Dies, Hastings, wird mein letzter Fall sein. Es wird zugleich mein interessantester Fall sein – und mein interessantester Verbrecher.»

Hercule Poirot in *Vorhang*

«Sie sind wirklich der Gipfel, Poirot.»

Arthur Hastings in *Vorhang*

Vorhang (1975) war tatsächlich Poirots letzter Fall und brachte noch einmal Arthur Hastings aus Argentinien zurück, so daß dieser, wie zu Anfang, von den Taten des Meisters berichten konnte. Für Hastings begann das Drama mit dem Eintreffen eines Briefs von Poirot im Frühjahr 1974. Er war in Styles St. Mary aufgegeben und trug den Stempel ebenjenes Postamts, vor dem Poirot und Hastings einander im Jahre 1916 wiederbegegnet waren.

> Und macht es Sie nicht neugierig, mein Freund, wenn Sie sehen, von wo ich schreibe? Da werden alte Erinnerungen wach, nicht wahr? Ja, ich bin hier in Styles. Stellen Sie sich vor, es ist jetzt ein sogenanntes Gästehaus und wird von einem Ihrer ach so britischen alten Colonels geführt . . .
> Ich sah die Anzeige in der Zeitung, und mich packte die Lust, noch einmal den Ort aufzusuchen, der mir in diesem Land erstes Zuhause war. In meinem Alter lebt man gern in der Vergangenheit.
> Und dann, stellen Sie sich vor, treffe ich hier einen Herrn, einen Baron, der ein Freund des Arbeitgebers Ihrer Tochter ist. (Dieser Satz klingt ein wenig wie aus einem französischen Übungsbuch, nicht wahr?)
> Augenblicklich fange ich an, Pläne zu schmieden. Er möchte die Franklins überreden, den Sommer hier zu verbringen. Ich meinerseits werde Sie überreden, und dann sind wir alle zusammen,

ganz *en famille.* Es wird sehr schön werden. Darum, *mon cher* Hastings, *dépêchez-vous,* kommen Sie so geschwind wie möglich . . . Die Franklins und Ihre bezaubernde Judith sind seit einigen Tagen hier. Es ist alles arrangiert, machen Sie also keine Geschichten.

A bientôt,

Immer Ihr Hercule Poirot.

Poirots Brief war dem armen Hastings hochwillkommen. Er verhieß Aufmunterung in einer Zeit tiefer Traurigkeit. Vor kurzem nämlich war seine Frau gestorben, die «fröhliche, lachende» Cinderella, und «ruhte nun in argentinischer Erde». Hastings begann sofort zu packen.

«Die Aussicht war verlockend, und ich fügte mich ohne Zögern dem Wunsch meines alten Freundes. Ich hatte keine Bindungen und kein festes Zuhause. Meine Kinder waren erwachsen, ein Sohn war bei der Marine, der andere, verheiratet, leitete die Ranch in Argentinien. Meine Tochter Grace lebte mit ihrem Mann, einem Soldaten, derzeit in Indien. Meine Jüngste, Judith, hatte ich insgeheim immer am meisten geliebt, obwohl ich sie nie verstanden habe.»

Und so näherte sich denn Hastings schon wenige Wochen später noch einmal dem Landsitz Styles Court, der vor so langer Zeit Schauplatz des sensationellen Inglethorp-Mordes gewesen war. «Der Park war so, wie ich ihn in Erinnerung hatte», schrieb er, «aber die Auffahrt war sehr ungepflegt und voller Unkraut, das den Kies überwucherte. Wir bogen um eine Ecke und hatten das Haus vor uns. Von außen war es unverändert, aber es brauchte dringend einen Anstrich.»

Drinnen wurde Hastings nach oben geführt, in dasselbe Zimmer, das er vor Jahren bewohnt hatte. Abgesehen davon, daß man einen kleinen Teil abgetrennt hatte, um ein Bad einzurichten, war es praktisch unverändert. Mit Wehmut dachte Hastings angesichts des lauwarmen Wassers, das aus den Hähnen des neuen Styles tröpfelte, an die «Dampfwolken» zurück, die im einzigen Badezimmer, das Styles früher besessen hatte, zischend aus dem Heißwasserhahn gesprudelt waren.

Direkt gegenüber von Hastings, in dem Zimmer, das früher Lawrence Cavendish gehört hatte, war nun Poirot untergebracht. Mit klopfendem Herzen trat Hastings ein. Ein trauriger Anblick erwartete ihn:

«Mein armer Freund. Ich habe ihn viele Male beschrieben. Nun, um Ihnen die Veränderung vor Augen zu führen: Bewegungsunfähig durch die Arthritis, saß er im Rollstuhl. Sein ehemals rundlicher Körper war verfallen. Er war jetzt ein kleiner, dünner Mann. Sein Gesicht war faltig. Schnurrbart und Haar waren immer noch pechschwarz, aber, um ehrlich zu sein, das war ein Fehler, wenn ich ihm das auch, aus Angst, ihn zu verletzen, um nichts in der Welt gesagt hätte. Es kommt eine Zeit, da fällt gefärbtes Haar nur allzu peinlich auf. Vor Jahren hatte ich mit Überraschung gehört, daß das Schwarz von Poirots Haar aus der Flasche stammte. Jetzt aber war das Künstliche offensichtlich und erweckte nur den Eindruck, er trüge eine Perücke und hätte sich die Oberlippe zur Belustigung der Kinder geschmückt.»
Armer Hercule Poirot. Aber es war noch viel schlimmer: Poirot trug jetzt, wie Hastings schließlich erfahren sollte, tatsächlich eine Perücke, und der berühmte Schnurrbart – o Schande! – war aufgeklebt. Wie hatte das alles in den zwei oder drei Jahren geschehen können, seit wir ihn zuletzt in tatkräftiger Zusammenarbeit mit Ariadne Oliver in *Elefanten vergessen nicht* erlebt hatten?
«Wenn die kleinen Mädchen kommen und so mitleidig, so schrecklich mitleidig mit einem sprechen – das ist das Ende!» sagte er bekümmert zu Hastings. Unfähig, sich zu bewegen, mit einem kranken Herzen, das, wie ein Arzt Hastings bald mitteilte, «jeden Moment – zack – aufhören konnte zu schlagen», saß er da in seinem Rollstuhl, für seine Umwelt nur noch «der gute, alte Belgier», versorgt von einem trampeligen neuen Diener, Curtiss, Ersatz für den treuen George, der wegen einer Erkrankung in seiner Familie weggerufen worden war. «Ich bin ein Wrack», sagte er zu Hastings. «Zum Glück kann ich noch selber essen, ansonsten muß ich versorgt werden wie ein kleines Kind. Man muß mich zu Bett bringen, waschen und ankleiden. *Enfin,* lustig ist das nicht.»
«Nichts ist so traurig», schrieb Hastings, «wie die Verheerungen, die das Alter anrichtet.» Er selbst hatte in dieser Hinsicht nicht zu klagen. Von seinem Rollstuhl aus musterte Poirot seinen langjährigen Schüler kritisch:
«Ja, ganz unverändert – der gerade Rücken, die breiten Schultern, das graue Haar – *très distingué.* Sie haben sich gut gehalten, mein Freund. *Les femmes,* sie interessieren sich noch für Sie? Ja?»
«Also wirklich, Poirot», protestierte der brave Hastings.
Dann ging Poirot, wie in alten Tagen, energisch zur Tagesordnung über:

«Sie haben eben gefragt», sagte Poirot, «warum ich hierhergekommen bin. Sie haben vielleicht nicht bemerkt, daß ich Ihnen keine Antwort gegeben habe. Ich werde Ihnen die Antwort jetzt geben. Ich bin hergekommen, um einen Mörder zu fassen.»
Ich starrte ihn mit noch größerer Überraschung an. Einen Moment lang glaubte ich, er rede irre.
«Ist das wirklich Ihr Ernst?»
«Aber gewiß ist das mein Ernst. Aus welchem Grund sonst hätte ich Sie gedrängt, zu mir zu kommen? Meine Glieder wollen nicht mehr, aber mein Gehirn ist, wie ich Ihnen sagte, intakt. Mein Grundsatz, Sie erinnern sich, war immer – hinsetzen und nachdenken. Dazu bin ich noch imstande – es ist das einzige, wozu ich noch imstande bin. Den aktiven Teil des Unternehmens wird mein unschätzbarer Hastings übernehmen.»
«Und das ist wirklich Ihr Ernst?» fragte ich noch einmal.
«Natürlich ist es mein Ernst. Sie und ich, Hastings, wir gehen noch einmal auf die Jagd.»

Danach brachte Poirot einen Stapel von Aufzeichnungen und Zeitungsausschnitten zum Vorschein, seine Recherchen über fünf kürzlich verübte Morde, die alle aufgeklärt zu sein schienen. Doch bei genauerem Studium der Fälle hatte die schlaue alte Spinne, Poirot, einen Faden entdeckt, der sie alle miteinander verband:
«Ich will mich sehr vorsichtig ausdrücken, Hastings. Lassen Sie es mich so sagen: Es gibt da eine bestimmte Person – X. In keinem dieser Fälle scheint X ein Motiv gehabt zu haben, das jeweilige Opfer zu beseitigen. In einem Fall war X, soweit ich feststellen konnte, sogar zweihundert Meilen weit entfernt, als das Verbrechen begangen wurde. Und dennoch kann ich Ihnen folgendes sagen: X war eng befreundet mit Etherington, X lebte eine Zeitlang im selben Dorf wie Riggs, X kannte Mrs. Bradley. Ich habe ein Foto, das X und Freda Clay gemeinsam auf der Straße zeigt, und X war in der Nähe des Hauses, als der alte Matthew Litchfield starb. Was sagen Sie dazu?»
«Ja, das ist ein bißchen viel. In zwei, vielleicht auch in drei Fällen könnte man von Zufall sprechen – aber fünf, das ist ein bißchen stark. Es muß, so unwahrscheinlich es klingt, eine Verbindung zwischen diesen Morden geben.»
«Sie vermuten also das gleiche wie ich?»
«Daß X der Mörder ist? Ja.»

«Wenn das so ist, Hastings, werden Sie bereit sein, mir noch einen Schritt weiter zu folgen. Lassen Sie sich von mir gesagt sein: X ist hier im Haus.»
Natürlich wollte Hastings wissen, wer X sei. Er hätte sich die Frage sparen können:
«Das, mein Freund, sage ich nicht.»
«Unsinn. Warum nicht?»
«Weil Sie, *mon cher,* noch immer derselbe alte Hastings sind. Sie haben noch immer das sprechende Gesicht . . .»
«Sie könnten mir wenigstens zutrauen, daß ich mich bei Bedarf verstellen kann.»
«Wenn Sie versuchen, sich zu verstellen, ist es noch schlimmer. Nein, nein, *mon ami,* wir müssen ganz inkognito bleiben, Sie und ich. Wenn wir dann zuschlagen, schlagen wir wirklich zu.»
Damit begann ihr letztes großes Abenteuer – Poirot praktisch ans Zimmer gefesselt und Hastings im dunkeln tappend. «Ich mußte», schrieb er, «gewissermaßen Poirots Augen und Ohren sein.» Aber Hastings berichtete nicht nur getreulich alles, was unten vorging, sondern versuchte zu Poirots Verdruß beharrlich, den Mörder zu orten. «Ich habe Sie nicht herkommen lassen, Hastings», donnerte er, «um zusehen zu müssen, wie Sie plump und ungeschickt dem Weg folgen, den ich bereits gegangen bin.» Statt dessen sollte er lieber die Leute beobachten, mit ihnen reden, sie belauschen und durch Schlüssellöcher gucken.
«‹Ich gucke aber nicht durch Schlüssellöcher›, unterbrach ich aufgebracht.
Poirot schloß die Augen. ‹Nun gut, Sie gucken nicht durch Schlüssellöcher. Sie bleiben der englische Gentleman, und es wird jemand umgebracht. Aber das macht nichts. Für den Engländer kommt die Ehre zuerst. Ihre Ehre ist wichtiger als ein Menschenleben. *Bien!* Es ist abgemacht.›
‹Nein, aber verflixt noch mal, Poirot –›»
«Die Tage verstrichen», schrieb Hastings. Es war Sommer, doch die Atmosphäre im Haus war grau und gedrückt. Zum Teil war das Unbehagen wahrscheinlich auf das Essen zurückzuführen, denn Styles war, wie Poirot bemerkte, «nicht das Ritz».
Im Interesse der gemeinsamen Arbeit erschien Hastings gewissenhaft zu jeder Mahlzeit, rauchte im Herrenzimmer, spielte Bridge im Salon, machte jeden Ausflug mit. Dazwischen rannte er immer wieder in den ersten Stock hinauf, um Bericht zu erstatten. Die Leute, die sich in jenem Sommer in Styles aufhielten, bildeten

eine klassische Auswahl. Da waren zunächst einmal die Luttrells, die Styles gekauft und zum Gästehaus umfunktioniert hatten. Colonel Luttrell, «ein großer, sehr magerer alter Herr mit milden blauen Augen», stand nach Poirots Meinung unter dem Pantoffel seiner Frau. Mrs. Luttrell führte das Regiment im Haus und hatte «lockiges weißes Haar, rosige Wangen und kalte blaßblaue Augen».

Was die Gäste anging, so hatte Hastings das meiste Vertrauen zu Sir William Boyd Carrington, dem pensionierten «Gouverneur einer Provinz in Indien», der außerdem «als erstklassiger Schütze und Großwildjäger» bekannt war. «Jene Art von Mann», meinte Hastings bekümmert, «die wir in der heutigen degenerierten Zeit nicht mehr hervorzubringen scheinen.» Dann war da Norton, ein grauhaariger Mann mit jungenhaftem Gesicht und einem Sprachfehler, der ständig mit einem Feldstecher herumrannte und Vögel beobachtete. Miss Elizabeth Cole, «eine große, immer noch schöne Frau von drei- oder vierunddreißig» spielte auf dem Klavier im Salon manchmal Bach und Mozart für Poirot, wenn dieser wohl genug war, um herunterzukommen. Er sah sie als mögliche zweite Ehefrau für Hastings. Wenig Sympathien hatte Hastings für Major Allerton, «einen gutaussehenden Mann Anfang Vierzig, breitschultrig, mit gebräuntem Gesicht, sehr beredt, wobei das meiste, was er sagte, doppeldeutig war». Die aufgedunsenen Tränensäcke unter seinen Augen deuteten auf einen ausschweifenden Lebenswandel, und Hastings schrieb denn auch: «Ich wußte instinktiv, daß Allerton nicht zu trauen war.» Kein Wunder, daß er höchst erbost war, als er zu argwöhnen begann, daß Allerton sich seiner Tochter Judith mit unlauteren Absichten zu nähern versuchte.

Vordergründig hatte Judiths Anwesenheit in Styles, die durch ihre Arbeit bedingt war, Poirot veranlaßt, ihren Vater zum Kommen aufzufordern. «Judith ist groß», berichtete ein recht eingeschüchterter Hastings, «sie trägt den Kopf hoch, sie hat ruhige braune Augen und ein sehr schön geschnittenes Gesicht, streng in seiner Herbheit.» Judith hatte schon längere Zeit in England gelebt und studiert und verfügte dank der neuen Feminismuswelle offensichtlich über ein starkes Selbstbewußtsein.

Ihr Arbeitgeber war ein brillanter Wissenschaftler, Dr. John Franklin, «ein hochgewachsener, kantiger junger Mann von fünfunddreißig, mit energischem Kinn, rötlichem Haar und intelligenten blauen Augen». Er und seine kranke Frau waren wegen der

Landluft nach Styles gekommen, und in einem alten Atelier im Garten ging er mit Judiths Hilfe seiner Forschungsarbeit über eine seltene tropische Krankheit nach. Seine Frau Barbara lag die meiste Zeit in einem «Negligé in Weiß und Hellblau» dekorativ auf dem Sofa. Ihre Pflegerin, Schwester Craven, war, wie Hastings beifällig vermerkte, «eine große, gutaussehende junge Frau mit schönem Teint und hübschem kastanienbraunem Haar».

«Es läßt sich nicht vermeiden», schrieb Hastings, «daß mein Bericht über die Tage in Styles etwas weitschweifig wird.» Oben hockte Poirot in seinem Rollstuhl und grübelte:

«Ich habe entsetzliche Angst. Und ich bin machtlos – oder doch beinahe. Und die Tage gehen dahin. Es lauert Gefahr, Hastings, und sie ist sehr nahe.»

Wie recht er hatte. Ein Unglücksfall mit einer Schußwaffe, dem zwei Morde folgten, katapultierte Styles wieder in die Schlagzeilen, und wenig später sollte eine noch sensationellere Meldung folgen: die Nachricht vom Tod des legendären Hercule Poirot, der an Herzversagen gestorben war.

«Schweren Herzens greife ich zur Feder, um diese letzten Worte zu schreiben ...» So verkündete Dr. Watson der Welt den «Tod» von Sherlock Holmes. Für die Anhänger Hercule Poirots jedoch sollte es nicht einmal den Trost eines kleinen Fragezeichens geben; Hastings nämlich ließ in jenem zweiten Sommer in Styles keinen Zweifel daran, daß das Leben ihres geliebten, eleganten kleinen belgischen Detektivs unwiderruflich zu Ende war.

«‹*Cher ami!*› hatte Poirot zu mir gesagt, als ich aus dem Zimmer ging. Es waren die letzten Worte, die ich je wieder von ihm hören sollte. Als Curtiss kam, um seinen Herrn zu versorgen, fand er ihn tot ...»

Poirot wurde in Styles St. Mary begraben, «dem Ort», schrieb der trauernde Hastings, «an dem er in diesem Land zuerst gelebt hatte». Es war nicht das erste Begräbnis, das Hastings für seinen Freund ausrichtete. Jahre früher, in *Die großen Vier*, hatte man ihn absichtlich glauben gemacht, «der einzigartige, unnachahmliche» Hercule Poirot wäre tot. Was er damals schrieb, könnte auch eine Schilderung des letzten Begräbnisses in Styles sein:

«Es war eine ernste und ergreifende Feier, und die Zahl der Achtungsbekundungen in Form von Blumen und Kränzen übertraf alle Vorstellungen. Sie kamen gleichermaßen von hoch und niedrig und legten unübersehbar Zeugnis ab von dem Platz, den mein Freund sich in seiner Wahlheimat erobert hatte. Meine Gefühle übermannten mich, als ich an seinem Grab stand und all unserer vielfältigen Erlebnisse und der glücklichen Zeiten gedachte, die wir gemeinsam verbracht hatten.»

Zweifellos sandte die flotte Gräfin Rossakoff auch diesmal einen riesigen Kranz blutroter Rosen zum Begräbnis ihres kleinen Freundes, und zweifellos standen neben Hastings, Judith und den anderen überlebenden Gästen eine überraschte und bekümmerte Miss Lemon, Mrs. Oliver, Superintendent Spence, Mr. Goby und viele andere von Poirots Freunden und Bekannten am Grab.

«Ich konnte mir ein Leben ohne Poirot kaum vorstellen ...», schrieb Hastings.

Und was war mit George? «Sprechen Sie mit meinem Diener George», befahl eine posthume Botschaft, die Hastings in die Hände fiel, als er Poirots Sachen ordnete.

Und was war mit X? «Im Zweikampf zwischen Poirot und X hatte X gesiegt», folgerte Hastings mit Bitterkeit und vergaß in seinem Schmerz die Worte, die Hercule Poirot lächelnd zu ihm gesagt hatte: «Aber Sie und ich, Hastings, wir arbeiten unterirdisch weiter wie die Maulwürfe. Und früher oder später schnappen wir X.»

Und so war es auch. Hut ab, Poirot.

Dank

Großen Dank schulde ich, wie bei meiner Biographie über Agatha Christies großartige Miss Jane Marple, Rosalind Hicks, Agatha Christies Tochter, die mir gestattete, vom Werk ihrer Mutter auf diese Weise Gebrauch zu machen. Bei der Arbeit an diesem zweiten Buch hat sie mich persönlich ermutigt und gastfreundlich bei sich aufgenommen, auch dafür möchte ich ihr danken. Sehr dankbar bin ich auch Anthony Hicks für seine anregenden Kommentare in der Anfangsphase, insbesondere zur stets kontroversen Frage von Poirots Alter.

Zwei Menschen haben mir beim Schreiben dieses Buches ungeheuer geholfen. Peter Harts sachkundige, rigorose und gescheite Bearbeitung hat mich vor manchem Fehler bewahrt, und Vernon Barber hat durch seine Ermutigung und Unterstützung von Anfang an das ganze Unternehmen erst möglich gemacht. Ich danke auch Debbie Edgecombe, die tapfer und unverdrossen zahllose Rohmanuskripte und Überarbeitungen entziffert hat. Ferner gilt mein Dank Brian Stone, meinem klugen und mich ermutigenden Agenten, Bob Comber, seinem Assistenten, Nancy Grenville, die sich mit großer Aufmerksamkeit um die Endfassung des Manuskripts gekümmert hat, Christopher Burton, der netterweise dem Geheimnis von Poirots Telefonnummern in den Archiven von British Telecom nachgegangen ist, und Pamela Hodgson, die in den letzten Phasen eine so große Hilfe war.

Schließlich möchte ich, selbst auf die Gefahr hin, überspannt zu erscheinen, noch Hercule Poirot danken. Bei meiner beinahe zwei Jahre währenden Beschäftigung mit diesem gewinnenden und eleganten kleinen Detektiv gab es viele Momente ängstlichen Zweifels und ungeduldiger Gereiztheit. Am Ende aller Mühen hatte ich Poirot, wie Millionen von Lesern, fest ins Herz geschlossen. Wir alle schulden seiner großartigen Schöpferin und strengsten Kritikerin, Agatha Christie, Dank.

Bibliographie

Verzeichnis aller auf deutsch erschienenen Kriminalromane und Stories von Agatha Christie mit Hercule Poirot

Alibi – *The Murder of Roger Ackroyd*, 1926

Auch Pünktlichkeit kann töten, Stories

Auch Pünktlichkeit kann töten – *Dead Man's Mirror*, 1937; Das Erbe der Familie Lemesurier – *The Lemesurier Inheritance*, 1951; Die mysteriöse Angelegenheit in Cornwall – *The Cornish Mystery*, 1951; Das Abenteuer des Kreuzkönigs – *The King of Clubs*, 1951; Das Geheimnis des Plymouth-Expreß – *The Plymouth-Express*, 1951; Köchin gesucht – *The Adventure of the Clapham Cook*, 1951

Der ballspielende Hund – *Dumb Witness*, 1937

Der blaue Expreß – *The Mystery of the Blue Train*, 1928

Das Böse unter der Sonne oder Rätsel um Arlena – *Evil under the Sun*, 1941

Auf doppelter Spur – *The Clocks*, 1963

Dreizehn bei Tisch – *Lord Edgware Dies*, 1933

Ein diplomatischer Zwischenfall und andere Fälle, enthält u. a. eine Story mit Hercule Poirot:

Ein diplomatischer Zwischenfall – *The Adventure of the Christmas Pudding*, 1960

Elefanten vergessen nicht – *Elephants Can Remember*, 1972

Die ersten Arbeiten des Herkules, Stories – *The Labours of Hercules*

Der Nemeische Löwe – *The Nemean Lion*, 1947; Die Lernäische Schlange – *The Lernean Hydra*, 1947; Die Arkadische Hirschkuh – *The Arcadian Deer*, 1947; Der Erymanthische Eber – *The Erymanthian Boar*, 1947; Die Ställe des Augias – *The Augian Stables*, 1947; Die Stymphaliden – *The Stymphalean Birds*, 1947

Das Eulenhaus – *The Hollow*, 1946

Das fehlende Glied in der Kette – *The Mysterious Affair at Styles*, 1920

Das Geheimnis der Schnallenschuhe – *The Patriotic Murders* oder *One, Two, Buckle My Shoe*, 1940

Die großen Vier – *The Big Four*, 1927

Das Haus an der Düne – *Peril at End House*, 1932

Hercule Poirots größte Triumphe, Stories

Stille vor dem Sturm – *The Market Basing Mystery*, 1923; Der verräterische Garten – *How Does Your Garden Grow?*, 1935; Poirot und der Kidnapper – *The Adventure of Johnny Waverly*, 1923; Die Pralinenschachtel –

The Chocolate Box, 1923; Die verlorene Mine – *The Lost Mine,* 1923; Mord auf dem Siegesball – *The Affair at the Victory Ball,* 1923; Tot im dritten Stock – *The Third Floor Flat,* 1929; Poirot geht stehlen – *The Veiled Lady,* 1923; Laßt Blumen sprechen – *Yellow Iris,* 1937; Eine Tür fällt ins Schloß – *Problem at Sea,* 1936

Hercule Poirots Weihnachten – *Hercule Poirot's Christmas,* 1938

Hercule Poirot schläft nie, Stories

Poirot riecht den Braten – *Murder in the Mews,* 1936; Urlaub auf Rhodos – *Triangle at Rhodes,* 1936; Der unglaubliche Diebstahl der Bomberpläne – *The Incredible Theft,* 1937; Ein Indiz zuviel – *The Double Clue,* 1924

Die Katze im Taubenschlag – *Cat Among the Pigeons,* 1959

Die Kleptomanin – *Hickory, Dickory, Dock,* 1955

Die letzten Arbeiten des Herkules, Stories – *The Labours of Hercules*

Der Kretische Stier – *The Cretan Bull,* 1947; Die Stuten des Diomedes – *Horses of Diomedes,* 1947; Der Gürtel der Hippolyta – *Girdle of Hippolyta,* 1947; Geryons Herde – *The Flock of Geryon,* 1947; Die Äpfel der Hesperiden – *The Apples of the Hesperides,* 1947; Die Gefangennahme des Zerberus – *The Capture of Cerberus,* 1947

Die Mausefalle und andere Fallen, enthält u. a. zwei Stories mit Hercule Poirot:

Die Doppelsünde – *Double Sin, 1961;* Vierundzwanzig Schwarzdrosseln – *Four-and-Twenty Blackbirds,* 1948

Mit offenen Karten – *Cards on the Table,* 1936

Mord auf dem Golfplatz – *Murder on the Links,* 1923

Die Morde des Herrn ABC – *The ABC Murders,* 1936

Mord im Orientexpreß (auch: Der rote Kimono) – *Murder on the Orient Express,* 1934

Mord in Mesopotamien – *Murder in Mesopotamia,* 1936

Morphium – *Sad Cypress,* 1940

Nikotin – *Three Act Tragedy,* 1935

Poirot rechnet ab, Stories

Die Augen der Gottheit – *The Adventure of the Western Star,* 1924; Die Tragödie von Marsdon Manor – *The Tragedy at Marsdon Manor,* 1924; Die mysteriöse Wohnung – *The Adventure of the Cheap Flat,* 1924; Das Mysterium von Hunter's Lodge – *The Mystery of Hunter's Lodge,* 1924; Der raffinierte Aktiendiebstahl – *The Million Dollar Bond Robbery,* 1924; Das Abenteuer des ägyptischen Grabes – *The Adventure of the Egyptian Tomb,* 1924; Der Juwelenraub im Grand Hotel – *The Jewel Robbery at the Grand Metropolitan,* 1924; Der entführte Premierminister – *The Kidnapped Prime Minister,* 1924; Das Verschwinden Mister Davenheims – *The Disappearance of Mr. Davenheim,* 1924; Das Abenteuer des italieni-

schen Edelmannes – *The Adventure of the Italian Nobleman*, 1924; Das fehlende Testament – *The Case of the Missing Will*, 1924
Rätsel um Arlena, siehe Das Böse unter der Sonne
Schneewittchen-Party – *Hallowe'en Party*, 1969
Der Tod auf dem Nil – *Death on the Nile*, 1937
Der Todeswirbel – *Taken at the Flood*, 1948
Tod in den Wolken – *Death in the Clouds*, 1935
Der Tod wartet oder Rendezvous mit einer Leiche – *Appointment with Death*, 1938
Der Unfall und andere Fälle, enthält u. a. drei Stories mit Hercule Poirot: Der Traum – *The Dream*, 1939; Die spanische Truhe – *The Mystery of the Spanish Chest*, 1939; Das Wespennest – *Wasp's Nest*, 1961
Das unvollendete Bildnis – *Five little Pigs*, 1942
Die vergeßliche Mörderin – *Third Girl*, 1966
Vier Frauen und ein Mord – *Mrs. McGinty's Dead*, 1952
Vorhang – *Curtain*, 1975
Der Wachsblumenstrauß – *After the Funeral*, 1953
Wiedersehen mit Mrs. Oliver – *Dead Man's Folly*, 1956
Zeugin der Anklage/Der Prügelknabe, enthält u. a. eine Story mit Hercule Poirot:
Der Prügelknabe – *The Underdog*, 1951

Inhalt